Stanisław LEM

Solaris

Roman

Aus dem Polnischen von Kurt Kelm

ISBN 3-353-00253-7

3. Auflage 1986 (2. Auflage Broschur)

L. N. 302, 410/204/86
Originalausgabe: *Solaris*, erschienen im Verlag MON, Warszawa 1961
Printed in the German Democratic Republic

Redakteur: Wolfgang Witt
Einbandentwurf: Gerhard Medoch
nach einer Idee von Klaus Krüger
Satz: Karl-Marx-Werk Pößneck
Druck und Einband: Druckerei Neues Deutschland, Berlin
LSV 7224
Bestell-Nr.: 648 835 5

00680

ÜBER DEN AUTOR: Stanisław Lem, der weltweit gelesene polnische Science-fiction-Autor, wurde 1921 in Lwów geboren. In Krakau, wo er heute noch lebt, studierte er Medizin und Philosophie. Seinen ersten Roman »Der Planet des Todes« veröffentlichte er 1951 (dt. 1954 beim Verlag Volk und Welt, der Lem für das Ausland entdeckte). Seitdem erschienen bei uns die utopischen Romane »Gast im Weltraum« (1955, dt. 1956), »Der Unbesiegbare« (1964, dt. 1967), »Eden« (1959, dt. 1971) und »Der Schnupfen« (1976, dt. 1977). Aus dem umfangreichen Erzählwerk Lems gab Volk und Welt die beiden Auswahlbände »Test« (1968) und »Die Jagd« (1972) sowie die »Sterntagebücher Ijon Tichys« heraus (dt. 1961, erweiterte Ausgabe 1973). Neben Lems Kindheitserinnerungen – »Das Hohe Schloß« (1966, dt. 1974) – erschienen sein einziger nichtutopischer Roman »Die Irrungen des Dr. Stefan T.« (1955, dt. 1959), ein Band Fernsehspiele – »Der getreue Roboter« (1975) – und die geistreich essayistisch angelegten Rezensionen über noch nicht geschriebene Bücher in »Die imaginäre Größe« (1973, dt. 1976). Lems gedanklich-philosophisches Werk »Summa technologiae« (1964), das von zukünftigen Möglichkeiten unserer Zivilisation handelt, erschien 1980, sein Roman »Die Stimme des Herrn« (1970) 1981. Es folgten »Solaris« 1983, Roman; »Das absolute Vakuum« 1984, parodistische Buchbesprechungen (in neuer Reihenausstattung); »Lokaltermin« 1985, Roman (in neuer Reihenausstattung); »Provokation« 1985, Essay (›Volk und Welt Spektrum‹ 198); »Der futurologische Kongreß« 1986, Aus den Erinnerungen des Ijon Tichy (in neuer Reihenausstattung); »Der Flop« 1986, Roman (in neuer Reihenausstattung).

Verlag
Volk und Welt
Berlin

Mit leisem Zischen, ähnlich einem resignierten Seufzen, entwich die Luft aus den Windungen des Raumanzugs. Ich war frei.

Ich stand unter einem silbrigen Trichter, der hoch war wie ein Kirchenschiff. An den Wänden verliefen senkrecht ganze Bündel farbiger Rohre, die in engen runden Stollen verschwanden. Ich drehte mich um. Die Ventilationsschächte sogen donnernd die Reste der giftigen Atmosphäre dieses Planeten ein, die während der Landung hier eingedrungen waren. Die Zigarre der Raumkapsel, nunmehr leer wie ein geplatzter Kokon, stand auf einer Schale, die in eine stählerne Erhöhung eingelassen war. Die Hitze hatte ihre Außenbleche schmutzigbraun gefärbt. Ich stieg eine kleine Schräge hinab. Weiter unten hatte man eine rauhe Plastschicht auf das Metall geschweißt. An den Stellen, wo gewöhnlich die fahrbaren Hebevorrichtungen für die Raketen entlangrollten, war sie bis auf den blanken Stahl abgewetzt. Unvermittelt verstummten die Lüftungskompressoren, und es wurde still.

Ein wenig ratlos schaute ich mich um, ich wartete auf das Erscheinen eines Menschen, doch es kam noch immer niemand. Nur ein leuchtender Neonpfeil wies auf das lautlos dahingleitende Transportband. Ich betrat es. Das Hallengewölbe schwang sich in einer schönen parabolischen Linie abwärts und ging in einen zylindrischen Korridor über. In seinen Nischen türmten sich Flaschen für komprimierte Gase, Behälter, Ringfallschirme, Kisten, alles einfach hingeworfen, ohne jedes System. Auch das stimmte mich nachdenklich. Das Transportband endete vor einer Art Rondo, einer kreisförmigen Erweiterung des Korridors. Hier herrschte noch größere Unordnung. Unter einem Stapel Blechkannen hatte sich eine ölige Lache gebildet. Ein unangenehmer, scharfer Geruch hing in der Luft. Schuhabdrücke, die sich deutlich in jener klebrigen Masse abzeichneten, liefen nach den verschiedensten Richtungen auseinander. Zwischen den Blechkannen lagen Knäuel weißer Telexstreifen, zerfetztes Papier und Abfälle umher, als hätte man die Kabinen leergefegt. Und wieder leuchtete der grüne Pfeil auf und wies mich zur mittleren Tür. Dahinter führte ein so schmaler Korridor weiter, daß zwei Personen kaum aneinander vorbeigekommen wären. Für die Beleuchtung sorgten Oberlichter mit linsenartigen Scheiben, die hinauf zum Himmel blickten. Eine weitere Tür mit weiß-grünem Schachmuster. Sie war nur angelehnt.

Ich trat ein. Die halbkreisförmige Kabine hatte ein einziges großes Panoramafenster; in ihm leuchtete der dunstverhangene Himmel, und in der Tiefe wälzten sich lautlos die schwärzlichen Wellenhügel vorbei. Die Wände waren mit geöffneten Schränkchen übersät, in denen Instrumente, Bücher, Gläser mit eingetrocknetem Bodensatz und verstaubte Thermosflaschen lagerten. Auf dem schmutzigen Fußboden fünf oder sechs mechanische Schreibtischchen, dazwischen mehrere zusammengeschrumpfte Sessel, aus denen man die Luft hinausgelassen hatte. Nur einer war aufgeblasen, seine Lehne weit nach hinten gedrückt. In ihm saß ein kleiner, schmächtiger Mann mit sonnenverbranntem Gesicht. Die Haut löste sich in ganzen Fetzen von der Nase und den Backenknochen. Ich kannte ihn. Das war Snaut, Gibarians Stellvertreter, ein Kybernetiker. Seinerzeit hatte er mehrere durchaus originelle Artikel im »Solaris-Almanach« veröffentlicht. Ich hatte ihn noch nie gesehen, kannte ihn nur von Fotos. Er trug ein Netzhemd, aus dessen Maschen vereinzelte graue Haare seiner eingefallenen Brust hervorlugten, und einstmals weiße, an den Knien fleckige und von ätzenden Flüssigkeiten verbrannte Leinenhosen mit zahlreichen Taschen wie ein Monteur. In der Hand hielt er eine Plastbirne von der Art, wie man sie in Raumschiffen ohne künstliche Gravitation zum Trinken benutzt.

Er sah mich an, als hätte ihn plötzlich grelles Licht geblendet. Die Birne entglitt ihm und hüpfte wie ein Luftballon einige Male auf und ab. Eine durchsichtige Flüssigkeit spritzte über den Boden. Allmählich wich alles Blut aus seinem Gesicht. Ich war so überrascht, daß ich kein Wort hervorbrachte, und so dauerte diese schweigende Szene, bis seine Angst sich auf unbegreifliche Weise auf mich übertrug. Ich trat einen Schritt näher. Er duckte sich in seinem Sessel.

»Snaut . . .«, flüsterte ich. Er zuckte zusammen wie unter einem Hieb und betrachtete mich mit unbeschreiblichem Abscheu.

»Ich kenne dich nicht, ich kenne dich nicht, was willst du?« stieß er heiser hervor.

Die vergossene Flüssigkeit verdunstete rasch. Es roch nach Alkohol. Trank er? War er betrunken? Doch weshalb fürchtete er sich so? Ich stand noch immer in der Mitte des Raums. Die Knie waren mir weich und die Ohren wie mit Watte verstopft. Den Widerstand des Fußbodens unter meinen Füßen nahm ich als etwas noch nicht völlig Sicheres wahr. Hinter der gekrümmten Fensterscheibe bewegte sich rhythmisch der Ozean. Snaut wandte den Blick seiner blutunterlaufenen Augen nicht eine Sekunde lang von mir ab. Die Angst wich aus seinem Gesicht, doch der unsägliche Ekel blieb.

»Was ist dir«, fragte ich leise, »bist du krank?«

»Du bist besorgt . . .«, sagte er dumpf. »Aha. Spielst den Fürsorglichen, was? Aber warum kümmerst du dich gerade um mich? Ich kenne dich nicht.«

»Wo ist Gibarian?« fragte ich. Für eine Sekunde stockte ihm der Atem, seine Augen wurden wieder glasig, es entzündete sich etwas in ihnen und erlosch.

»Gi . . . Giba . . .«, stammelte er. »Nein! Nein!«

Ein lautloses, albernes Kichern schüttelte ihn und verstummte plötzlich.

»Zu Gibarian bist du gekommen?« fragte er fast ruhig. »Zu Gibarian? Was hast du mit ihm vor?«

Sein Blick verriet, daß ich ihm nun nicht mehr gefährlich erschien; in seinen Worten, aber mehr noch in deren Ton, lag etwas haßvoll Beleidigendes.

»Was redest du?« fragte ich benommen. »Wo ist er?«

Er sah mich entgeistert und voller Mißtrauen an. »Das weißt du nicht . . .?«

Er ist betrunken, dachte ich. Sinnlos betrunken. Wachsender Zorn erfaßte mich. Eigentlich hätte ich hinausgehen sollen, doch mir riß die Geduld.

»Komm endlich zu dir!« fuhr ich ihn an. »Woher soll ich wissen, wo er ist, wenn ich soeben gelandet bin! Was ist los mit dir, Snaut?«

Der Unterkiefer klappte ihm herab. Wieder stockte ihm für eine Weile der Atem, doch irgendwie anders, in seinen Augen glomm etwas auf. Mit zitternden Händen ergriff er die Sessellehnen und erhob sich mühsam, daß es in seinen Gelenken knackte.

»Was?« sagte er, fast nüchtern. »Gelandet bist du? Woher kommst du?«

»Von der Erde«, erwiderte ich wütend. »Vielleicht hast du schon mal von ihr gehört! Es sieht ganz so aus, als wäre dir dieser Name fremd!«

»Von der Er . . . Ach, du lieber Himmel! Dann bist du vielleicht Kelvin?«

»Ja. Was starrst du mich so an? Was ist daran verwunderlich?«

»Nichts«, sagte er und blinzelte. »Nichts.« Er rieb sich die Stirn. »Kelvin, entschuldige, mach dir nichts draus — weißt du, das macht die Überraschung. Ich hatte dich nicht erwartet.«

»Du hast mich nicht erwartet? Ihr seid doch schon vor Monaten benachrichtigt worden, und Moddard hat noch heute telegrafiert, von Bord der ›Prometheus‹ . . .«

»Ja. Ja . . . gewiß, aber, weißt du, hier herrscht ein ziemliches Durcheinander.«

»Allerdings«, entgegnete ich trocken. »Das läßt sich kaum übersehen.«

Snaut ging um mich herum, als prüfe er das Aussehen meines Raumanzugs, des gewöhnlichsten Raumanzugs der Welt, mit einem Geschirr von Leitungen und Kabeln über der Brust. Er hustete mehrmals. Faßte sich an die knochige Nase.

»Vielleicht möchtest du ein Bad nehmen? Das wird dir guttun . . . die blaue Tür auf der gegenüberliegenden Seite.«

»Danke. Ich kenne den Lageplan der Station.«

»Vielleicht hast du Hunger . . .?«

»Nein. Wo ist Gibarian?«

Er trat ans Fenster, als hätte er meine Frage nicht gehört. Nun, da er mir den Rücken zukehrte, sah er wesentlich älter aus. Das kurzgeschorene Haar war grau, der sonnengebräunte Nacken von tiefen Furchen durchzogen. Draußen glänzten die breiten Wellenrücken, sie hoben und senkten sich so langsam, als wollte der Ozean erstarren. Schaute man dorthin, so hatte man den Eindruck, die Station gleite kaum merklich zur Seite, so als rutsche sie von einem unsichtbaren Fundament. Dann kam sie wieder ins Gleichgewicht und neigte sich mit einer ebenso trägen Bewegung nach der anderen Seite. Doch das war wohl eine Täuschung. Schleimiger, blutroter Schaum sammelte sich in den Wellentälern. Für Augenblicke verspürte ich Übelkeit und einen Druck in der Magengegend. Die sterile Ordnung an Deck der »Prometheus« erschien mir als etwas Kostbares, was unwiderruflich verloren war.

»Hör mal . . .«, ließ sich Snaut unerwartet vernehmen, »im Moment bin nur ich . . .« Er drehte sich um. Rieb sich nervös die Hände. »Du wirst mit meiner Gesellschaft vorliebnehmen müssen. Vorläufig. Nenne mich Ratz. Du kennst mich nur von Bildern, aber das macht nichts, alle nennen mich so. Ich fürchte, daß sich dagegen nichts machen läßt. Und wenn man dann auch noch Eltern mit so kosmischen Ambitionen hatte wie ich, klingt erst Ratz einigermaßen . . .«

»Wo ist Gibarian?« wiederholte ich hartnäckig.

Er blinzelte. »Es tut mir leid, daß ich dich so empfangen habe. Das . . . ist nicht nur meine Schuld. Ich hatte es ganz vergessen, hier ist viel geschehen, weißt du . . .«

»Ist ja schon gut«, entgegnete ich. »Lassen wir das. Also, was ist mit Gibarian? Ist er nicht auf der Station? Ist er irgendwo hingeflogen?«

»Nein«, antwortete er. Er blickte in eine Ecke des Raumes, in der mehrere Kabelrollen herumstanden. »Er ist nirgendwo hingeflogen. Und er wird auch nicht mehr fliegen. Das ist ja unter anderem der Grund . . .«

»Was?« Meine Ohren waren noch immer verstopft, so daß ich glaubte, schlecht zu hören. »Was soll das heißen? Wo ist er?«

»Du weißt es doch schon«, sagte er in einem ganz anderen Ton. Er sah mir in die Augen, ganz kalt, daß mir ein Schauer über den Rücken lief. Vielleicht war er wirklich betrunken, aber er wußte, was er sagte.

»Es ist doch wohl nicht . . .«

»Doch, es ist.«

»Ein Unfall?«

Er nickte. Er bejahte nicht nur, er hieß auch meine Reaktion gut.

»Wann?«

»Heute im Morgengrauen.«

Merkwürdig, ich verspürte keine Erschütterung. Dieser kurze Austausch einsilbiger Fragen und Antworten beruhigte mich eher durch seine Sachlichkeit. Ich glaubte nun sein vorher unverständliches Verhalten zu begreifen.

»Wie ist das passiert?«

»Zieh dich um, ordne deine Sachen und komm hierher zurück ... Sagen wir, in einer Stunde ...«

Ich zögerte einen Moment.

»Gut.«

»Warte noch«, sagte er, als ich mich schon zur Tür wandte. Er betrachtete mich dabei ganz eigentümlich. Ich sah, daß die Worte ihm nicht über die Lippen wollten. »Wir waren zu dritt, und jetzt, mit dir, sind wir es wieder. Kennst du Sartorius?«

»So wie dich, von Fotos.«

»Er ist oben im Labor, und ich glaube nicht, daß er es vor Einbruch der Dunkelheit verläßt, aber ... nun, jedenfalls würdest du ihn erkennen. Solltest du jemand anderen erblicken, verstehst du, nicht mich oder Sartorius, verstehst du, dann ...«

»Was – dann?«

Ich wußte nicht, ob ich träumte. Vor dem Hintergrund der schwarzen Wellen, die in der niedrigen Sonne blutig glänzten, setzte er sich in den Sessel und schaute wie vorhin zur Seite, auf die Kabelrollen.

»Dann ... unternimm nichts.«

»Wen sollte ich denn erblicken? Einen Geist?« rief ich aufgebracht.

»Ich verstehe. Du denkst, ich bin verrückt geworden. Nein. Ich bin nicht verrückt. Anders kann ich dir das nicht erklären ... vorläufig wenigstens. Vielleicht geschieht auch gar nichts ... Jedenfalls weißt du Bescheid. Ich habe dich gewarnt.«

»Wovor? Wovon sprichst du?«

»Beherrsche dich«, fuhr er unbeirrt fort. »Verhalte dich so, als ... Nun, sei auf alles gefaßt. Das ist zwar unmöglich, ich weiß. Aber versuche es trotzdem. Das ist der einzige Rat, den ich dir geben kann.«

»Aber *was* soll ich sehen ...?« schrie ich fast. Ich konnte mich kaum beherrschen; am liebsten hätte ich ihn bei den Schultern gepackt und ordentlich durchgeschüttelt, als er so dasaß, den Blick starr in die Ecke gerichtet, mit erschöpftem, von der Sonne verbranntem Gesicht, und sich mit sichtlicher Anstrengung einzelne Worte abrang.

»Ich weiß es nicht. In gewissem Sinne hängt das von dir ab.«

»Halluzinationen?«

»Nein. Das ist ... hm, real. Greif es nicht an ...«

»Wovon sprichst du?« stieß ich heiser hervor.

»Wir sind nicht auf der Erde.«

»Polytheria? Aber die sind den Menschen doch gar nicht ähnlich!« rief ich. Ich wußte nicht, was ich tun sollte, um ihn aus dieser Versunkenheit herauszureißen, aus der er irgendwelchen Unsinn herauszulesen schien, der einem das Blut in den Adern gerinnen ließ.

»Deshalb ist das ja so entsetzlich«, sagte er leise. »Denk daran: Sei auf der Hut!«

»Was ist mit Gibarian geschehen?«

Er antwortete nicht.

»Was macht Sartorius?«

»Komm in einer Stunde.«

Ich wandte mich ab und ging hinaus. Als ich die Tür öffnete, sah ich noch einmal zu ihm hin. Er saß da, das Gesicht in den Händen verborgen, klein, geduckt, in fleckigen Hosen. Ich bemerkte erst jetzt, daß seine beiden Handknöchel mit geronnenem Blut bedeckt waren.

Solaristen

Der zylindrische Korridor war leer. Ich stand eine Weile vor der geschlossenen Tür und lauschte. Die Wände waren offenbar sehr dünn, von draußen drang das Heulen des Windes herein. An der Tür klebte, ein wenig schief und nachlässig angebracht, ein viereckiges Stückchen Pflaster, auf dem mit Bleistift geschrieben stand: »Mensch«. Ich starrte auf dieses undeutlich hingekritzelte Wort. Im ersten Augenblick wollte ich zu Snaut zurückkehren, doch ich begriff, daß dies unmöglich war.

Die irrsinnige Warnung klang mir noch in den Ohren. Ich machte eine Bewegung und verspürte wieder die unerträgliche Last des Raumanzugs auf den Schultern. Leise, als müßte ich mich vor einem unsichtbaren Beobachter verbergen, kehrte ich zu dem runden Raum mit den fünf Türen zurück. An einigen waren Namensschilder angebracht: Dr. Gibarian, Dr. Snaut, Dr. Sartorius. Die vierte war nicht gekennzeichnet. Ich zögerte, dann drückte ich vorsichtig auf die Klinke und öffnete sie langsam. Ein fast an Gewißheit grenzendes Gefühl beschlich mich: Hier muß jemand sein . . .

Ich trat ein.

Niemand war zu sehen. Das gleiche gewölbte Fenster, nur etwas kleiner. Es gab den Blick auf den Ozean frei, der hier, im Gegenlicht der Sonne, fettig glänzte, als flösse rötliches Öl von den Wellen herab. Der scharlachfarbene Widerschein erfüllte das ganze Zimmer, das einer Schiffskabine ähnelte. Auf der einen Seite standen Regale mit Büchern, dazwischen, mit Hilfe von Kardangelenken senkrecht an der Wand befestigt, gab es ein Bett. Auf der anderen befand sich eine Unmenge von Schränkchen, dazwischen, auf Nickelrahmen, hingen Luftbilder, mittels Streifen aneinandergeklebt, in metallenen Haltern steckten Kolben und Reagenzgläser, mit Watte verstöpselt, unter dem Fenster standen in zwei Reihen weiß emaillierte Kästen, so daß man kaum zwischen ihnen hindurch konnte — einige mit hochgeklapptem Deckel; sie waren vollgestopft mit Werkzeugen und Plastschläuchen, in beiden Zimmerecken befanden sich Wasserhähne, es gab einen Rauchabzug, Tiefkühltruhen, ein Mikroskop stand auf dem Fußboden, es hatte keinen Platz mehr auf dem großen Tisch neben dem Fenster gefunden.

Als ich mich umdrehte, entdeckte ich dicht neben der Tür einen bis zur Decke hinaufreichenden, halb offenstehenden Schrank voller Kombinationen, Arbeits- und Schutzkittel, in den Fächern lag Wäsche, zwischen den Schäften von Strahlenschutzstiefeln blinkten Aluminiumflaschen für tragbare Sauerstoffgeräte. Zwei Geräte hingen mitsamt den Masken von der Lehne des hochgeklappten Bettes herab. Überall herrschte das gleiche, nur oberflächlich und in Eile geordnete Chaos. Ich sog prüfend die Luft ein und spürte den schwachen Geruch chemischer Lösungsmittel sowie die Spur eines scharfen Geruchs – war das etwa Chlor? Unwillkürlich suchte ich mit dem Blick die vergitterten Entlüftungsschächte in den Ecken unter der Zimmerdecke. Die an den Rahmen befestigten Papierstreifen bewegten sich leicht, zum Zeichen, daß die Kompressoren funktionierten und für eine normale Luftzirkulation sorgten. Ich räumte Bücher, Geräte und Werkzeuge von zwei Stühlen, trug sie in eine Ecke und stapelte sie dort, so gut es ging, bis rings um das Bett, zwischen Schrank und Regalen, eine halbwegs freie Fläche entstand. Dann zog ich mir einen Kleiderständer heran, um den Raumanzug daran aufzuhängen, und ergriff die Schlaufe des Reißverschlusses, ließ sie aber gleich wieder los. Ich konnte mich einfach nicht dazu entschließen, den Raumanzug abzulegen, als würde ich dadurch wehrlos. Noch einmal ließ ich den Blick durchs ganze Zimmer schweifen, schaute nach, ob die Tür gut verschlossen war, und da sie kein Schloß hatte, schob ich nach kurzem Zögern die beiden schwersten Kästen davor. Nachdem ich mich so provisorisch verbarrikadiert hatte, befreite ich mich mit drei energischen Griffen aus meiner schweren, knarrenden Hülle. In dem schmalen Spiegel auf der Innenseite des Schranks konnte ich einen Teil des Zimmers überblicken. Aus den Augenwinkeln nahm ich dort eine Bewegung wahr – ich sprang auf, aber es war mein eigenes Spiegelbild. Das Trikot unter dem Raumanzug war durchgeschwitzt. Ich warf es ab und schob den Schrank beiseite. Dahinter erschienen die blitzenden Wände eines winzigen Badezimmers.

Auf dem Fußboden unter der Dusche stand eine stabile, flache Kassette. Mit einiger Mühe trug ich sie ins Zimmer. Als ich sie absetzte, sprang der Deckel auf, und ich erblickte mehrere Fächer, gefüllt mit merkwürdigen Gegenständen: entstellte oder nur grob geformte Werkzeuge aus dunklem Metall, zum Teil denen ähnlich, die in den Schränkchen lagen. Und alle waren sie unbrauchbar, nicht zu Ende geformt, abgerundet, angeschmolzen, als hätte man sie aus dem Feuer geholt. Das seltsamste war, daß sogar die praktisch schmelzfesten Keramikgriffe die gleichen Spuren der Vernichtung trugen. In keinem Laborofen hätte man die erforderliche Temperatur erreicht – es sei denn im Innern eines Kernreaktors.

Aus der Tasche meines Raumanzugs holte ich mir den kleinen Strahlungsmesser, doch das schwarze Schnäuzchen schwieg, als ich es in die Nähe der Werkzeuge brachte.

Nun hatte ich nur noch Slip und Netzhemd an. Beides warf ich auf den Fußboden und sprang unter die Dusche. Als das Wasser niederprasselte, empfand ich Erleichterung. Ich wand mich unter dem harten, heißen Wasserstrahl, massierte meinen Körper, prustete, aber ich tat alles irgendwie übertrieben, als wollte ich diese ganze undurchsichtige, von Zweifeln durchsetzte Atmosphäre, von der die Station durchdrungen war und die so ansteckend wirkte, aus mir herausschütteln, von mir schleudern.

Ich suchte mir im Schrank einen leichten Trainingsanzug heraus, den man auch unter dem Raumanzug tragen konnte, und steckte meinen bescheidenen Besitz zu mir; zwischen den Blättern des Notizbuches spürte ich etwas Hartes: Auf mir unbegreifliche Weise hatte sich der Schlüssel zu meiner Erdenwohnung dorthin verirrt. Eine Weile hielt ich ihn nachdenklich zwischen den Fingern, dann legte ich ihn auf den Tisch.

Vielleicht war es ratsam, eine Waffe bei sich zu haben ... Das Universaltaschenmesser war bestimmt keine, und etwas anderes besaß ich nicht. Andererseits befand ich mich noch in einem solchen Gemütszustand, daß ich auf die Suche nach einem Strahlenwerfer oder etwas ähnlichem gegangen wäre. Ich setzte mich auf ein Metallstühlchen mitten in den Raum, weitab von allen Gegenständen. Ich wollte allein sein. Mit Genugtuung stellte ich fest, daß ich noch eine gute halbe Stunde Zeit hatte. Nun ja, peinliche Genauigkeit in allen Belangen, ganz gleich, ob wichtig oder nicht, war mir zur zweiten Natur geworden.

Die Zeiger des vierundzwanzigstündigen Zifferblatts standen auf sieben. Die Sonne ging unter. Sieben Uhr Ortszeit, das entsprach zwanzig Uhr an Bord der »Prometheus«. Die Solaris mußte auf Moddards Bildschirmen schon zu einem Fünkchen zusammengeschrumpft sein und unterschied sich nicht im mindesten von den Sternen. Doch was interessierte mich die »Prometheus«. Ich schloß die Augen. Vollkommene Stille – bis auf das regelmäßige Ticken in den Rohren. Im Bad tropfte mit leisem Schmatzen das Wasser in die Porzellanschale.

Gibarian war tot. Wenn ich Snaut richtig verstanden hatte, dann waren erst Stunden seit seinem Ableben vergangen. Was hatten sie mit dem Leichnam gemacht? Hatten sie ihn beerdigt? Richtig, auf diesem Planeten war das unmöglich. Ich dachte sachlich und nüchtern eine ganze Weile darüber nach, als wäre das Schicksal des Toten das Wichtigste, bis ich mir die Unsinnigkeit solcher Überlegungen vor Augen führte. Also stand ich auf und ging im Zimmer hin und her, wobei ich mit der Fußspitze immer wieder an herumliegende Bücher, dann an einen kleinen, leeren Brotbeutel stieß; ich bückte mich und hob ihn auf. Er war nicht leer. Er enthielt eine Flasche aus dunklem Glas, so leicht, als wäre sie aus Papier geblasen. Ich hielt sie gegen das Fenster und blickte hindurch, in das düstere, von schmutzigen Nebeln durchwobene letzte Abendrot. Was ging mit mir vor? Weshalb beschäftigte ich mich mit jedem Unsinn, mit jeder unwichtigen Kleinigkeit, die mir in die Hand kam?

Ich zuckte zusammen, das Licht ging an. Natürlich, eine Fotozelle, die auf die hereinbrechende Dämmerung reagierte. Ich war voller Erwartung, meine innere Spannung wuchs derart, daß ich schließlich keinen leeren Raum mehr hinter mir duldete. Ich beschloß, dagegen anzukämpfen. So schob ich den Stuhl an das Bücherregal heran und entnahm ihm den mir wohlvertrauten zweiten Band der alten Monographie von Hughes und Eugel, die »Geschichte der Solaris«. Ich stützte den schweren, steifen Buchrücken auf die Knie und begann darin zu blättern.

Die Solaris war knapp hundert Jahre vor meiner Geburt entdeckt worden. Der Planet kreist um zwei Sonnen — eine rote und eine blaue. Mehr als vierzig Jahre hindurch näherte sich ihr kein Raumschiff, denn die Gamow-Shapley-Theorie über die Unmöglichkeit des Entstehens von Leben auf Planeten von Doppelsternen galt damals als Axiom. Die Umlaufbahnen solcher Planeten verändern sich unaufhörlich infolge des Gravitationsspiels, das während der gegenseitigen Umkreisung des Sonnenpaares stattfindet.

Die entstehenden Perturbationen lassen die Umlaufbahn des Planeten abwechselnd schrumpfen und sich ausdehnen, so daß die Anfänge von Leben, sofern sie entstehen, durch Strahlenglut oder durch eisige Kälte vernichtet werden. Diese Veränderungen spielen sich innerhalb von Jahrmillionen ab, innerhalb eines sehr kurzen Zeitraums also, wenn man die astronomische oder biologische Skala anlegt, da eine Evolution ja Hunderte von Millionen, wenn nicht gar eine Milliarde Jahre erfordert.

Nach ursprünglichen Berechnungen sollte sich die Solaris im Verlauf von fünfhunderttausend Jahren auf die Entfernung von einer halben astronomischen Einheit ihrer roten Sonne nähern und nach einer weiteren Million von Jahren in deren glühenden Abgrund stürzen.

Doch schon nach wenigen Jahren überzeugte man sich davon, daß ihre Bahn durchaus nicht die erwarteten Veränderungen aufwies, ganz so, als wäre sie konstant, so konstant wie die Umlaufbahnen der Planeten unseres Sonnensystems.

Die Beobachtungen und Berechnungen wurden mit der größten Genauigkeit wiederholt, aber sie bestätigten nur, was bereits bekannt war: daß die Solaris eine unbeständige Umlaufbahn besitzt.

Von einem der vielen hundert Planeten, die Jahr für Jahr entdeckt und mit wenigen nüchternen Angaben über ihre Bewegungselemente in die großen Statistiken aufgenommen werden, avancierte die Solaris zu einem Himmelskörper, der besondere Aufmerksamkeit verdiente.

Etwa vier Jahre nach dieser Entdeckung begab sich eine Expedition Ottenskjolds auf die Umlaufbahn der Solaris, um den Planeten von der »Laokoon« und zwei Hilfskreuzern aus zu erforschen. Diese Expedition sollte nur eine provisorische, improvisierte Erkundung sein, um so mehr, als sie nicht imstande war zu landen. Sie brachte eine größere Anzahl automatischer Forschungssatelliten auf Umlaufbahnen um den Äquator und die Pole, deren Hauptaufgabe die Vermessung der Gravitationspotentiale war. Außerdem wurde die Oberfläche des Planeten untersucht, der bis auf einige wenige Hochebenen von einem Ozean bedeckt ist. Die Gesamtfläche des Festlandes liegt noch unter der Europas, obwohl der Durchmesser der Solaris zwanzig Prozent größer ist als der der Erde. Diese recht unregelmäßig verteilten felsigen und wüstenartigen Inseln konzentrieren sich hauptsächlich auf der südlichen Halbkugel. Man erforschte auch die Zusammensetzung der Atmosphäre, die keinen Sauerstoff enthält, und führte überaus präzise Messungen der Dichte des Planeten sowie der Albedo und anderer astronomischer Elemente durch. Wie erwartet, fand man keinerlei Anzeichen von Leben, weder auf dem Festland noch im Ozean.

Im Verlauf von weiteren zehn Jahren ließ die Solaris, die sich nun schon im Zentrum der Aufmerksamkeit aller Beobachter dieser Region befand, eine erstaunliche Tendenz zur Bewahrung ihrer – was die Gravitation betraf – unbeständigen Umlaufbahn erkennen; darüber konnte es keinen Zweifel mehr geben. Eine Zeitlang sah es nach einem Skandal aus, denn man versuchte die Schuld für ein solches Beobachtungsergebnis (aus Sorge um das Wohl der Wissenschaft) bald bestimmten Menschen, bald den Rechenmaschinen zuzuschieben, deren sie sich bedienten.

Das Fehlen entsprechender Mittel verzögerte den Start einer eigentlichen Solarisexpedition um weitere drei Jahre, bis zu dem Augenblick, da Shannahan, der inzwischen seine Besatzung komplettiert hatte, vom Institut drei Einheiten der C-Tonnage aus der Kosmodromklasse erhielt. Anderthalb Jahre vor der Ankunft der Expedition, die aus dem Gebiet der Alpha des Wassermanns startete, brachte eine andere Explorationsflotte im Auftrag des Instituts einen automatischen Satelloiden, die Luna 247, auf eine Orbitalbahn um die Solaris. Dieser Satelloid arbeitet nach drei Rekonstruktionen, die im Abstand von Jahrzehnten erfolgten, noch heute. Die Daten, die er sammelte, bestätigten endgültig die Beobachtung der Ottenskjold-Expedition über den aktiven Charakter der Bewegungen des Ozeans.

Ein Raumschiff Shannahans blieb auf einer hohen Umlaufbahn, zwei andere landeten nach den entsprechenden Vorbereitungen auf einem felsigen, etwa sechshundert Quadratmeilen großen Festland, das am Südpol der Solaris über den Ozean hinausragt. Die Arbeit der Expedition dauerte achtzehn Monate und verlief erfolgreich – bis auf einen Unglücksfall, der sich durch die fehlerhafte Funktion eines Geräts ereignete. Doch innerhalb der wissenschaftlichen Equipe kam es zum Bruch; es entstanden zwei rivalisierende Lager. Gegenstand der Auseinandersetzung wurde der Ozean. Aufgrund der Analysen erkannte man ihn als organisches Gebilde an (ihn als lebendig zu bezeichnen, wagte damals noch niemand). Während jedoch die Biologen in ihm ein primitives Gebilde sahen, etwas in der Art einer gigantischen Verbindung, also gewissermaßen eine einzige, ins Ungeheuerliche angewachsene flüssige Zelle (sie nannten ihn jedoch eine »präbiologische Formation«), die den ganzen Globus mit einem gallertartigen Mantel umgab und stellenweise eine Tiefe von mehreren Meilen aufwies, behaupteten die Astronomen und die Physiker, daß es sich um eine überaus hoch organisierte Struktur handeln müsse, die in der Kompliziertheit ihres Aufbaus vielleicht die irdischen Organismen übertraf, da sie ja aktiv auf die Gestaltung der Umlaufbahn des Planeten einzuwirken vermochte. Eine andere Ursache für das Verhalten der Solaris fand man nämlich nicht; zudem entdeckten die Planetophysiker einen Zusammenhang zwischen gewissen Prozessen des plasmatischen Ozeans und dem lokal gemessenen Gravitationspotential, das sich in Abhängigkeit von der ozeanischen »Umwandlung von Materie« ebenfalls veränderte.

So traten also die Physiker und nicht die Biologen mit der paradoxen Formulierung »plasmatische Maschine« hervor, worunter sie ein – nach unseren Begriffen vielleicht auch unbelebtes – Gebilde verstanden, das jedoch die Fähigkeit besaß, zielgerichtete Handlungen von – um es deutlich zu sagen – astronomischen Dimensionen vorzunehmen.

In diesem Meinungsstreit, der wie ein Strudel innerhalb von Wochen die bedeutendsten Autoritäten erfaßte, geriet die Gamow-Shapley-Doktrin zum erstenmal seit achtzig Jahren ins Wanken.

Eine Zeitlang versuchte man noch, sie mit der Behauptung zu verteidigen, daß der Ozean mit Leben nichts zu tun habe, daß er nicht einmal ein »präbiologisches« oder ein »Para«gebilde sei, sondern eine geologische Formation, ungewöhnlich zwar, aber immerhin imstande, die Umlaufbahn der Solaris durch eine Veränderung der Schwerkraft zu stabilisieren; dabei berief man sich auf das Le Chateliersche Gesetz.

Solchem Konservatismus zum Trotz tauchten Theorien auf, die (wie beispielsweise eine der fundierteren von Civita-Vitta) verkündeten, der Ozean sei das Ergebnis einer dialektischen Entwicklung: ihm sei unter dem Druck der Verhältnisse (einer seine Existenz bedrohenden Veränderung der Umlaufbahn also) der

Sprung von seiner ursprünglichen Gestalt, vom Urozean, einer Lösung träge reagierender chemischer Substanzen, zum Stadium eines »homeostatischen Ozeans« gelungen — und das, ohne all die irdischen Entwicklungsstufen zu durchlaufen; das heißt, daß er die Entstehung der Ein- und Vielzeller sowie die pflanzliche und tierische Evolution umging und ohne Nervensystem und Gehirn auskam. Anders gesagt, er paßte sich nicht wie die irdischen Organismen Hunderte von Millionen Jahre hindurch an seine Umgebung an, um erst nach einem so riesigen Zeitraum einer vernunftbegabten Rasse den Anfang zu geben, sondern er übernahm die Herrschaft über seine Umgebung sofort.

Das war durchaus originell, allerdings wußte weiterhin kein Mensch, wie ein sirupartiges Gallert die Umlaufbahn eines Himmelskörpers zu stabilisieren vermag. Seit fast einem Jahrhundert waren Vorrichtungen bekannt — die Gravitoren —, die künstliche Kraft- und Gravitationsfelder schufen, aber niemand konnte sich auch nur vorstellen, wie ein gestaltloser Brei zu einem Ergebnis gelangen konnte, das — in den Gravitoren — im Ergebnis komplizierter Kernreaktionen bei riesigen Temperaturen erzielt wurde. Die Zeitungen suchten damals einander zu übertrumpfen. Zur Freude der Leser und zum Entsetzen der Wissenschaftler lancierten sie die primitivsten Ideen über das »Geheimnis der Solaris«; selbst Behauptungen, der planetare Ozean sei ein . . . entfernter Verwandter der irdischen elektrischen Aale, fehlten nicht.

Gelang es wirklich einmal, wenigstens ein Teilproblem zu lösen, so zeigte sich meist, daß die Erklärung an die Stelle des einen Rätsels — wie das im Falle der Solaris später noch häufig vorkam — ein anderes setzte, das womöglich noch erstaunlicher war.

Untersuchungen ergaben, daß der Ozean durchaus nicht nach dem Prinzip unserer Gravitoren handelte (was übrigens unmöglich gewesen wäre), sondern imstande war, unmittelbar eine Zeit-Raum-Metrik zu modellieren, was unter anderem zu Abweichungen bei der Zeitmessung auf ein und demselben Längengrad der Solaris führte. So war also dem Ozean die Einstein-Boevie-Theorie gewissermaßen nicht nur bekannt, sondern er verstand es auch (was man von uns nicht sagen kann), die sich daraus ergebenden Konsequenzen zu nutzen.

Als dies ausgesprochen wurde, brach in der wissenschaftlichen Welt einer der heftigsten Stürme unseres Jahrhunderts los. Die ehrwürdigsten, allgemein als richtig anerkannten Theorien zerfielen zu Staub, in der wissenschaftlichen Literatur erschienen die ketzerischsten Artikel, und die Alternative »genialer Ozean« oder »Gravitationsgallert« erhitzte die Gemüter.

All das hatte sich ein gutes Dutzend Jahre vor meiner Geburt ereignet. Als ich zur Schule ging, galt die Solaris aufgrund der später hinzugekommenen Erkenntnisse bereits allgemein als Planet, auf dem Leben existiert, auf dem es jedoch nur einen einzigen Bewohner gibt ...

Der zweite Band von Hughes und Eugel, in dem ich noch immer fast gedankenlos blätterte, begann mit einer Systematik, die ebenso originell gedacht war, wie sie komisch wirkte. Die Klassifikationstabelle präsentierte nacheinander: Typ – Polytheria, Reihe – Syncytialia, Klasse – Metamorpha. Ganz so, als kennten wir Gott weiß wie viele Exemplare dieser Gattung, während es doch in Wirklichkeit nach wie vor dieses eine gab, wenn auch mit einem Gewicht von siebzehn Billionen Tonnen.

Unter meinen Fingern glitten Funktionstabellen mit Ergebnissen von Spektralanalysen vorbei, farbige Diagramme, die Art und Geschwindigkeit von Zustandsänderungen und den sie begleitenden chemischen Reaktionen demonstrierten. Je weiter ich mich in den umfangreichen Band vertiefte, desto mehr Mathematik begegnete mir auf den Seiten aus bestem Kreidepapier; man konnte meinen, unser Wissen über diesen Vertreter der Klasse Metamorpha, der, in das Dunkel einer vierstündigen Nacht gehüllt, einige hundert Meter unter dem stählernen Boden der Station lag, sei vollkommen.

In Wirklichkeit waren sich noch nicht einmal alle einig, ob dies überhaupt ein »Wesen« sei, ganz zu schweigen von der Frage, ob man den Ozean vernunftbegabt nennen könne. Polternd schob ich den Riesenband ins Regal zurück und holte mir den nächsten heraus. Er bestand aus zwei Teilen. Der erste enthielt eine Zusammenfassung der Experimentalprotokolle all jener unzähligen Unternehmungen, deren Ziel eine Kontaktaufnahme mit dem Ozean gewesen war. Dieses Kontaktknüpfen war, daran erinnerte ich mich noch genau, Quelle nicht enden wollender Anekdoten, Spötteleien und Witze während meines Studiums; die mittelalterliche Scholastik erschien einem wie eine übersichtliche, überzeugend vorgetragene Lektion angesichts des Dschungels, den dieses Problem verursacht hatte. Der zweite Teil des Bandes, der dreizehnhundert Seiten umfaßte, bestand ausschließlich aus der Bibliographie des Gegenstandes. Die Originalliteratur hätte sicherlich keinen Platz gefunden in dem Raum, in dem ich saß.

Die ersten Kontaktversuche hatten mittels spezieller elektronischer Apparate stattgefunden, welche die in beide Richtungen ausgesandten Reize transformierten. Der Ozean nahm an der Gestaltung dieser Apparate aktiv teil. Doch all das geschah in völligem Dunkel. Denn was bedeutete das: er »nahm teil«? Er modifizierte bestimmte Elemente von Geräten, die man in ihn hineintauchte, was zur Folge hatte, daß sich die Frequenzen der aufgezeichneten Entladungen veränderten; die registrierenden Apparaturen hielten eine Vielzahl von Signalen fest, gleichsam die Fetzen riesiger Operationen einer höheren Analyse, doch was bedeutete das alles? Vielleicht waren das Angaben über den augenblicklichen Erregungszustand des Ozeans? Vielleicht Impulse, die das Entstehen seiner riesigen Gebilde bewirkten, irgendwo, Tausende Meilen von den Forschern entfernt? Vielleicht – umgesetzt in undeutbare elektronische Signale – die Widerspiegelungen der ewigen Wahrheiten dieses Ozeans? Vielleicht seine Kunstwerke? Wer wollte das wissen, da es unmöglich war, zweimal die gleiche Reaktion auf einen Reiz zu erzielen? Da als Antwort einmal eine Explosion von Impulsen erfolgte, die beinahe die Apparatur sprengte, und ein andermal dumpfes Schweigen. Da es unmöglich war, irgendein Experiment zu wiederholen.

Ständig schien es, als stünden wir unmittelbar vor der Dechiffrierung dieser unentwegt anwachsenden Flut von Aufzeichnungen. Man baute speziell zu diesem Zweck Elektronengehirne mit einer Verarbeitungskapazität, wie sie bisher kein Problem erfordert hatte. Und man erzielte auch gewisse Ergebnisse. Der Ozean, die Quelle all dieser elektrischen, magnetischen und Gravitationsimpulse, schien sich der Sprache der Mathematik zu bedienen; gewisse Folgen seiner elektrischen Entladungen konnte man klassifizieren, indem man sich der abstraktesten Zweige der irdischen Analyse, der Mengenlehre, bediente; es erschienen dort Kollimationen von Strukturen, die aus jenem Zweig der Physik bekannt sind, der sich mit dem Verhältnis von Energie und Materie, endlichen und unendlichen Größen, von Teilchen und Feldern beschäftigt.

All das brachte die Gelehrten zu der Überzeugung, daß sie ein denkendes Ungeheuer vor sich hatten, eine Art millionenfach vergrößertes, zum Meer ausgewuchertes Protoplasmagehirn, das den ganzen Planeten umgab und seine Zeit mit theoretischen Erwägungen über das Wesen aller Dinge verbrachte, mit Erwägungen, die in ihrer Dimension unvorstellbar waren; was unsere Apparate auffingen, waren winzige, zufällig aufgeschnappte Fetzen jenes gigantischen, in den Untiefen geführten ewigen Monologs, der unser Begriffsvermögen bei weitem überstieg.

Soweit die Mathematiker. Derartige Hypothesen wurden von den einen als Ausdruck der Geringschätzung der menschlichen Möglichkeiten bezeichnet, man verneige sich da vor etwas, hieß es, was wir noch nicht begreifen, aber was begreifbar ist, und man lasse die alte Doktrin des »ignoramus et ignorabimus« auferstehen; andere wiederum meinten, dies seien schädliche und fruchtlose Ammenmärchen, in diesen Hypothesen der Mathematiker trete die Mythologie unserer Zeit zutage, die in einem Riesengehirn — ganz gleich, ob elektronisch oder plasmatisch — das höchste Daseinsziel, die Summe der Existenz sehe.

Und wieder andere . . . Doch die Zahl der Forscher und Ansichten war Legion. Was bedeutete schon der ganze Bereich, der sich um eine »Kontaktaufnahme« bemühte, im Vergleich mit den anderen Zweigen der Solaristik, in denen die Spezialisierung so weit fortgeschritten war, vor allem im letzten Vierteljahrhundert, daß ein Kybernetiker sich kaum noch mit einem Symmetriadologen verständigen konnte, obwohl beide Solaristen waren. »Wie wollt ihr euch mit dem Ozean verständigen, wenn ihr nicht einmal mehr unter euch dazu imstande seid?« hatte einmal Veubeke, der damals, während meines Studiums, Institutsdirektor war, scherzhaft gefragt; dieser Scherz enthielt viel Wahrheit.

Immerhin hatte man den Ozean nicht zufällig in die Klasse der

Metamorpha eingestuft. Seine wogende Oberfläche konnte der Ausgangspunkt für die unterschiedlichsten Formen sein, die nichts Irdischem mehr ähnelten, wobei die Zweckmäßigkeit jener zuweilen heftigen Eruptionen der plasmatischen »Schöpfungen« – ganz gleich, ob man sie auf Adaptionsvermögen, Erkenntniswert oder sonst etwas bezog – völlig im dunkeln lag.

Während ich den Band ins Regal stellte – er war so schwer, daß ich beide Hände dazu brauchte –, sagte ich mir, daß unser Wissen über die Solaris, das doch ganze Bibliotheken füllte, unnützer Ballast, ein Sumpf von Fakten war und daß wir uns an der gleichen Stelle befanden, an der man vor achtundsiebzig Jahren angefangen hatte, es zu sammeln, doch genaugenommen war die Situation noch viel schlechter, da sich ja die ganze Mühe dieser Jahre als umsonst erwiesen hatte.

Alles, was wir genau wußten, bezog sich auf Verneinungen. Der Ozean bediente sich keiner Maschinen und baute auch keine, obwohl er unter bestimmten Bedingungen dazu in der Lage schien, denn er vervielfältigte die Teile mancher Apparate, die man in ihn hineintauchte, doch er tat dies nur im ersten und zweiten Jahr der Forschungsarbeiten; danach ignorierte er alle – mit unsäglicher Geduld wiederholten – Versuche, als hätte er jedes Interesse an unseren Einrichtungen und Erzeugnissen (und offensichtlich auch an uns selbst) verloren. Er besaß – ich setze die Aufzählung unserer »negativen Informationen« fort – keinerlei Nervensystem oder Zellen noch überhaupt eine eiweißähnliche Struktur; er reagierte auch nicht immer auf Reize, nicht einmal auf die mächtigsten (so »ignorierte« er zum Beispiel völlig die Katastrophe eines Raketenhilfskreuzers aus Gieses zweiter Expedition, der aus einer Höhe von dreihundert Kilometern auf die Oberfläche des Planeten niederstürzte und durch die Kernexplosion seiner Atomreaktoren in einem Umkreis von anderthalb Meilen das Plasma vernichtete).

In wissenschaftlichen Kreisen gewann der Begriff »Angelegenheit Solaris« mit der Zeit die Bedeutung »einer verspielten Angelegenheit«, vor allem im Bereich der Administration, wo in den letzten Jahren Stimmen laut wurden, die eine Beschneidung der Mittel für weitere Forschungen verlangten. Über eine völlige Liquidierung der Station hatte bisher niemand zu sprechen gewagt; das wäre ein zu offenes Eingeständnis der Niederlage gewesen. In privaten Unterhaltungen meinte dieser und jener allerdings, daß alles, was uns fehle, die Strategie eines möglichst »ehrenvollen« Rückzugs aus der »Affäre Solaris« sei.

Für viele jedoch, vor allem für die Jungen, wurde diese »Affäre« allmählich zu einem Prüfstein für den eigenen Wert: »Im Grunde«, so sagten sie, »geht es um mehr als um die Erkundung der Zivilisation der Solaris, es geht um uns selbst, um die Grenzen der menschlichen Erkenntnis.«

Eine Zeitlang war die Ansicht populär (sie wurde eifrig von der Tagespresse verbreitet), der denkende Ozean, der die ganze Solaris umfließt, sei ein gigantisches Gehirn, das unserer Zivilisation um Jahrmillionen der Entwicklung voraus sei, eine Art »kosmischer Yoga«, ein Weiser, die Inkarnation der Allwissenheit, die längst das Vergebliche allen Handelns begriffen habe und deshalb uns gegenüber kategorisches Schweigen bewahre. Das stimmte einfach nicht, denn der lebende Ozean handelte, und wie er handelte – allerdings nach anderen Vorstellungen, als sie den Menschen eigen sind: Er baute weder Städte noch Brücken noch Flugmaschinen; er versuchte nicht, den Raum zu bezwingen noch ihn zu überwinden (worin einige Verteidiger der Überlegenheit des Menschen um jeden Preis ein unschätzbares Argument zu unseren Gunsten sahen), hingegen beschäftigte er sich mit tausenderlei Umwandlungen: mit der »ontologischen Autometamorphose«. An gelehrten Termini fehlte es jedenfalls nicht auf den Seiten der solaristischen Werke! Da jedoch andererseits bei jedem, der sich aufmerksam in all die Solariana vertiefte, der unabweisbare Eindruck entstand, er habe Bruchteile intellektueller, vielleicht sogar genialer Konstruktionen vor sich, die ohne Sinn und Verstand mit den Früchten einer kompletten, an Wahnsinn grenzenden Dummheit vermengt sind, entstand als Antithese zur Konzeption eines »Yoga-Ozeans« der Gedanke eines »debilen Ozeans«.

Diese Hypothesen holten eines der ältesten philosophischen Probleme aus der Versenkung und belebten es – das Verhältnis von Geist und Materie, das Problem des Bewußtseins. Es gehörte kein geringer Mut dazu, dem Ozean – wie du Haart es getan hatte

— ein Bewußtsein zuzuschreiben. Dieses Problem, von den Methodologen vorschnell metaphysisch genannt, schwelte auf dem Grunde nahezu aller Diskussionen und Auseinandersetzungen. War Denken ohne Bewußtsein möglich? Konnte man aber die im Ozean vor sich gehenden Prozesse Denken nennen? War ein Berg ein sehr großer Stein? War ein Planet ein riesiger Berg? Man konnte diese Begriffe benützen, doch eine neue Größenskala hatte neue Gesetzmäßigkeiten und neue Erscheinungen zur Folge.

Dieses Problem wurde zur Quadratur des Kreises unserer Zeit. Jeder selbständige Denker war bemüht, die Solaristik mit seinem Beitrag zu bereichern; es häuften sich Theorien, die verkündeten, wir hätten ein Produkt der Degeneration vor uns, der Rückbildung, die nach der verflossenen Phase »intellektueller Blüte« einsetzte, während andere behaupteten, der Ozean sei in Wirklichkeit eine gallertartige Geschwulst, die, geboren im Körperbereich der früheren Bewohner des Planeten, sie alle gefressen, verschlungen und die Überreste eingeschmolzen habe — zur Form eines ewig existierenden, sich selbst verjüngenden, überzelligen Elements.

In dem weißen, fast irdischen Licht der Leuchtstoffröhren nahm ich die Apparate und Bücher vom Tisch und breitete auf der Plastplatte eine Karte der Solaris aus; gestützt auf die Metallränder des Tisches, betrachtete ich sie nachdenklich. Der lebende Ozean besaß Tiefen und Untiefen, und seine Inseln, die mit einer Schicht verwitterter Mineralien überzogen waren, zeugten davon, daß sie einst den Grund gebildet hatten — regelte er also auch das Auftauchen und Versinken der Felsformationen, die in seinem Schoß ruhten? Das lag völlig im dunkeln. Ich blickte auf die riesigen, in den verschiedensten Tönen von Violett und Blau gehaltenen Halbkugeln auf der Karte und wurde erneut von jenem Staunen befallen, das mich schon beim erstenmal so erschüttert hatte, als ich in der Schule von der Existenz der Solaris erfuhr.

Ich weiß nicht, wie es geschah, daß die Umgebung samt ihrem Geheimnis um den Tod Gibarians, daß selbst meine ungewisse Zukunft — daß all dies mir plötzlich unwichtig erschien und ich an gar nichts dachte, versunken in den Anblick dieser Karte, die jeden Menschen erschrecken mußte.

Die einzelnen Gebiete des Ozeans trugen die Namen der Forscher, die sie erkundet hatten. Ich betrachtete gerade das Thexallsche Plasmamassiv, das die Äquatorialarchipele umfließt, als ich jemandes Blick spürte.

Ich stand noch immer über der Karte, aber ich sah nichts mehr, ich war wie gelähmt. Die Tür lag mir gegenüber; sie war mit den Kästen und einem Schränkchen, das ich herangeschoben hatte, verbarrikadiert. Irgendein Automat, dachte ich, obwohl sich vorher keiner im Zimmer befunden hatte, und unbemerkt hereinkommen konnte er auch nicht. Die Haut im Nacken und auf dem Rükken brannte mir, die Empfindung dieses bleiernen, reglosen Blicks wurde unerträglich. Ich war mir gar nicht bewußt, daß ich, indem ich den Kopf zwischen die Schultern zog, mich immer fester auf den Tisch stützte, der nun langsam über den Fußboden zu rutschen begann; diese Bewegung befreite mich von dem Bann. Ruckartig drehte ich mich um.

Das Zimmer war leer. Vor mir hatte ich die gähnende Schwärze des halbkreisförmigen Fensters. Der seltsame Eindruck wich nicht. Die Dunkelheit starrte mich an, gestaltlos, riesig, ohne Augen und ohne Grenzen. Die Düsternis dort draußen wurde von keinem Stern erhellt. Ich zog die lichtundurchlässigen Vorhänge zu. Noch keine Stunde befand ich mich auf der Station und begriff doch schon, wieso hier Fälle von Verfolgungswahn auftraten. Unwillkürlich brachte ich dies mit Gibarians Tod in Verbindung. Ich hatte ihn gekannt und bisher geglaubt, daß nichts imstande wäre, seinen Sinn zu verwirren. Nun war ich mir nicht mehr so sicher.

Ich stand mitten im Zimmer neben dem Tisch. Mein Atem hatte sich beruhigt, und ich spürte, wie der Schweiß, der mir auf die Stirn getreten war, abkühlte. Woran hatte ich soeben gedacht? Richtig — an die Automaten. Daß ich keinem begegnet war — weder auf dem Korridor noch in den Zimmern —, war merkwürdig genug. Der einzige, mit dem ich bisher zu tun hatte, und auch das nur auf Distanz, gehörte zur mechanischen Flughafenbedienung. Und die anderen?

Ich blickte auf die Uhr. Es war an der Zeit, Snaut aufzusuchen.

Ich ging hinaus. Der Korridor war nur schwach von Leuchtstofflampen erhellt, die an der Decke entlangliefen. An zwei Türen vorbei gelangte ich zu einer dritten, an der Gibarians Name angebracht war. Ich stand lange davor. Auf der Station war alles still. Ich ergriff die Klinke. Eigentlich wollte ich gar nicht hineingehen. Sie gab nach, die Tür öffnete sich einen Spaltbreit, der zunächst schwarz war, dann ging in dem Zimmer das Licht an. Jetzt konnte mich jeder, der den Korridor entlangkam, sehen. Rasch trat ich ein und schloß hinter mir die Tür, lautlos und fest. Dann drehte ich mich um.

Ich stand und schaute, den Rücken der Tür zugekehrt. Das Zimmer war größer als meines, es besaß ebenfalls ein Panoramafenster, das zu drei Vierteln mit einer blau und rosa geblümten Gardine verhängt war; zweifellos hatte er sie von der Erde mitgebracht, denn zur Ausrüstung der Station gehörte sie nicht. Entlang den Wänden zogen sich Bücherregale und Schränkchen, beides in einem sehr hellen Grün emailliert und silbrig glänzend. Ihr Inhalt türmte sich zwischen Tischchen und Sesseln. Dicht vor mir versperrten zwei Schreibtischchen den Weg, umgestoßen und teilweise in Stapeln von Zeitschriften verkeilt, die aus geplatzten Heftern quollen. Offene Buchseiten trugen die Spuren irgendwelcher Flüssigkeiten, daneben lagen die Scherben von zerschlagenen Kolben und Flaschen, die so dickwandig waren, daß sie selbst einen Fall aus größerer Höhe auf den Fußboden hätten überstehen müssen. Vor dem Fenster ein umgestürzter Schreibtisch mit einer zerschlagenen Arbeitslampe am Schwenkarm; davor ein Hocker, dessen zwei Beine in den halb herausgezogenen Schubkästen steckten. Eine Flut von Zetteln, handgeschriebenen Blättern und Papieren bedeckte den ganzen Fußboden. Ich erkannte Gibarians Schrift und beugte mich darüber. Als ich die losen Bogen aufhob, bemerkte ich, daß meine Hand nicht wie bisher einen einzelnen Schatten warf, sondern einen doppelten. Der rosa Vorhang leuchtete, als wäre sein oberer Rand von einem bläulichgrellen Feuer erfaßt worden, das sich mit jedem Augenblick nach unten ausbreitete.

Ich riß den Vorhang zur Seite und war wie geblendet — ein Drittel des Horizonts stand in Flammen. Ein Gewirr langer, sich gespenstisch dehnender Schatten lief über die Wellentäler hin bis zur Station. Der Sonnenaufgang. In der Zone, in der sich die Station befand, erschien nach einstündiger Nacht die zweite, die blaue

Sonne des Planeten am Himmel. Ein selbsttätiger Schalter löschte die Deckenbeleuchtung, als ich zu den Papieren zurückkehrte. Ich stieß auf die bündige Beschreibung eines Experiments, das vor drei Wochen geplant worden war: Gibarian beabsichtigte, das Plasma sehr harten Röntgenstrahlen auszusetzen. Aus dem Text konnte ich schließen, daß er für Sartorius bestimmt war, der das Experiment vorbereiten sollte – in der Hand hielt ich die Kopie. Die weißen Blätter blendeten mich immer mehr. Der Tag, der sich erhob, war anders als der vorherige. Unter dem orangefarbenen Himmel der erkaltenden Sonne war der tintenschwarze Ozean mit seinem blutigroten Widerschein stets von einem schmutzigrosa Nebel bedeckt, der alles – Gewölbe, Wolken und Wellen – in eins verschmolz. Davon war nichts geblieben. Selbst durch den Filter des rosa Gewebes hindurch loderte das Licht noch wie der Brenner einer mächtigen Quarzlampe. Die Sonnenbräune meiner Hände wirkte darin fast grau.

Das ganze Zimmer hatte sich verändert, alles, was eine rötliche Färbung besaß, erschien nun bräunlich und verblichen, weiße, grüne und gelbe Gegenstände wiederum belebten sich in ihren Farben und strahlten gleichsam aus sich heraus. Mit zusammengekniffenen Augen schaute ich durch einen Spalt des Vorhangs: Der Himmel war ein weißes Flammenmeer, unter dem flüssiges Metall zu flackern und zu zucken schien. Ich schloß die Augen; im Blickfeld, unter den Lidern, breiteten sich rote Kreise aus. Auf der Konsole des Waschbeckens (sein Rand war abgeschlagen) gewahrte ich eine dunkle Brille, die fast das halbe Gesicht bedeckte; ich setzte sie auf. Der Fenstervorhang glühte nun wie eine Natriumflamme. Ich las weiter und legte die Blätter auf dem einzigen noch stehenden Tischchen ab. Ein Teil des Textes fehlte.

Es folgten Protokolle von bereits durchgeführten Experimenten. Aus ihnen erfuhr ich, daß sie vier Tage lang den Ozean einer Bestrahlung ausgesetzt hatten, und zwar an einem Punkt, der vierzehnhundert Meilen vom jetzigen Standort entfernt in nordöstlicher Richtung lag. Das überraschte mich, denn die Anwendung von Röntgenstrahlen war wegen ihrer todbringenden Wirkung durch eine UNO-Konvention verboten. Und ich war mir sicher, daß sich niemand an die Erde gewandt hatte, um die Erlaubnis für derlei

Experimente zu erlangen. Als ich einmal den Kopf hob, erblickte ich mich im Spiegel der offenen Schranktür: ein totenbleiches Gesicht mit schwarzen Gläsern. Unheimlich sah dieses Zimmer im bläulichweißen Feuer aus, doch nach wenigen Minuten war ein anhaltendes Knirschen zu vernehmen, und von außen schoben sich hermetische Klappen vor die Fenster; im Raum wurde es dunkel, und das künstliche Licht ging an, das jetzt seltsam matt wirkte. Nur immer wärmer wurde es, bis der gleichmäßige Ton, der aus den Leitungen der Klimaanlage drang, einem durchdringenden Winseln ähnelte. Die Kühlaggregate der Station arbeiteten mit voller Kraft. Trotzdem nahm die leblose Hitze ständig zu und wurde unerträglich.

Ich hörte Schritte. Jemand ging den Korridor entlang. Mit zwei geräuschlosen Sätzen war ich an der Tür. Die Schritte wurden langsamer und verhielten. Der Unbekannte stand jetzt hinter der Tür. Die Klinke bewegte sich langsam; ohne zu überlegen, ergriff ich sie auf meiner Seite und hielt sie fest. Der Druck verstärkte sich nicht, aber er ließ auch nicht nach. Dieser Jemand auf der anderen Seite verhielt sich ebenso lautlos, er schien überrascht. So hielten wir die Klinke eine ganze Weile fest. Dann ruckte meine Hand plötzlich nach oben – der Unbekannte hatte die Klinke freigegeben, und ein leises Geräusch zeugte davon, daß er sich entfernte. Noch stand ich da und lauschte, doch es blieb still.

Gäste

Eilig faltete ich Gibarians Notizen zusammen und steckte sie in die Tasche. Dann ging ich zum Schrank und schaute hinein: Die Kombinationen und Anzüge stauten sich in einer Ecke, als stünde dort jemand. Unter einem Stapel Papier auf dem Fußboden ragte der Zipfel eines Umschlags hervor. Ich hob ihn auf. Er war an mich adressiert. Ich spürte ein Würgen in der Kehle, als ich ihn öffnete, und mußte mich dazu zwingen, das kleine Blatt Papier, das er enthielt, zu entfalten.

Mit seiner regelmäßigen, ungewöhnlich kleinen, aber leserlichen Schrift hatte Gibarian notiert:

Ann. Solar. Vol. I. Annex, auch: Vot. Separat. Messengers in der Ang. F.; Ravintzers »Kleines Apokryph«.

Das war alles, nicht ein Wort mehr. Die Schrift deutete auf Eile hin. Handelte es sich um eine wichtige Nachricht? Wann hatte er das geschrieben? Ich mußte so schnell wie möglich in die Bibliothek gehen. Jenen Annex zum ersten solaristischen Jahrbuch kannte ich, das heißt, ich wußte von dessen Existenz, doch ich hatte ihn nie in der Hand gehabt, denn er war von rein historischem Wert. Von einem Ravintzer hingegen oder dessen »Kleinem Apokryph« hatte ich noch nie gehört.

Was war zu tun?

Es war bereits eine Viertelstunde über die vereinbarte Zeit. Noch einmal erfaßte ich mit einem Blick das ganze Zimmer. Jetzt erst bemerkte ich das senkrecht an der Wand befestigte Klappbett, da es von einer entrollten Karte der Solaris verdeckt wurde. Hinter der Karte hing etwas. Ein Taschenmagnetofon in einem Futteral. Ich nahm den Apparat heraus und hängte das Futteral an seinen Platz zurück. Ein Blick auf den Zähler sagte mir, daß nahezu die ganze Spule aufgespielt war.

Wieder stand ich eine Sekunde lang mit geschlossenen Augen an der Tür und lauschte angestrengt auf die Stille da draußen. Nichts. Ich öffnete die Tür, der Korridor kam mir wie eine schwarze Schlucht vor; erst jetzt nahm ich die dunklen Gläser ab und erblickte die schwache Deckenbeleuchtung. Ich schloß hinter mir die Tür und wandte mich nach links, zur Funkstation.

Als ich mich bereits dem sogenannten Rondo näherte, von dem wie die Speichen eines Rades die Korridore abzweigten, gewahrte ich in einem schmalen Seitengang, der wohl zu den Bädern führte, eine große, undeutliche Gestalt, die mit dem Halbdämmer fast verschmolz.

Wie angewurzelt blieb ich stehen. Aus der Tiefe jener Abzweigung kam mir langsam und watschelnd eine riesige Negerin entgegen. Ich sah das Weiße in ihren Augen aufblitzen und vernahm fast gleichzeitig das weiche Platschen ihrer bloßen Füße. Ihre ganze Kleidung bestand aus einem gelblich glänzenden, wohl aus

Stroh geflochtenen Rock; sie hatte große, hängende Brüste, und die schwarzen Arme konnten es leicht mit den Schenkeln eines normalen Menschen aufnehmen. In einem Meter Entfernung ging sie an mir vorbei, ohne auch nur einen Blick in meine Richtung zu werfen, und entfernte sich, mit dem mächtigen Hinterteil wakkelnd, ähnlich jenen steatopygischen Schnitzwerken aus der älteren Steinzeit, die man zuweilen in anthropologischen Museen sieht. An der Biegung des Korridors wandte sie sich zur Seite und verschwand in der Tür zu Gibarians Zimmer. Für Augenblicke stand sie in dem hellen Lichtstreif, der aus dem Zimmer drang. Dann schloß sich die Tür geräuschlos, und ich blieb allein. Mit der rechten Hand ergriff ich mein linkes Handgelenk und preßte es zusammen, daß die Knochen knirschten. Abwesend blickte ich um mich. Was war geschehen? Was war das? Ganz plötzlich, als hätte ich einen Schlag erhalten, erinnerte ich mich an Snauts Warnung. Was hatte das zu bedeuten? Wer war diese scheußliche Aphrodite? Wie kam sie hierher? Ich machte einen Schritt, aber nur einen, in die Richtung von Gibarians Zimmer und verharrte. Ich wußte nur zu gut, daß ich dort nicht hineingehen würde. Mit geweiteten Nüstern sog ich die Luft ein. Irgend etwas stimmte nicht, irgend etwas war nicht so ... Ach! Ich hatte unwillkürlich den widerlichen, sehr deutlichen Geruch ihres Schweißes erwartet, doch selbst, als sie mich fast streifte, hatte ich nichts wahrgenommen.

Ich weiß nicht, wie lange ich so dastand, an die kühle Metallwand gelehnt. In der Station herrschte Stille, und der einzige Laut war das ferne, monotone Geräusch der Kompressoren der Klimaanlage.

Mit der flachen Hand versetzte ich mir einen leichten Schlag ins Gesicht und ging langsam weiter, zur Funkstation. Als ich auf die Klinke drückte, vernahm ich eine scharfe Stimme: »Wer ist dort?«

»Ich bin's, Kelvin.«

Er saß an einem Tischchen, zwischen einem Stapel Aluminiumkästen und dem Sendepult, und aß aus einer Büchse Fleischkonzentrat. Ich konnte mir nicht denken, weshalb er ausgerechnet die Funkstation zur Wohnung gewählt hatte. Verwirrt stand ich an der Tür, starrte auf seine gleichmäßig mahlenden Kiefer und spürte plötzlich, wie hungrig ich war. Ich trat vor ein Regal, suchte mir aus dem Stapel von Tellern den am wenigsten verstaubten heraus und setzte mich ihm gegenüber. Eine Zeitlang aßen wir schweigend, schließlich stand Snaut auf, entnahm dem Wandschränkchen einen Thermosbehälter und goß jedem ein Glas heißer Bouillon ein. Dann stellte er den Thermos auf dem Fußboden ab, auf dem Tischchen war kein Platz mehr, und fragte: »Hast du Sartorius gesehen?«

»Nein. Wo ist er?«

»Oben.«

Oben befand sich das Laboratorium. Wir aßen schweigend weiter, bis die Gabel über den Blechboden der Büchse kratzte. In der Funkstation herrschte Nacht. Das Fenster war von außen hermetisch verschlossen, unter der Decke brannten vier runde Leuchtstofflampen. Ihr Spiegelbild vibrierte im Plastgehäuse des Sendegeräts.

Die gespannte Haut über Snauts Backenknochen war von roten Äderchen durchzogen. Er trug jetzt einen schwarzen, losen, abgewetzten Pullover.

»Fehlt dir etwas?« fragte er.

»Nein. Was sollte mir fehlen?«

»Du schwitzt.«

Ich wischte mir mit der Hand über die Stirn. Sie war wirklich schweißnaß; offenbar die Reaktion auf den Schock vorhin. Snaut betrachtete mich forschend. Sollte ich es ihm sagen? Mir wäre es lieber gewesen, wenn er mir mehr Vertrauen entgegengebracht hätte. Wer spielte hier gegen wen und auf welche unbegreifliche Weise?

»Es ist heiß«, sagte ich. »Ich nahm an, eure Klimaanlage würde besser funktionieren.«

»In etwa einer Stunde pendelt sich das ein. Bist du sicher, daß es nur die Hitze ist?« Er sah mich aufmerksam an. Ich kaute andächtig weiter, als bemerkte ich das nicht.

»Was beabsichtigst du zu tun?« fragte er schließlich, als wir mit dem Essen fertig waren. Er warf alles Geschirr und die leeren Büchsen in die Abwaschvorrichtung an der Wand und kehrte zu seinem Sessel zurück.

»Ich richte mich nach euch«, erwiderte ich phlegmatisch. »Ihr habt doch wohl einen Forschungsplan? Beabsichtigt ihr nicht neue Reizeinwirkungen, Röntgenstrahlen oder so ...?«

»Röntgenstrahlen?« unterbrach er mich. »Woher hast du das?«

»Irgend jemand hat es mir erzählt. Ich weiß es nicht mehr. Vielleicht auf der ›Prometheus‹. Wieso? Seid ihr schon dabei?«

»Einzelheiten sind mir nicht bekannt. Das war eine Idee Gibarians. Er hat mit Sartorius daran gearbeitet. Aber wieso kannst du das wissen?«

Ich hob die Schultern.

»Du kennst die Einzelheiten nicht? Eigentlich müßtest du doch dabeisein, das ist doch auch dein Gebiet ...« Ich beendete den Satz nicht. Er schwieg. Das Winseln, das aus der Klimaanlage gekommen war, verstummte, und auch die Temperatur hielt sich in erträglichen Grenzen. In der Luft hing nur ein hoher Dauerton wie das Summen einer sterbenden Fliege. Snaut stand auf, trat an das Steuerpult und knipste die Schalter an und aus, ohne Sinn und Zweck, da der Hauptschalter auf Null zeigte. So spielte er eine ganze Weile, bis er, ohne den Kopf zu wenden, wie beiläufig bemerkte: »Man wird die Formalitäten in dieser Angelegenheit regeln müssen ... du weißt schon ...«

»Ja?«

Er drehte sich um und sah mich an, als bekäme er im nächsten Augenblick einen Wutanfall. Ich will nicht behaupten, daß ich ihn absichtlich aus dem Gleichgewicht zu bringen versuchte, da ich jedoch das Spiel, das hier gespielt wurde, nicht durchschaute, hielt ich mich lieber zurück. Der spitze Adamsapfel über dem schwarzen Rohr seines Pullovers hüpfte auf und ab.

»Du warst bei Gibarian«, sagte er plötzlich. Das war keine Frage. Ich hob den Kopf und blickte ihm ruhig ins Gesicht.

»Du warst in seinem Zimmer«, wiederholte er.

Ich deutete eine leichte Kopfbewegung an, als wollte ich sagen: »Nun, nehmen wir einmal an.«

Mir lag daran, daß er weiterredete.

»Wer war dort?« fragte er.

Er wußte von ihr!

»Niemand. Wer könnte dort schon sein?« fragte ich.

»Warum hast du mich dann nicht hineingelassen?«

Ich lächelte.

»Das lag an dem Schreck. Nach deiner Warnung ... Als die Klinke sich bewegte, hielt ich sie unwillkürlich fest. Warum hast du nicht gesagt, daß du es bist? Ich hätte dich hereingelassen.«

»Ich dachte, es sei Sartorius«, meinte er unsicher.

»Na und?«

»Was hältst du ... von dieser Sache?« parierte er seinerseits mit einer Frage.

Ich zögerte.

»Darüber müßtest du doch besser informiert sein als ich. Wo ist er?«

»Im Kühlraum«, antwortete er sofort. »Wir haben ihn gleich am Morgen hinübergetragen ... wegen der Hitze.«

»Wo hast du ihn gefunden?«

»Im Schrank.«

»Im Schrank? Hat — er denn nicht mehr gelebt?«

»Das Herz schlug, aber er atmete nicht. Es war die Agonie.«

»Hast du versucht, ihn zu retten?«

»Nein.«

»Warum nicht?«

Er zögerte. »Es war schon zu spät. Er starb, ehe ich ihn hinlegen konnte.«

»Stand er denn im Schrank? Zwischen diesen Kombinationen?«

»Ja.«

Er ging zu einem kleinen Schreibtisch in der Ecke und brachte ein Blatt Papier, das er vor mich hinlegte.

»Ich habe ein vorläufiges Protokoll aufgesetzt«, sagte er. »Es ist ganz gut, daß du dir das Zimmer angesehen hast. Todesursache: Injektion einer tödlichen Dosis von Pernostal. Hier hast du es schriftlich.«

Ich überflog den kurzen Text.

»Selbstmord ...«, wiederholte ich leise. »Und die Ursache?«

»Nervenzerrüttung ... Depression ... oder wie man das nennen soll. Darin kennst du dich besser aus als ich.«

»Ich kenne mich nur in dem aus, was ich selbst sehe«, entgegnete ich und blickte ihm von unten her in die Augen, weil er über mir stand.

»Was willst du damit sagen?« fragte er ruhig.

»Er hat sich Pernostal eingespritzt und sich dann im Schrank versteckt, ja? Wenn es so gewesen ist, dann war das keine Depression, keine Nervenzerrüttung, sondern eine akute Psychose. Eine Paranoia ... Wahrscheinlich glaubte er etwas zu sehen ...« Ich sprach immer langsamer und blickte ihm dabei in die Augen.

Er trat an das Schaltpult und spielte wieder mit den Hebeln.

»Hier steht deine Unterschrift«, sagte ich nach kurzem Schweigen. »Und Sartorius?«

»Der ist im Labor. Ich hatte es dir bereits gesagt. Er läßt sich nicht blicken. Ich nehme an, daß ...«

»Daß was?«

»Daß er sich eingeschlossen hat.«

»Eingeschlossen hat er sich? Ach, eingeschlossen also. Vielleicht hat er sich verbarrikadiert?«

»Vielleicht.«

»Snaut ...«, begann ich, »in der Station befindet sich jemand.«

»Du hast etwas gesehen?«

Er hatte sich vorgebeugt und schaute mich unverwandt an.

»Du hast mich gewarnt. Vor wem? Sind das Halluzinationen?«

»Was hast du gesehen?«

»Das ist ein Mensch, nicht wahr?«

Snaut schwieg. Er hatte sich wieder abgewandt, als wollte er nicht, daß ich ihm ins Gesicht blicke. Mit den Fingern trommelte er gegen die Metallwand. Ich betrachtete seine Hände genauer. An den Gelenken war keine Spur von Blut mehr zu sehen. Blitzartig durchzuckte mich eine Erkenntnis.

»Diese Person ist real«, sagte ich leise, fast flüsternd, als müßte ich ihm ein Geheimnis anvertrauen, das belauscht werden könnte. »Stimmt's? Man kann sie ... berühren. Man kann sie ... verletzen ... Zum letztenmal hast du sie heute gesehen!«

»Woher weißt du das?«

Er drehte sich nicht um. Er stand ganz nahe an der Wand und berührte sie mit der Brust, so, wie meine Worte ihn getroffen hatten.

»Unmittelbar vor meiner Landung ... Kurze Zeit davor ...?«

Er duckte sich wie unter niederprasselnden Hieben. In seinen Augen flackerte Irrsinn auf.

»Du?« stieß er hervor. »Wer bist *du*?«

Es sah ganz so aus, als wollte er sich auf mich werfen. Das hatte ich nicht erwartet. Die Situation hatte sich völlig gewandelt. Er glaubte einfach nicht, daß ich der sei, für den ich mich ausgab? Was sollte das bedeuten? Er sah mich mit dem Ausdruck höchsten Entsetzens an. War das bereits Wahnsinn? Ein Vergiftungssymptom? Alles war möglich. Aber ich, ich hatte es doch auch gesehen, dieses Monstrum, also war auch ich ...?

»Wer war das?« fragte ich. Diese Worte beruhigten ihn. Eine Weile betrachtete er mich forschend, als mißtraute er mir noch immer. Und noch ehe er den Mund öffnete, wußte ich, daß dies ein falscher Schachzug gewesen war, daß er mir darauf nicht antworten würde.

Er ließ sich langsam in einem Sessel nieder und preßte den Kopf mit den Händen. »Was hier vorgeht ...«, sagte er leise. »Fieberphantasien ...«

»Wer war das?« fragte ich noch einmal.

»Wenn du es nicht weißt ...«, brummte er.

»Was dann?«

»Nichts.«

»Snaut«, beschwor ich ihn, »wir sind doch wohl weit genug von zu Hause entfernt. Spielen wir mit offenen Karten. Die Lage ist verworren genug.«

»Was willst du?«

»Daß du mir sagst, wen du gesehen hast.«

»Und du?« gab er mißtrauisch zurück.

»Du drehst langsam durch. Ich sag es dir, und du sagst es mir. Sei ganz unbesorgt, für verrückt werde ich dich schon nicht halten, denn ich weiß ...«

»Verrückt! Großer Gott!« Er lachte gequält auf. »Mann, du scheinst nichts, aber auch gar nichts ... Das wäre doch die Erlösung! Wenn er auch nur einen Augenblick lang geglaubt hätte, dies sei Wahnsinn, dann hätte er das nicht getan, dann würde er leben ...«

»Dann ist also alles, was du im Protokoll über Nervenzerrüttung schreibst, gelogen?«

»Natürlich!«

»Weshalb schreibst du nicht die Wahrheit?«

»Weshalb . . .?« wiederholte er.

Schweigen trat ein. Wieder tappte ich im dunkeln, begriff nichts, dabei hatte ich einen Augenblick lang geglaubt, daß es mir gelingen würde, ihn zu überzeugen, daß wir mit vereinten Kräften das Problem angreifen könnten. Weshalb, weshalb nur wollte er nicht reden?

»Wo sind die Automaten?« fragte ich nach einer Weile.

»In den Magazinen. Wir haben alle eingeschlossen — mit Ausnahme der Startrampenbedienung.«

»Weshalb?«

Wieder antwortete er nicht.

»Willst du's mir nicht sagen?«

»Ich kann nicht.«

In alldem gab es ein Element, das für mich nicht greifbar war. Sollte ich zu Sartorius hinaufgehen? Plötzlich fiel mir der Zettel mit Gibarians kurzer Mitteilung ein, und das schien mir im Augenblick das wichtigste.

»Kannst du dir unter diesen Bedingungen eine weitere Arbeit vorstellen?« fragte ich.

Er zuckte verächtlich die Schultern. »Interessiert mich zur Zeit nicht.«

»Ach, so ist das? Was beabsichtigst du also zu tun?«

Er schwieg. In der Stille war das ferne Tappen bloßer Füße zu hören. Inmitten all der Apparate aus Chrom und Plast, der hohen Schränke mit elektronischer Einrichtung, der Gläser und Präzisionsgeräte klang jener schlurfende, patschende Schritt wie die Narrenposse eines nicht ganz Zurechnungsfähigen. Die Schritte näherten sich. Ich stand auf und beobachtete Snaut gespannt. Er lauschte, die Augen zu einem schmalen Spalt zusammengekniffen, schien jedoch durchaus nicht erschrocken. Also fürchtete er sich nicht vor *ihr*?

»Wie kommt sie hierher?« fragte ich. Und als er zögerte: »Du willst es mir nicht sagen?«

»Ich weiß es nicht.«

»Na, schön.«

Das Tappen entfernte sich und verstummte.

»Du glaubst mir nicht?« fragte er. »Mein Wort darauf, daß ich es nicht weiß.«

Schweigend öffnete ich den Schrank mit den Raumanzügen und schob die schweren Hüllen beiseite. Wie ich erwartet hatte, hingen weiter hinten, an den Haken, die Gaspistolen, die zur Bewegung im schwerelosen Raum dienten. Viel waren sie nicht wert, aber eine Art Waffe stellten sie schließlich dar. Besser die als keine. Ich überprüfte die Patronentasche und hängte mir das Riemchen des Futterals über die Schulter. Snaut beobachtete mich aufmerksam. Als ich die Länge des Riemchens korrigierte, zeigte er höhnisch lächelnd seine gelben Zähne. »Erfolgreiche Jagd!« sagte er.

»Ich danke dir für alles«, entgegnete ich und ging zur Tür. Er fuhr hoch. »Kelvin!«

Ich sah ihn an. Er lächelte nicht mehr. Ich glaube nicht, daß ich jemals ein so zerquältes Gesicht gesehen habe.

»Kelvin, das ist nicht ... ich ... kann wirklich nicht ...«, stammelte er. Ich wartete, ob er weitersprechen würde, aber er bewegte nur die Lippen, als wollte er etwas ausstoßen.

Ich drehte mich um und ging wortlos hinaus.

Sartorius

Der Korridor war leer. Er führte zunächst geradeaus, dann bog er nach rechts ab. Ich war nie in der Station gewesen, hatte jedoch sechs Wochen lang – im Rahmen eines vorbereitenden Trainings – in ihrer genauen Kopie gewohnt, die sich am Institut auf der Erde befand. Ich wußte, wohin die Treppe mit den Aluminiumstufen führte. Die Bibliothek war nicht beleuchtet. Ich ertastete den Schalter. In der Kartei suchte ich den ersten Band des Solaris-Jahrbuches samt dem Annex heraus, und als ich auf eine Taste drückte, leuchtete ein rotes Lämpchen auf. Ich sah im Registrator nach – das Buch befand sich bei Gibarian, ebenso das andere, jenes »Kleine Apokryph«. Ich löschte das Licht und ging wieder nach unten. Sein Zimmer zu betreten, fürchtete ich mich, obwohl ich vorhin die Schritte gehört hatte. Womöglich kam sie zurück. Eine Zeitlang stand ich vor der Tür, schließlich überwand ich mich, biß die Zähne zusammen und betrat den Raum.

Das Licht brannte, aber das Zimmer war leer. Ich sah zunächst die Bücher durch, die auf dem Fußboden unter dem Fenster lagen. Plötzlich stand ich auf und schloß den Schrank. Ich ertrug es nicht länger, auf den leeren Platz zwischen den Kombinationen zu blikken. Unter dem Fenster befand sich der Annex nicht. Systematisch sichtete ich Buch für Buch, bis ich in dem letzten Stapel, der sich zwischen Bett und Schrank türmte, den gesuchten Band entdeckte.

Ich hoffte, darin irgendeinen Hinweis zu finden, und wirklich, im Namenverzeichnis steckte ein Lesezeichen; mit Rotstift war ein Name angestrichen, der mir jedoch nichts sagte: André Berton. Er wurde an zwei Stellen des Buches erwähnt. Ich sah zunächst an der erstgenannten Stelle nach und erfuhr, daß Berton auf Shannahans Raumschiff Reservepilot gewesen war. Die nächste Bemerkung über ihn befand sich gut hundert Seiten weiter. Unmittelbar nach der Landung ging die Expedition mit ungewöhnlicher Vorsicht zu Werke, doch als sich nach sechzehn Tagen herausstellte, daß der plasmatische Ozean nicht nur keinerlei Anzeichen von Aggressivität zeigte, sondern vor jedem Gegenstand, der sich seiner Oberfläche näherte, zurückwich und jeden unmittelbaren Kontakt mit Geräten oder Menschen scheute, hoben Shannahan und dessen Vertreter Timolis einen Teil der durch die Vorsicht diktierten Sicherheitsbestimmungen auf, da sie den Fortgang der Arbeiten überaus erschwerten und verzögerten.

Die Mannschaft wurde nun in kleine, aus zwei oder drei Personen bestehende Gruppen aufgeteilt, die zuweilen Flüge von mehreren hundert Meilen über dem Ozean durchführten; die bis dahin als Schutz benutzten Werfer, die das Arbeitsterrain abschirmten, wurden in der Basis untergestellt. Die ersten vier Tage nach Einführung der neuen Arbeitsmethodik verliefen ohne Zwischenfälle, zählt man nicht die von Zeit zu Zeit auftretenden Schäden an der Sauerstoffvorrichtung der Raumanzüge, da die Ausgangsventile gegen die korrodierende Wirkung der giftigen Atmosphäre sehr anfällig waren. Aus diesem Grund mußten sie fast täglich gegen neue ausgetauscht werden.

Am fünften Tag, dem einundzwanzigsten nach der Landung, unternahmen zwei Wissenschaftler, Carucci und Fechner (ersterer war Radiobiologe, der andere Physiker), einen Aufklärungsflug über dem Ozean. Sie benutzten hierfür ein Aeromobil, also nicht einen Flugkörper, sondern einen Gleiter, der sich auf einem Kissen komprimierter Luft bewegte.

Als sie nach sechs Stunden noch nicht zurückgekehrt waren, schlug Timolis, der während Shannahans Abwesenheit die Basis leitete, Alarm und schickte alle erreichbaren Leute auf die Suche.

Durch ein fatales Zusammentreffen von Umständen riß an diesem Tag, etwa eine Stunde nachdem die Suchgruppen ausgerückt waren, die Funkverbindung ab; die Ursache war ein großer Fleck auf der roten Sonne, der starke Korpuskularstrahlen in die oberen Schichten der Atmosphäre sandte. Es funktionierten nur die Ultrakurzwellengeräte, mit denen man sich jedoch höchstens über eine Entfernung von einigen zwanzig Meilen verständigen konnte. Zu allem Übel verdichtete sich vor Sonnenuntergang der Nebel, und die Suche mußte unterbrochen werden.

Als die Rettungsgruppen bereits zur Basis zurückkehrten, entdeckte eine das Aeromobil, kaum achtzig Meilen vom Ufer entfernt. Der Motor arbeitete, und die Maschine schwebte unbeschädigt über den Wellen. In der durchsichtigen Kabine befand sich nur ein Pilot – der halb bewußtlose Carucci.

Das Aeromobil wurde zur Basis geleitet, und Carucci kam in ärztliche Behandlung; noch am selben Abend erlangte er das Bewußtsein. Über Fechners Schicksal wußte er nichts zu sagen. Er erinnerte sich nur, daß er, Carucci, als sie schon den Rückflug antreten wollten, Schwierigkeiten mit der Atmung hatte. Das Ausatmungsventil seines Apparats klemmte, und in das Innere des Raumanzugs gelangte mit jedem Atemzug eine geringe Menge giftiger Gase.

Fechner, der den Apparat des Kameraden reparieren wollte, mußte sich von den Gurten befreien und aufstehen. Das war das letzte, woran Carucci sich erinnern konnte. Nach Ansicht der Fachleute hatten sich die Dinge folgendermaßen abgespielt: Bei der Reparatur von Caruccis Apparat hatte Fechner das Kabinendach geöffnet, wahrscheinlich deshalb, weil er sich unter der niedrigen

Kuppel nicht frei bewegen konnte. Das war zulässig, weil die Kabine solcher Fahrzeuge nicht hermetisch abgeschlossen ist und nur Schutz vor atmosphärischen Einflüssen und dem Fahrtwind bieten soll. Während dieser Verrichtungen hatte offenbar auch das Sauerstoffgerät Fechners einen Defekt erlitten, der in seiner Benommenheit aus der Kabine kletterte und in den Ozean fiel.

Soweit die Geschichte des ersten Opfers des Ozeans. Die Suche nach dem Körper — im Raumanzug hätte er auf den Wellen treiben müssen — blieben ohne Ergebnis. Vielleicht schwamm er auch irgendwo umher: Das Absuchen von Tausenden von Quadratmeilen einer unaufhörlich von Nebelbänken bedeckten, wogenden Wüste überstieg die Möglichkeiten der Expedition.

Als es dunkelte — ich kehre zu den vorherigen Ereignissen zurück —, waren alle Rettungsmaschinen in der Basis eingetroffen — bis auf einen großen Lasthubschrauber, mit dem Berton unterwegs war.

Erst eine Stunde nach Einbruch der Dunkelheit, als man sich schon ernstlich Sorgen um ihn machte, erschien er über der Basis. Er stand unter einem Nervenschock; aus der Maschine kletterte er aus eigener Kraft, doch nur deshalb, um in Panik davonzulaufen. Als man ihn aufhielt, schrie und weinte er; bei einem Mann, der siebzehn Jahre Raumfahrt, manchmal unter den schwierigsten Bedingungen, hinter sich hatte, war das mehr als erstaunlich.

Die Ärzte vermuteten, daß auch Berton Vergiftungen erlitten hatte. Nach zwei Tagen erklärte Berton, der selbst dann, als er scheinbar sein Gleichgewicht wiedererlangt hatte, nicht einen Augenblick lang das Raumschiff der Expedition verlassen, ja nicht einmal an ein Fenster treten wollte, von dem aus man auf den Ozean blicken konnte, daß er Bericht über seinen Flug erstatten möchte. Er bestand darauf und behauptete, es handle sich um eine Angelegenheit von großer Bedeutung. Dieser Bericht wurde vom Rat der Expedition nach eingehender Prüfung als das krankhafte Produkt eines von den Gasen der Atmosphäre vergifteten Gehirns bezeichnet und somit nicht der Geschichte der Expedition beigefügt, sondern Bertons Krankheitsgeschichte. Damit war die Angelegenheit erledigt.

Soweit der Annex. Ich konnte mir denken, daß den Kern der

Angelegenheit Bertons Bericht selbst darstellte, also das, was bei diesem erfahrenen Raumpiloten den Nervenzusammenbruch ausgelöst hatte. Ich sah noch einmal alle Bücher durch, aber das »Kleine Apokryph« konnte ich nicht finden. Ich war schon sehr müde, so daß ich die weiteren Nachforschungen auf den nächsten Tag verlegte und die Kabine verließ. Als ich an der Aluminiumtreppe vorbeikam, gewahrte ich auf den Stufen breite Lichtstreifen, die aus dem oberen Stockwerk kamen. Also arbeitete Sartorius noch immer, um diese Zeit! Ich mußte einfach mit ihm sprechen.

Oben war es etwas wärmer. In dem niedrigen, breiten Korridor ging ein leichter Luftzug. Die Papierstreifen flatterten wie toll über den Ventilationsöffnungen. Die Tür zum Hauptlabor bestand aus einer dicken Tafel geriffelten Glases, das in einen Metallrahmen gefaßt war. Von innen war die Scheibe mit etwas Dunklem verhängt; das Licht drang nur durch die schmalen Fenster unterhalb der Zimmerdecke. Ich drückte auf die Klinke. Wie ich erwartet hatte, war die Tür verschlossen. Drinnen herrschte Stille, von Zeit zu Zeit hörte man ein leises Zischen wie von einer Gasflamme. Ich klopfte — keine Antwort.

»Sartorius!« rief ich. »Dr. Sartorius! Ich bin's, der Neue, Kelvin! Ich muß mit Ihnen sprechen, bitte öffnen Sie!«

Ein Rascheln, als ginge jemand über zerknülltes Papier, dann wieder Stille.

»Ich bin es, Kelvin! Sie haben doch von mir gehört! Ich bin vor wenigen Stunden mit der ›Prometheus‹ angekommen!« rief ich, indem ich den Mund in die Nähe der Stelle brachte, wo das Türfutter mit dem Metallrahmen zusammentraf. »Dr. Sartorius! Hier ist niemand außer mir. Öffnen Sie!«

Schweigen. Dann ein leises Geräusch. Sehr deutliches Geklapper, als legte jemand Metallinstrumente auf einem Metalltablett ab. Und plötzlich stockte mir der Atem. Eine Abfolge winziger Schrittchen ertönte, gleichsam das Getrappel eines Kindes, das eilige Stampfen kleiner Füßchen. Es sei . . . es sei denn, jemand imitierte es überaus geschickt mit den Fingern auf einem leeren Behälter mit außerordentlich guter Resonanz.

»Dr. Sartorius!« brüllte ich. »Öffnen Sie nun oder nicht?«

Keine Antwort. Nur wieder dieses Getrappel und gleichzeitig

ein paar rasche, kaum hörbare, energische Schritte, als ginge dieser Mensch auf Zehenspitzen. Doch wenn er ging, dann konnte er doch nicht gleichzeitig die Schritte eines Kindes nachahmen! Was geht das schließlich mich an! dachte ich und ließ nun meiner Wut freien Lauf.

»Dr. Sartorius!« schrie ich. »Ich bin nicht sechzehn Monate lang hierhergeflogen, um mich von eurem Komödienspiel aufhalten zu lassen! Ich zähle bis zehn, dann sprenge ich die Tür auf!«

Ich zweifelte daran, daß mir das gelingen würde.

Der Rückstoß einer Gaspistole ist nicht sehr stark, doch ich war entschlossen, meine Drohung so oder so wahrzumachen, und wenn ich mich auf die Suche nach Sprengladungen begeben müßte, an denen es im Magazin bestimmt nicht fehlte. Ich sagte mir, daß ich mich nicht unterkriegen lassen durfte, das heißt, daß ich nicht dauernd mit diesen vom Wahnsinn gezeichneten Karten spielen konnte, die mir die Situation gerade in die Hand gab.

Ein Geräusch, als müßte jemand mit einem Gegner ringen oder etwas vor sich herschieben, war zu hören, der Vorhang hinter der Glastür glitt ein Stück zur Seite, auf die matte, gleichsam mit Reif bedeckte Scheibe fiel ein schlanker Schatten, und eine etwas heisere Diskantstimme erklärte: »Ich mache Ihnen auf, aber Sie müssen mir versprechen, daß Sie nicht hereinkommen.«

»Wozu wollen Sie dann öffnen?« entgegnete ich barsch.

»Ich komme zu Ihnen hinaus.«

»Gut. Ich verspreche es.«

Die Tür wurde aufgeschlossen, dann zog die dunkle Silhouette, die die halbe Tür verdeckte, sorgfältig den Vorhang wieder zu, drinnen gingen komplizierte Operationen vonstatten, es hörte sich an, als würde ein Holztischchen hin und her geschoben, schließlich öffnete sich die Tür einen Spalt breit, so daß Sartorius auf den Korridor hinausschlüpfen konnte. So stand er nun vor mir und versperrte den Zugang zum Zimmer. Er war ungewöhnlich groß und mager, unter dem cremefarbenen Trikot schien sein Körper aus lauter Knochen zu bestehen. Um den Hals hatte er ein schwarzes Tuch gebunden; vom Arm hing ihm ein in der Mitte gefalteter Laborschutzmantel herab, der Säurespuren aufwies. Den überaus schmalen Kopf hielt er zur Seite geneigt. Beinahe das halbe Gesicht verdeckten gewölbte schwarze Gläser, so daß ich seine Augen nicht sehen konnte. Er hatte einen langen Unterkiefer, bläuliche Lippen und große, gleichsam erfrorene, weil ebenfalls bläuliche Ohren. Er war unrasiert. Von den Handgelenken hingen ihm an Schlaufen Strahlenschutzhandschuhe aus rotem Gummi herab. Eine geraume Weile standen wir uns so gegenüber und sahen uns mit unverhohlener Abneigung an. Die Reste seines Haars (er sah aus, als würde er sich selbst mit der Maschine scheren) waren bleigrau, der Bartwuchs ganz weiß. Die Stirn sonnengebräunt wie bei Snaut, aber die Bräune endete etwa auf halber Höhe wie abgeschnitten; offenbar trug er an der Sonne immer eine Mütze.

»Ja, ich höre«, sagte er endlich, doch ich hatte den Eindruck, daß er gar nicht so sehr darauf erpicht war, zu erfahren, was ich ihm zu sagen hatte. Er schien vielmehr auf Geräusche hinter seinem Rükken zu lauschen, den er noch immer gegen die Glasscheibe preßte. Eine ganze Weile wußte ich nicht, wie ich beginnen sollte, um keine Dummheit zu begehen.

»Mein Name ist Kelvin ... Sie werden von mir gehört haben«, begann ich. »Ich bin, das heißt ... ich war ein Mitarbeiter Gibarians ...«

Sein hageres Gesicht, ganz in senkrechten Linien – so muß Don Quichotte ausgesehen haben –, war ohne Ausdruck. Die schwarzen gewölbten Schalen der auf mich zielenden Brille erschwerten mir das Sprechen ungemein.

»Ich habe erfahren, daß Gibarian ... tot ist.« Ich ließ die Stimme in der Schwebe.

»Ja. Ich höre ...«

Das klang ungeduldig.

»Hat er Selbstmord begangen? Wer hat den Leichnam gefunden, Sie oder Snaut?«

»Weshalb kommen Sie damit zu mir? Hat Dr. Snaut Ihnen nicht gesagt ...«

»Ich wollte hören, was *Sie* in dieser Angelegenheit zu sagen haben ...«

»Sie sind Psychologe, Dr. Kelvin?«

»Ja. Wieso?«

»Wissenschaftler?«

»Gewiß. Aber was hat das damit zu tun?«

»Ich glaubte, Sie seien Kriminalbeamter oder Polizist. Es ist jetzt zwei Uhr vierzig, und Sie fragen mich, statt sich um einen Einblick in die laufenden Arbeiten der Station zu bemühen, was trotz des brutalen Versuchs, ins Labor einzudringen, noch verständlich wäre – Sie fragen mich hier aus, als wäre ich zumindest verdächtig.«

Ich beherrschte mich nur mühsam, kalter Schweiß trat mir auf die Stirn.

»Sie *sind* verdächtig, Sartorius!« sagte ich mit erstickter Stimme.

Ich wollte ihn um jeden Preis treffen, deshalb fügte ich verbissen hinzu: »Und Sie wissen das nur zu gut!«

»Nehmen Sie das zurück, Kelvin, und entschuldigen Sie sich bei mir, sonst beschwere ich mich im nächsten Funkspruch über Sie!«

»Wofür soll ich mich entschuldigen? Dafür, daß Sie, statt mich aufzunehmen, statt mich ehrlich in die Vorgänge hier einzuweihen, sich im Labor einschließen und verbarrikadieren? Haben Sie schon völlig den Verstand verloren? Was sind Sie eigentlich – Wissenschaftler oder ein elender Feigling? Wie? Vielleicht antworten Sie mir darauf!« Ich weiß selbst nicht, was ich noch alles geschrien habe, er reagierte jedenfalls nicht einmal. Über sein bleiches, grobporiges Gesicht rannen dicke Schweißtropfen. Plötzlich erkannte ich, daß er mir überhaupt nicht zuhörte. Er hatte beide Hände auf dem Rücken verborgen und hielt mit aller Kraft die Tür fest, die leicht bebte, als stemme sich jemand auf der anderen Seite dagegen.

»Gehen Sie . . .«, stieß er mit merkwürdig piepsiger Stimme hervor. »Um Himmels willen . . . gehen Sie! Gehen Sie hinunter, ich komme, ich komme, ich mache alles, was Sie wollen, aber gehen Sie!«

In seiner Stimme war eine solche Qual, daß ich betroffen aufsah und unwillkürlich die Hand hob, um ihm zu helfen, die Tür festzuhalten, denn darum rang er offensichtlich, doch da schrie er so entsetzlich auf, als hätte ich das Messer gegen ihn gerichtet; so wich ich denn langsam zurück, während er mit Falsettstimme schrie: »Geh! Geh!« und dann: »Ich komme schon! Ich komme, ich komme! Nein! Nein!«

Er öffnete ein wenig die Tür und drängte sich durch den Spalt, ich glaubte in der Höhe seiner Brust etwas Goldschimmerndes zu entdecken, eine Art glänzenden Diskus; aus dem Labor kam jetzt dumpfes Rumoren, der Vorhang flog zur Seite, ein großer, hoher Schatten huschte über die Mattscheibe, der Vorhang kehrte an seinen Platz zurück, und dann war nichts mehr zu sehen. Was ging dort vor? Fußgetrappel war zu hören, die tolle Jagd endete in einem fürchterlichen, gläsernen Klirren, und dann hörte ich das unbändige Gelächter eines Kindes ...

Die Beine zitterten mir; ich sah mich nach allen Seiten um. Stille herrschte nun. Ich setzte mich auf ein niedriges Plastfensterbrett. So saß ich wohl eine Viertelstunde, ich weiß nicht, ob ich auf etwas wartete oder ob ich einfach so außer mir war, daß ich nicht einmal aufstehen mochte. Der Kopf platzte mir fast. Irgendwo ganz oben vernahm ich ein anhaltendes Rasseln, und gleichzeitig hellte sich die Umgebung auf.

Von meinem Platz aus sah ich nur einen Teil des kreisförmigen Korridors, der das Labor umgab. Es befand sich im Gipfelpunkt der Station, dicht unter dem Schutzschild der oberen Panzerung, deshalb waren die Außenwände nach innen gewölbt und schräg, alle paar Meter von Fenstern wie von Schießscharten unterbrochen; die Außenklappen hoben sich gerade, der bläuliche Tag neigte sich dem Ende zu. Durch die dicken Scheiben ergoß sich blendender Glanz. Jede Nickelleiste, jede Klinke leuchtete auf wie eine kleine Sonne. Die Labortür – jene große Rauhglastafel – glühte wie die Öffnung eines Feuerofens. Ich blickte auf meine Hände, die in diesem gespenstischen Licht grau geworden waren. Sie ruhten im Schoß; in der Rechten hielt ich die Gaspistole – ich wüßte nicht zu sagen, wann und wie ich sie aus dem Futteral gerissen hatte. Ich steckte sie wieder hinein. Mir war inzwischen klar, daß mir nicht einmal ein Atomwerfer helfen würde, was könnte ich damit ausrichten? Die Tür zerstören? In das Labor eindringen?

Ich erhob mich. Die in den Ozean versinkende, an eine Wasserstoffexplosion erinnernde Scheibe sandte mir ein waagerechtes, fast stoffliches Strahlenbündel nach; als es meine Wange traf (ich ging bereits die Treppe hinunter), war es, als hätte man mir ein erhitztes Siegel aufgedrückt.

Auf halber Treppe überlegte ich es mir anders und kehrte um. Ich ging rings um das Laboratorium herum. Wie schon erwähnt, war es ganz von dem Korridor umgeben. Nach etwa hundert Schritten befand ich mich auf der anderen Seite, vor einer ähnlichen Glastür. Ich versuchte nicht, sie zu öffnen, ich wußte, daß sie verschlossen war.

Ich hielt Ausschau nach einem Fensterchen in der Plastwand oder wenigstens nach einem Spalt; der Gedanke, daß ich Sartorius heimlich beobachtete, erschien mir durchaus nicht verwerflich. Ich wollte den Mutmaßungen endlich ein Ende machen und die Wahrheit erfahren, obschon ich mir sagte, daß ich sie kaum würde begreifen können.

Mir fiel ein, daß die Laborräume ihr Licht von den Deckenfenstern erhielten, die ja im Außenpanzer angebracht waren; wenn ich mich also nach draußen begab, könnte ich vielleicht durch sie hinunterblicken. Zu diesem Zweck mußte ich mir von unten einen Raumanzug und ein Sauerstoffgerät holen. Ich stand an der Treppe und überlegte, ob das Spiel den Einsatz lohnte. Vermutlich hatten die Oberlichter Milchglasscheiben, doch was blieb mir übrig? Ich stieg in das mittlere Stockwerk hinab. Als ich an der Funkstation vorbeikam, sah ich, daß die Tür offenstand. Snaut saß noch so im Sessel, wie ich ihn zurückgelassen hatte. Er schlief. Beim Geräusch meiner Schritte schreckte er zusammen und öffnete die Augen.

»Hallo, Kelvin!« rief er mir heiser zu.

Ich schwieg.

»Na, hast du was erfahren?« fragte er.

»O ja«, entgegnete ich langsam. »Er ist nicht allein.«

Er verzog den Mund zu einer Grimasse.

»Na bitte. Das ist doch schon was. Du sagst also, er hat Gäste?«

»Ich verstehe nicht, weshalb ihr nicht sagen wollt, was das zu bedeuten hat«, meinte ich wie beiläufig. »Da ich hierbleibe, erfahre ich es doch sowieso, früher oder später. Wozu also diese Geheimniskrämerei?«

»Du wirst es verstehen, wenn du selbst Gäste bekommst«, sagte er. Es sah ganz danach aus, als warte er auf etwas; jedenfalls zeigte er keine große Lust zu einer Unterhaltung.

»Wohin gehst du?« fragte er, als ich mich abwandte. Ich antwortete nicht. Die Halle mit der Startrampe war noch im selben Zustand, in dem ich sie zurückgelassen hatte. Auf einer Erhöhung stand meine Raumkapsel – weit geöffnet und angerußt. Ich ging zu den Ständern mit den Raumanzügen hinüber, doch plötzlich verlor ich alle Lust zu einem Ausflug auf den Außenpanzer. Ich machte auf dem Absatz kehrt und stieg eine Wendeltreppe hinunter zu den Magazinen. Der schmale Korridor war angefüllt mit Stahlflaschen und gestapelten Kisten. Die Wände bestanden hier aus nacktem, im Lampenlicht bläulich glänzendem Metall. Nach einigen Dutzend Schritten erschienen unter der Decke die weißbereiften Leitungen der Kühlanlage. Ich folgte ihrem Lauf. Sie mündeten über eine Muffe, die in eine dicke Plastmanschette eingefaßt war, in einen hermetisch verschlossenen Raum. Als ich die schwere, zwei Handbreit dicke Tür öffnete, die mit einer Gummidichtung versehen war, schlug mir durchdringende Kälte entgegen.

Ich schauderte. Von dem Dickicht bereifter Leitungen hingen Eiszapfen herab. Auch hier standen mit einer dünnen Schneeschicht bedeckte Kisten und Behälter, in den Regalen entlang der Wände lagerten Büchsen und große, in Folie eingewickelte Klumpen eines gelblichen Fetts. Im Hintergrund verjüngte sich das tonnenartige Gewölbe. Dort hing ein dicker, von Eisnadeln funkelnder Vorhang. Ich schob ihn etwas zur Seite. Auf einem Aluminiumgitter, unter einer grauen Stoffhülle, ruhte ein großer, länglicher Gegenstand. Ich hob eine Ecke der Plane an – und schaute in das erstarrte Gesicht Gibarians. Das schwarze Haar mit dem grauen Streifen über der Stirn lag glatt am Schädel an. Der Adamsapfel ragte scharf aus dem Hals empor. Die trockenen Pupillen blickten senkrecht zur Decke, in einem Augenwinkel hatte sich ein trüber Eistropfen gebildet. Die Kälte drang mir durch Mark und Bein, so daß ich nur mühsam ein Zähneklappern unterdrücken konnte. Ohne das Tuch loszulassen, berührte ich mit der anderen Hand seine Wange. Sie fühlte sich an wie gefrorenes Holz. Die Haut war rauh von den Bartstoppeln, die sie als schwarze Punkte durchstachen. Der Ausdruck einer unermeßlichen, verächtlichen Geduld lag um die starren Lippen. Während ich das Tuch sinken ließ, bemerkte ich, daß auf der anderen Seite seines Körpers eine Reihe schwarzer, länglicher Korallen oder Bohnen unter den Stoffalten hervorschaute, von den kleinsten bis zu ganz großen. Mir stockte der Atem.

Das waren die Zehen nackter Füße, von der Fußsohle aus betrachtet, die eiförmigen Zehenkuppen wölbten sich leicht vor, unter dem zerdrückten Rand des Leichentuches lag, flach hingestreckt, eine Negerin.

Sie lag auf dem Gesicht, gleichsam in tiefen Schlaf versunken. Zoll für Zoll hob ich den dicken Stoff an. Der Kopf, mit kleinen, sich kräuselnden, fast bläulichschwarzen Haarbüscheln bedeckt, ruhte in der Beuge eines ebenso schwarzen, massiven Arms. Die glänzende Rückenhaut spannte sich unter den Höckern des Rückgrats.

Den kolossalen Leib belebte nicht die geringste Bewegung. Noch einmal warf ich einen Blick auf ihre nackten Fußsohlen, und da fiel mir etwas Merkwürdiges auf: Sie waren weder abgeflacht noch zusammengepreßt von dem Gewicht, das sie zu tragen hatten, nicht einmal eine Hornhaut vom Barfußgehen war zu sehen, die Haut der Fußsohlen war ebenso dünn wie die des Rückens oder der Hände.

Ich überprüfte diesen Eindruck, indem ich sie berührte, was mir wesentlich schwerer fiel als die Berührung des leblosen Körpers. Doch da geschah etwas Unglaubliches: Dieser Körper, der einer Kälte von zwanzig Grad ausgesetzt war, lebte und bewegte sich. Sie zog den Fuß an wie ein schlafender Hund, nach dessen Pfote man greift.

Sie erfriert hier, dachte ich, doch ihr Körper war ruhig und nicht allzu kühl, ich spürte noch die in den Fingerkuppen verebbende weiche Berührung. Rückwärts gehend wich ich hinter den Vorhang zurück, zog ihn zu und lief auf den Korridor hinaus. Hier glaubte ich in eine ungewöhnliche Hitze geraten zu sein. Eine Treppe führte mich bis dicht vor die Startrampe. Auf einem zusammengerollten Ringfallschirm ließ ich mich nieder und nahm den Kopf zwischen die Hände. Ich fühlte mich, als hätte ich Prügel bezogen. Was ging da mit mir vor? Ich war völlig zerschmettert, die Gedanken rutschten mir weg, jagten einen Steilhang hinab, drohten abzustürzen – der Verlust des Bewußtseins, die Vernichtung erschienen mir als unsägliche, unerreichbare Gnade.

Mich an Snaut oder Sartorius zu wenden wäre sinnlos gewesen; ich konnte mir nicht vorstellen, daß irgend jemand zu einem Ganzen zu fügen vermochte, was ich bisher erlebt, was ich gesehen, was ich mit eigenen Händen berührt hatte. Die einzige Rettung – Flucht und Erklärung – war die Diagnose des Wahnsinns. Ja, ich mußte wahnsinnig geworden sein, und zwar sofort nach der Landung. Der Ozean hatte so auf mein Gehirn eingewirkt – ich hatte eine Halluzination nach der anderen, und wenn es so war, dann durfte ich meine Kräfte nicht damit vergeuden, Rätsel lösen zu wollen, die es in Wirklichkeit nicht gab; ich mußte mich vielmehr um ärztliche Hilfe bemühen, von der Funkstation aus die »Prometheus« oder ein anderes Raumschiff anrufen, mußte SOS-Signale aussenden.

Da geschah etwas Unerwartetes: Der Gedanke, daß ich offenbar verrückt war, beruhigte mich.

Ich verstand Snauts Worte nur zu gut – vorausgesetzt, es gab überhaupt einen Snaut, und vorausgesetzt, ich hatte jemals mit ihm gesprochen. Die Halluzinationen konnten ja viel früher eingesetzt haben; wer weiß, ob ich mich nicht noch an Bord der »Prometheus« befand, als ich von einer jähen Geistesverwirrung überwältigt worden war, und vielleicht war alles, was ich erlebte, die Ausgeburt meines gereizten Gehirns? Wenn ich jedoch krank war, so konnte ich gesund werden, und das gab mir wenigstens die Hoffnung auf Erlösung, eine Hoffnung, die ich nicht im mindesten in den wirren Schreckbildern zu entdecken vermochte, die mir mein wenige Stunden währender Aufenthalt auf der Solaris bereits beschert hatte.

Folglich mußte ich vor allem irgendein logisch durchdachtes Experiment an mir selbst durchführen – ein *Experimentum crucis* –, das mir beweisen würde, ob ich wirklich wahnsinnig, ob ich das Opfer von Trugbildern meiner eigenen Phantasie geworden war, oder ob meine Erlebnisse nicht doch der Realität entsprangen, so absurd und unwahrscheinlich sie waren.

In Gedanken versunken, betrachtete ich die Stützkonsole für das Tragwerk der Start- und Landerampe. Es handelte sich um einen lichtgrünen, mit gewölbten Blechen verkleideten Stahlträger, der aus der Wand ragte. An einigen Stellen, etwa in einem Meter Höhe, war der Lack abgeplatzt, wahrscheinlich hatten ihn die hier vorbeirollenden Raketentransporter abgeschürft. Ich berührte den Stahl, erwärmte ihn eine Weile mit der Hand, klopfte gegen den breitgewalzten Rand des Schutzbleches – war es möglich, daß Truggebilde einen solchen Grad von Realität erreichten? Doch, es war möglich, antwortete ich mir selbst; schließlich war das mein Gebiet, hierin kannte ich mich aus.

Und war es möglich, sich ein solches Schlüsselexperiment auszudenken? Zunächst glaubte ich nicht daran, da mein krankes Gehirn (falls es wirklich krank war) jede Täuschung produzieren würde, die ich von ihm verlangte. Schließlich kommt es vor, daß wir uns nicht nur im krankhaften Zustand, sondern im normalsten Traum mit Personen unterhalten, die wir im Wachzustand nicht kennen, daß wir diesen geträumten Gestalten Fragen stellen und ihre Antworten vernehmen; und obwohl diese Gestalten nur die Produkte unserer eigenen Psyche sind, gewissermaßen ihre zeitweise abgesonderten pseudoselbständigen Teile, so wissen wir doch nicht, welche Worte über ihre Lippen kommen, bis sie dann (in jenem Traum) selbst zu uns sprechen. Dabei sind das doch Worte, die jener andere, abgespaltene Teil unseres eigenen Geistes präparierte, so daß wir sie schon in dem Augenblick kennen müßten, in dem wir sie erdachten, um sie der fiktiven Gestalt in den Mund zu legen. Was ich also auch plante und in die Tat umsetzte, ich konnte mir immer sagen, daß ich so gehandelt hatte, wie man im Traum handelt. Weder Snaut noch Sartorius mußten in Wirklichkeit existieren, also war es auch vergeblich, ihnen irgendwelche Fragen zu stellen.

Ich sagte mir, daß ich vielleicht ein Medikament einnehmen könnte, irgendein stark wirkendes Mittel, das Trugbilder und farbige Visionen hervorruft. Das Erleben solcher Phänomene wäre der Beweis, daß das, was ich eingenommen hatte, wirklich existierte und Teil der materiellen, mich umgebenden Wirklichkeit war. Doch auch das – setzte ich meinen Gedanken fort – wäre nicht das erwünschte Schlüsselexperiment, da ich wußte, wie das Präparat (das ich ja selbst auswählen müßte) eigentlich wirken *sollte,* also war es möglich, daß sowohl die Einnahme dieses Medikaments als auch die dadurch verursachten Effekte gleichermaßen Produkte meiner Phantasie sein könnten.

Ich glaubte schon, daß ich, eingeschlossen in diesem Teufelskreis des Wahnsinns, nicht mehr aus ihm herausfinden würde – schließlich kann man nicht anders denken als mit dem Gehirn, man kann sich nicht außerhalb seiner selbst stellen, um die Normalität der im Körper vor sich gehenden Prozesse zu überprüfen –, als mir plötzlich ein ebenso einfacher wie einleuchtender Gedanke kam.

Ich sprang von dem Stapel zusammengerollter Fallschirme auf und lief geradewegs zur Funkstation. Sie war leer. Unwillkürlich warf ich einen Blick auf die elektrische Wanduhr. Sie zeigte die vierte Nachtstunde an – der für die Station vereinbarten Nacht, denn draußen herrschte rote Morgendämmerung. Rasch schaltete ich das Sendegerät für weitreichende Funkverbindung ein, und während ich darauf wartete, daß die Röhren sich erwärmten, ließ ich mir noch einmal die einzelnen Etappen des Experiments durch den Kopf gehen.

Ich wußte nicht mehr das Anrufsignal der automatischen Station des Satelloiden, der die Solaris umkreiste, fand es dann jedoch in dem Verzeichnis, das über dem Hauptpult hing. Mittels Morsezeichen sandte ich den Ruf aus und erhielt nach acht Sekunden Antwort. Der Satelloid, oder vielmehr dessen Elektronengehirn, meldete sich mit rhythmisch wiederholten Signalen.

Nun verlangte ich, daß er mir durchgebe, welche Längengrade des galaktischen Sternengewölbes er in Zweiundzwanzigsekundenabständen auf seiner Umlaufbahn um die Solaris passiert, und zwar mit einer Genauigkeit bis zu fünf Stellen hinter dem Komma.

Dann setzte ich mich und wartete auf die Antwort. Sie kam nach zehn Minuten. Ich riß den Papierstreifen mit dem ausgedruckten Ergebnis ab, und nachdem ich ihn im Schubkasten verstaut hatte (wobei ich streng darauf achtete, daß ich die Zahlen nicht einmal mit dem Blick streifte), holte ich mir aus der Bibliothek große Himmelskarten, Logarithmentafeln, den Almanach der Tagesbewegungen des Satelliten sowie mehrere Hilfsbücher und ging daran, eine Antwort auf dieselbe Frage zu finden. Fast eine Stunde brauchte ich, um die Gleichungen aufzustellen; es war lange her, daß ich mich mit Berechnungen dieser Art abgeplagt hatte, das letztemal wohl noch während des Studiums, bei den Prüfungen in praktischer Astronomie.

Die Berechnungen führte ich auf dem großen Kalkulator der Station durch. Mein Gedankengang war folgender: Die Zahlen, die ich den Himmelskarten entnahm, dürften sich nicht ganz mit den Daten decken, die der Satelloid geliefert hatte. Nicht ganz, weil der Satelloid äußerst komplizierten Perturbationen unterlag: der Wirkung der Gravitationskräfte der Solaris, ihrer beiden umeinander kreisenden Sonnen sowie lokalen Veränderungen der Schwerkraft, die der Ozean hervorrief. Hatte ich dann zwei Zahlenkolonnen, die vom Satelloiden gelieferte und die mit Hilfe der Himmelskarten theoretisch errechnete, so wollte ich in meine Berechnungen gewisse Korrekturen einfügen; die beiden Ergebnisgruppen müßten dann bis zur vierten Stelle hinter dem Komma übereinstimmen. Nur an den fünften Stellen würden gewisse Abweichungen bleiben, die auf die unberechenbare Tätigkeit des Ozeans zurückzuführen waren.

Selbst wenn die vom Satelloiden gelieferten Zahlen nicht Realität, sondern Produkt meines kranken Geistes waren, würden sie auf keinen Fall mit der anderen Zahlenkolonne deckungsgleich sein. Mein Gehirn mochte krank sein, aber es wäre unter keinen Umständen imstande, eine Berechnung durchzuführen, die der große Kalkulator der Station geliefert hatte, da dies mehrere Monate erfordert hätte. Wenn also die Zahlen übereinstimmten, dann existierte der große Kalkulator der Station tatsächlich und ich hatte mich seiner in der Wirklichkeit und nicht in Phantasieträumen bedient.

Die Hände zitterten mir, als ich dem Schubkasten den Papierstreifen entnahm und ihn neben den anderen, etwas breiteren aus dem Kalkulator legte. Die beiden Zahlenkolonnen stimmten, so wie ich angenommen hatte, bis zur vierten Stelle überein. Die Abweichungen ergaben sich erst an der fünften.

Ich stopfte alle Papiere in den Schubkasten. Also existierte der Kalkulator unabhängig von mir; das bedeutete, daß auch die Station und alles, was es hier gab, in der Realität existierte.

Ich wollte die Schublade bereits schließen, als ich einen ganzen Stapel von Papieren bemerkte, die alle mit hastig hingeworfenen Berechnungen bedeckt waren. Ich zog sie heraus; ein einziger Blick sagte mir, daß da bereits jemand ein ähnliches Experiment durchgeführt hatte wie ich, mit dem Unterschied, daß er statt der Daten, die sich auf das Sternengewölbe bezogen, die Albedowerte der Solaris, gemessen im Vierzigsekundenabstand, vom Satelloiden angefordert hatte.

Ich war nicht geistesgestört. Der letzte Hoffnungsschimmer war erloschen. Ich schaltete den Sender ab, trank den Rest der Bouillon aus der Thermosflasche und ging schlafen.

Harey

Die Berechnungen hatte ich mit schweigender Verbissenheit vorgenommen, und nur sie hatten mich aufrecht gehalten. Ich war vor Müdigkeit so abgestumpft, daß ich nicht imstande war, in meinem Zimmer das Bett aufzuklappen, und statt die oberen Halterungen zu lösen, zerrte ich am Rahmen, bis mir das Bettzeug entgegenkam. Als ich es endlich herabgelassen hatte, warf ich Kleidung und Wäsche auf den Fußboden und sank halb bewußtlos auf das Kissen; nicht einmal ordentlich aufgeblasen hatte ich es. Bei vollem Licht schlief ich ein, ohne zu wissen wann. Als ich die Augen aufschlug, glaubte ich, kaum ein paar Minuten geschlafen zu haben. In dem Zimmer herrschte ein düsterer roter Schein. Es war kühl, und ich fühlte mich sehr wohl. Ich lag nackt auf dem Bett, nicht einmal zugedeckt hatte ich mich. Gegenüber dem Bett, am Fenster, das nur zur Hälfte verhängt war, saß im Schein der roten Sonne jemand auf dem Stuhl. Es war Harey; in ihrem weißen Strandkleid saß sie da, ein Bein über das andere geschlagen, barfuß, das dunkle Haar zurückgekämmt, der dünne Stoff spannte über der Brust; die bis zu den Ellenbogen braungebrannten Arme hatte sie sinken lassen und sah mich unter ihren schwarzen Wimpern hervor reglos an. Ich betrachtete sie lange, völlig ruhig. Mein erster Gedanke war: Wie gut, daß dies ein Traum ist, der es einem gestattet, zu wissen, daß man träumt! Dennoch wäre es mir lieber gewesen, sie wäre verschwunden. Ich schloß die Augen und wünschte mir dies ganz intensiv, aber als ich die Augen öffnete, saß sie ebenso da wie vorhin. Die Lippen hielt sie gespitzt, wie zum Pfeifen, doch in den Augen war nicht der Schein eines Lächelns. Ich rief mir in Erinnerung, was ich am Abend zuvor über Träume gedacht hatte. Sie sah genauso aus wie damals, als ich sie zum letztenmal lebend sah, und da war sie doch neunzehn Jahre alt gewesen; jetzt müßte sie neunundzwanzig sein, aber natürlich hatte sie sich nicht verändert – die Toten bleiben jung. Sie hatte die gleichen, stets erstaunten Augen wie früher und sah mich an. Ich werfe einen Gegenstand nach ihr, dachte ich, doch obwohl das nur ein Traum war, konnte ich mich nicht dazu entschließen, nach einer Toten – und sei es nur im Traum – zu werfen.

»Arme Kleine«, sagte ich. »Bist gekommen, um mich zu besuchen, was?«

Ich erschrak ein wenig, denn meine Stimme klang so echt, und das ganze Zimmer und Harey erschienen mir so real, wie man sich das nur vorstellen kann.

Wie plastisch dieser Traum war! Nicht genug, daß ich in Farben träumte, ich sah hier auf dem Fußboden einige Dinge, die ich gestern beim Schlafengehen gar nicht bemerkt hatte. Wenn ich aufwache, dachte ich, werde ich nachsehen müssen, ob sie wirklich hier liegen oder ob sie nur ein Traumgebilde sind wie Harey ...

»Hast du die Absicht, noch lange so dazusitzen?« fragte ich und bemerkte, daß ich leise sprach, gleichsam aus Furcht, es könnte mich jemand hören, so als könnte irgendwer belauschen, was im Traum geschah.

Unterdessen war die Sonne schon ein wenig höher gestiegen. Nun, dachte ich, auch gut. Ich hatte mich während eines roten Tages schlafen gelegt, darauf müßte zunächst ein blauer Tag gefolgt sein und dann erst der nächste rote Tag. Da ich nicht fünfzehn Stunden lang ununterbrochen geschlafen haben konnte, war dies ganz bestimmt ein Traum.

Von diesem Gedanken beruhigt, betrachtete ich Harey genauer. Das Licht fiel von hinten auf sie; der Strahl, der durch den Spalt im

Vorhang drang, vergoldete den samtenen Flaum auf ihrer linken Wange, während die Wimpern lange Schatten auf das Gesicht warfen. Sie sah wunderschön aus. Na bitte, dachte ich, wie gewissenhaft ich noch außerhalb des Wachzustands bin: die Bewegung der Sonne berücksichtige ich, und ich achte darauf, daß sie ihr Grübchen dort hat, wo kein anderer es hat – unterhalb des Mundwinkels; allerdings wäre es mir lieber gewesen, wenn das Ganze bald ein Ende gefunden hätte. Schließlich mußte ich an irgendeine Arbeit gehen. Ich preßte die Lider zu, um wach zu werden, als ich plötzlich ein Knarren vernahm. Sie saß nun neben mir auf dem Bett und blickte mich ernst an. Ich lächelte ihr zu, und auch sie lächelte und beugte sich über mich; der erste Kuß war ganz zart, als wären wir zwei Kinder. Ich küßte sie lange. Darf man einen Traum so ausnutzen? dachte ich. Aber ich betrüge sie ja gar nicht, ich verrate noch nicht einmal die Erinnerung an sie, denn sie ist es ja, von der ich träume, sie selbst. Das war mir noch nie passiert ... Wir sprachen noch immer kein Wort. Ich lag auf dem Rücken; wenn sie das Gesicht anhob, konnte ich in ihre kleinen, auf der Fensterseite von der Sonne durchleuchteten Nüstern sehen, die immer ein Barometer ihrer Gefühle waren. Mit den Fingerspitzen strich ich über die Ränder ihrer Ohrmuscheln, deren Läppchen sich von den Küssen zartrosa gefärbt hatten. Ich weiß nicht, ob es das war, was mich so beunruhigte; ich sagte mir noch immer, dies sei ein Traum, aber das Herz preßte sich mir zusammen.

Ich raffte mich innerlich auf, um aus dem Bett zu springen, war jedoch darauf vorbereitet, daß mir das nicht gelingen würde; im Traum gebietet man häufig nicht über seinen eigenen Körper, der wie gelähmt oder auch abwesend ist, ich rechnete also mehr damit, daß ich von der bloßen Absicht wach werden würde. Ich erwachte jedoch nicht, sondern setzte mich nur auf, so daß die Füße den Boden berührten. Nichts zu machen, das muß zu Ende geträumt werden, dachte ich, doch die gute Stimmung war spurlos verschwunden. Ich hatte Angst.

»Was willst du?« fragte ich. Meine Stimme war belegt, und ich mußte mich räuspern.

Unwillkürlich suchte ich mit den bloßen Füßen nach den Pantoffeln, und noch ehe mir einfiel, daß ich hier keinerlei Pantoffeln hatte, stieß ich mir derart die Zehe, daß ich aufzischte. Na, jetzt ist Schluß! dachte ich mit Genugtuung.

Doch es geschah noch immer nichts. Harey rückte beiseite, als ich mich setzte. Mit dem Rücken lehnte sie sich an den Bettrahmen. Ihr Kleid vibrierte leicht unterhalb der linken Brust, im Takt des schlagenden Herzens. Sie beobachtete mich mit gelassenem Interesse. Am besten, ich gehe unter die Dusche, sagte ich mir, doch sofort kam die Überlegung, daß eine Dusche, die man nur träumt, einen nicht wachmachen kann.

»Wie kommst du hierher?« fragte ich.

Sie hob meine Hand an und warf sie mit einer längst vergessenen Bewegung hoch, indem sie gegen meine Fingerkuppen schlug und die Hand wieder auffing.

»Ich weiß es nicht«, erwiderte sie, »ist das schlimm?«

Auch die Stimme war die gleiche, so tief, und dieser Ton der Zerstreutheit ... Sie sprach immer so, als achtete sie nicht sonderlich auf ihre Worte, als wäre sie schon mit etwas anderem beschäftigt; dadurch wirkte sie zuweilen gedankenlos, zuweilen auch schamlos, weil sie alles mit verhaltenem Staunen betrachtete, das sich nur in ihren Augen äußerte.

»Hat dich ... hat dich jemand gesehen?« fragte ich.

»Keine Ahnung. Ich bin einfach gekommen. Ist das so wichtig, Kris?«

Sie spielte noch immer mit meiner Hand, doch ihr Gesicht war nicht mehr daran beteiligt. Es verfinsterte sich.

»Harey ...?«

»Ja, Lieber?«

»Woher wußtest du, wo ich bin?«

Die Frage stimmte sie nachdenklich. Sie lächelte verhalten – ihre Lippen waren so dunkel, daß Kirschen darauf keine Spuren hinterließen – und zeigte einen schmalen Schimmer ihrer Zähne.

»Ich weiß es nicht. Das ist komisch, nicht wahr? Du hast geschlafen, als ich hereinkam, aber ich habe dich nicht geweckt. Ich wollte dich nicht wecken, weil du so ein Wüterich bist. Ein Wüterich und Knurrhahn ...« Im Takt dieser Worte warf sie meine Hand energischer hoch.

»Warst du unten?«

»Ja. Aber ich bin ausgerissen; dort unten ist es kalt.«

Sie ließ meine Hand los. Während sie sich auf die Seite legte, warf sie den Kopf zurück, damit alles Haar nach einer Seite fiel, und sah mich mit diesem Halblächeln an, das mich erst dann nicht mehr störte, als ich mich in sie verliebt hatte.

»Aber ... Harey ... aber ...«, stammelte ich.

Ich beugte mich über sie und hob den kurzen Kleidärmel an. Dicht über der winzigen Blume des Impfmals war ein roter Einstichpunkt zu erkennen. Obschon ich darauf gefaßt war (weil ich unwillkürlich noch immer nach Bruchstücken von Logik im Unmöglichen suchte), wurde mir ganz übel. Ich berührte mit dem Finger diese Einstichstelle, von der ich noch nach Jahren geträumt hatte, um dann stöhnend auf dem zerwühlten Laken aufzuwachen, immer in derselben Haltung, fast zusammengekrümmt, so wie sie dagelegen hatte, als ich sie, schon fast erkaltet, fand — denn ich versuchte im Schlaf das gleiche zu tun wie sie, als wollte ich so der Erinnerung an sie Abbitte tun oder ihr in diesen letzten Minuten, da sie schon die Wirkung der Injektion spürte und sich bestimmt fürchtete, Gesellschaft leisten. Sie hatte sich ja sogar vor einer gewöhnlichen Verletzung gefürchtet, hatte nie Schmerz oder den Anblick von Blut ertragen, und plötzlich hatte sie etwas so Schreckliches getan. Fünf Worte hatte sie mir damals hinterlassen. Ich trug das Blatt Papier immer bei mir, es war abgegriffen, zerfiel entlang der Faltstellen, aber ich hatte nicht den Mut, mich davon zu trennen — Tausende Male kehrte ich zu dem Augenblick zurück, da sie es geschrieben hatte, stellte mir vor, was sie damals empfunden haben mochte. Ich redete mir ein, daß sie dies nur zum Schein habe tun wollen, um mich zu erschrecken, dabei habe sie — ungewollt — eine zu große Dosis genommen; und alle meine Bekannten versuchten mich zu überzeugen, daß es so gewesen sei, oder eben eine Entscheidung des Augenblicks, verursacht durch eine Depression, durch eine plötzliche, versteht sich. Sie wußten jedoch nicht, was ich ihr fünf Tage davor gesagt hatte, und um sie möglichst empfindlich zu treffen, hatte ich gleich meine Sachen mitgenommen, sie aber war betont ruhig geblieben, und während ich packte, erwiderte sie nur: »Weißt du, was das heißt ...?« Ich tat so, als verstünde ich nicht, obwohl ich nur zu gut verstand, ich hielt sie jedoch für einen Feigling, und auch das sagte ich ihr – und nun lag sie quer über dem Bett und betrachtete mich aufmerksam, als wüßte sie nicht, daß ich sie getötet hatte.

»Ist das alles, was du kannst?« fragte sie. Das Zimmer war rot von der Sonne, und auch ihr Haar glühte; sie blickte auf ihren Arm, er war plötzlich wichtig geworden, weil ich so lange dorthin starrte, und als ich die Hand sinken ließ, legte sie ihre kühle glatte Wange darauf.

»Harey«, stieß ich heiser hervor, »das kann doch nicht sein . . .«

»Hör auf!«

Sie hielt die Augen geschlossen, ich sah, wie sie unter den gespannten Lidern zuckten, die schwarzen Wimpern berührten die Wangen.

»Wo sind wir, Harey?«

»Bei uns.«

»Wo ist das?«

Ihr Auge öffnete sich einen Lidschlag lang und schloß sich gleich wieder. Ich spürte das Kitzeln ihrer Wimpern auf meinem Handrücken.

»Kris . . .«

»Ja?«

»Ich fühle mich so wohl.«

Ich saß über ihr, ohne mich zu bewegen. Als ich den Kopf hob, sah ich einen Teil des Bettes, Hareys zerzaustes Haar und meine nackten Knie im Spiegel über dem Waschbecken. Mit dem Fuß zog ich eines jener angeschmolzenen Werkzeuge heran, die auf dem Fußboden herumlagen, und hob es mit der freien Hand auf. Die Spitze war scharf. Ich setzte sie an die Haut, dicht oberhalb der Stelle, wo ich am Oberschenkel eine halbrunde rosa Narbe hatte, und stieß sie ins Fleisch. Schmerz durchzuckte mich. Ich blickte auf das Blut, das in großen Tropfen am Bein herabrann und auf den Fußboden tropfte.

Es war vergeblich. Die entsetzlichen Gedanken, die mir im Kopf herumgingen, nahmen immer deutlichere Gestalt an; nun redete ich mir nicht mehr ein, »dies sei ein Traum«, ich glaubte längst nicht mehr daran, jetzt dachte ich: Ich muß mich wehren! Ich betrachtete ihren Rücken, der unter dem weißen Stoff in den Hüftbogen überging, die nackten Füße hingen von der Bettkante herab. Ich bückte mich, faßte behutsam nach ihrer rosa Ferse und strich mit den Fingern über die Fußsohle.

Sie war zart wie bei einem Neugeborenen.

Ich war mir nun eigentlich schon sicher, daß dies nicht Harey war, und so gut wie sicher, daß sie selbst es nicht wußte.

Der nackte Fuß bewegte sich in meiner Hand, Hareys dunkle Lippen zuckten, aber es war ein lautloses Lachen.

Vorsichtig gab ich sie frei und stand auf. Ich war noch immer nackt. Während ich mich eilig anzog, gewahrte ich, daß sie sich aufsetzte. Sie sah mich an.

»Wo sind deine Sachen?« fragte ich und bedauerte sogleich meine Frage.

»Meine Sachen?«

»Was denn, hast du nur dieses Kleid?«

Jetzt war es nur noch ein Spiel. Ich verhielt mich absichtlich ganz ungezwungen, ganz normal, so als hätten wir uns erst gestern getrennt, nein, als hätten wir uns nie getrennt. Sie stand auf und strich sich mit der mir wohlbekannten leichten und doch energischen Bewegung den Rock glatt. Meine Worte hatten sie stutzig gemacht, obwohl sie nichts sagte. Sie faßte ihre Umgebung zum erstenmal mit einem sachlichen, suchenden Blick ins Auge und kehrte sichtlich verwundert zu mir zurück.

»Ich weiß nicht ...«, sagte sie ratlos. »Vielleicht im Schrank ...?« fügte sie hinzu und öffnete die Tür.

»Nein, dort hängen nur Kombinationen«, erwiderte ich. Neben dem Waschbecken fand ich einen elektrischen Rasierapparat, aber während ich mich rasierte, richtete ich es so ein, daß ich dem Mädchen nicht den Rücken zukehrte, wer immer sie auch sein mochte.

Sie ging in der Kabine umher, schaute in alle Winkel, sah aus dem Fenster und trat schließlich ganz nahe an mich heran.

»Kris«, sagte sie, »mir ist, als sei etwas geschehen ...«

Sie hielt inne. Ich wartete mit dem ausgeschalteten Apparat in der Hand.

»Als hätte ich etwas vergessen ... als hätte ich vieles vergessen. Ich weiß nur ... ich erinnere mich nur an dich ... und ... und an nichts weiter.«

Ich hörte ihr zu, bemüht, die Kontrolle über mein Mienenspiel nicht zu verlieren.

»War ich ... krank?«

»Nun ... so könnte man das nennen. Ja, eine Zeitlang warst du nicht ganz gesund.«

»Ach so. Dann wird es daran liegen.«

Schon hellte sich ihr Gesicht wieder auf. Ich vermag nicht zu sagen, was ich durchlebte. Wenn sie schwieg, umherging, sich setzte, lächelte, war die Überzeugung, daß ich Harey vor mir hatte, stärker als die beklemmende Angst, dann wiederum, wie in diesem Augenblick, schien es mir, daß es eine vereinfachte Harey sei, beschränkt auf einige charakteristische Äußerungen, Gesten, Bewegungen. Sie stellte sich vor mich hin, stemmte die geballten Fäuste gegen meine Brust, dicht unter dem Hals, und fragte: »Wie steht es mit uns? Gut oder schlecht?«

»Ausgezeichnet«, antwortete ich.

Sie lächelte verhalten. »Wenn du so redest, dann steht es eher schlecht.«

»Aber woher denn, Harey! Liebling, ich muß jetzt fort«, erklärte ich hastig. »Du wartest hier auf mich, nicht wahr? Aber vielleicht hast du Hunger?« fügte ich hinzu, da ich selbst merkte, wie hungrig ich war.

»Hunger? Nein.« Sie schüttelte den Kopf, daß das Haar aufwallte. »Ich soll auf dich warten? Lange?«

»Ein Stündchen ...«, begann ich, doch sie unterbrach mich.

»Ich gehe mit dir.«

»Du kannst nicht mit mir gehen, ich muß arbeiten.«

»Ich gehe mit dir.«

Das war eine ganz andere Harey. Die echte hatte sich nicht aufgedrängt. Nie.

»Kind, das ist unmöglich ...«

Sie sah mich von unten her an, plötzlich ergriff sie meine Hand. Ich strich sacht an ihrem Arm entlang, er war voll und warm, ich wollte das gar nicht, aber es wurde fast eine Liebkosung. Mein Körper bekannte sich zu ihr, wollte sie, es zog mich zu ihr, unabhängig vom Verstand, abseits aller Argumente und Ängste.

Bemüht, um jeden Preis die Ruhe zu bewahren, wiederholte ich:

»Harey, das ist unmöglich, du mußt hierbleiben.«

»Nein.«

Wie das klang!

»Weshalb nicht?«

»D-das weiß ich nicht.«

Sie blickte um sich und sah mich dann wieder voll an.

»Ich kann nicht . . .«, sagte sie ganz leise.

»Aber warum denn nicht?«

»Ich weiß es nicht. Ich kann nicht. Ich glaube . . . ich glaube . . .« Sie suchte sichtlich nach einer Antwort in ihrem Innern, und als sie sie fand, war das für sie eine Entdeckung. »Ich glaube, daß ich dich . . . immer sehen muß . . .«

Die Sachlichkeit, mit der sie das sagte, nahm diesen Worten den Sinn einer Gefühlsäußerung; das war etwas ganz anderes. Unter diesem Eindruck änderte sich plötzlich der Griff, mit dem ich sie umfaßt hielt – obwohl sich äußerlich nichts geändert hatte, verharrte sie in meiner Umarmung. Während ich ihr in die Augen schaute, drückte ich ihre Arme langsam nach hinten; diese Bewegung, zunächst noch unentschlossen, führte bereits irgendwohin – sie hatte ihr Ziel gefunden. Mit den Blicken suchte ich schon etwas, womit ich sie fesseln konnte.

Ihre Ellenbogen, die ich nach hinten gepreßt hatte, stießen leicht zusammen und spannten sich gleichzeitig mit einer Kraft, die meine Anstrengung zunichte machte. Eine Sekunde lang kämpfte ich noch. Selbst ein Athlet hätte sich in dieser Lage – ihr Körper war nach hinten geneigt, und mit den Fußspitzen berührte sie kaum den Boden – nicht befreien können, sie jedoch sprengte mit völlig unbeteiligtem Gesicht und unsicher lächelnd meinen Zugriff, reckte sich und ließ die Arme sinken.

In ihrem Blick lag das gleiche, ruhige Interesse, mit dem sie mich ganz am Anfang, als ich erwacht war, beobachtet hatte, als wäre ihr meine verzweifelte, von aufwallender Angst diktierte Anstrengung, die ich soeben aufgebracht hatte, gar nicht bewußt geworden. Sie stand jetzt völlig passiv da und schien auf etwas zu warten – gleichgültig, gesammelt, aber zugleich ein wenig verwundert.

Mir sanken die Arme herab. Ich ließ Harey mitten im Zimmer

stehen und trat vor das Regal neben dem Waschbecken. Ich fühlte, daß ich in einer unvorstellbaren Falle saß, und suchte nach einem Ausweg, wobei ich immer rücksichtslosere Mittel erwog. Hätte mich jemand gefragt, was da mit mir vorging und was das alles bedeutete, so hätte ich nichts zu sagen gewußt, aber mir wurde bereits klar, daß die Vorgänge auf der Station eine Einheit bildeten, die ebenso schrecklich wie unbegreiflich war; doch nicht das beschäftigte mich im Augenblick – ich war darauf aus, irgendeinen Trick, einen Schachzug ausfindig zu machen, der eine Flucht ermöglichte. Ohne hinzusehen, spürte ich Hareys Blick auf mir. Über dem Regal befand sich in der Wand eine kleine Hausapotheke. Ich überflog kurz den Inhalt und fand ein Röhrchen mit Schlaftabletten, von denen ich vier Stück – die maximale Dosis – in ein Glas warf. Ich suchte nicht einmal meine Manipulationen vor Harey zu verheimlichen, weshalb, weiß ich nicht zu sagen, ich dachte einfach nicht darüber nach. Dann goß ich heißes Wasser in das Glas, wartete, bis die Tabletten sich auflösten, und trat zu Harey, die noch immer mitten im Zimmer stand.

»Bist du mir böse?« fragte sie leise.

»Nein. Trink das aus.«

Ich weiß nicht, weshalb ich annahm, sie würde mir gehorchen. Und sie nahm auch wirklich das Glas aus meiner Hand und trank es in einem Zug leer. Ich stellte das leere Glas auf ein Tischchen und setzte mich in die Ecke zwischen Schrank und Bücherregal. Harey kam langsam näher und ließ sich mit untergeschlagenen Beinen auf dem Fußboden neben dem Sessel nieder, wie sie das häufig getan hatte, und warf mit einer mir ebenso vertrauten Bewegung das Haar zurück. Obschon ich längst nicht mehr glaubte, daß sie es war, schnürte sich mir jedesmal, wenn ich sie an solchen kleinen Bewegungen erkannte, die Kehle zusammen. Das war mir unfaßbar und entsetzlich, noch entsetzlicher aber war, daß ich bewußt heucheln mußte, daß ich so tun mußte, als hielte ich sie für Harey, während sie selbst sich ja dafür hielt und nach ihrem Verständnis nicht arglistig handelte. Ich weiß nicht, wie ich zu dieser Meinung kam, aber für mich war das eine Gewißheit, wenn es überhaupt noch Gewißheit gab.

Ich saß, und das Mädchen lehnte mit dem Rücken an meinen

Knien, ihr Haar kitzelte meine reglose Hand; so verharrten wir fast ohne Bewegung. Einige Male blickte ich verstohlen auf die Uhr. Eine halbe Stunde war verstrichen, und das Schlafmittel hätte bereits wirken müssen. Harey murmelte etwas vor sich hin.

»Was sagst du?« fragte ich, aber sie antwortete nicht. Ich nahm das als Zeichen aufkommender Müdigkeit, obwohl ich im Grunde daran zweifelte, daß das Mittel wirken würde. Weshalb? Auch auf diese Frage fand ich keine Antwort, aber doch wohl deshalb, weil meine List allzu durchsichtig war.

Langsam sank ihr Kopf auf meine Knie, das dunkle Haar verdeckte ihr Gesicht, sie atmete gleichmäßig wie eine Schlafende. Ich beugte mich herab, um sie aufs Bett hinüberzutragen, doch plötzlich, ohne die Augen zu öffnen, griff sie mir mit leichter Hand ins Haar und begann schallend zu lachen.

Ich erstarrte, während sie sich vor Fröhlichkeit gar nicht fassen konnte. Die Augen zu einem schmalen Spalt verengt, betrachtete sie mich mit naivem und zugleich listigem Gesichtsausdruck. Ich saß unnatürlich steif da, verdattert und ratlos, während Harey noch einmal loskicherte, das Gesicht an meine Hand schmiegte und verstummte.

»Weshalb lachst du?« fragte ich tonlos. Wieder erschien auf ihrem Gesicht dieser Ausdruck von leiser Unruhe und Nachdenklichkeit. Ich sah, daß sie um Ehrlichkeit bemüht war. Sie setzte den Finger an ihre kleine Nase und sagte schließlich seufzend: »Ich weiß es selber nicht.«

Aus ihren Worten sprach aufrichtige Verwunderung.

»Ich benehme mich ganz schön albern, was?« fuhr sie fort. »Mir war plötzlich so ... Aber du stellst dich auch an: sitzt aufgeplustert da wie ... wie Pelvis ...«

»Wie *wer*?« fragte ich, denn ich traute meinen Ohren nicht.

»Wie Pelvis, du weißt doch, dieser Dicke ...«

Nun, es war völlig ausgeschlossen, daß Harey Pelvis kennen oder von mir etwas über ihn erfahren haben konnte – aus dem einfachen Grund, weil er erst gut drei Jahre nach ihrem Tod von seiner Expedition zurückgekehrt war. Bis dahin hatte auch ich ihn nicht gekannt und nicht gewußt, daß er die abscheuliche Gewohnheit besaß, Versammlungen des Instituts, die er leitete, endlos auszudehnen. Übrigens hieß er Pelle Villis, woraus als Kurzform der Spitzname entstand, der vor seiner Rückkehr ebenfalls unbekannt war.

Harey hatte die Ellenbogen auf meine Knie gestützt und blickte mir ins Gesicht. Ich legte ihr die Hände auf die Schultern und schob sie langsam zum Nacken hoch, bis sie an ihrem pulsierenden, nackten Halsansatz fast zusammentrafen. Das konnte ebensogut eine Liebkosung sein, und ihrem Blick nach zu urteilen, faßte sie das auch nicht anders auf. In Wirklichkeit wollte ich mich davon überzeugen, ob ihr Körper unter der Berührung ein gewöhnlicher, warmer menschlicher Körper war und ob sich unter den Muskeln Knochen und Gelenke verbargen. Während ich ihr in die Augen schaute, verspürte ich das fast unwiderstehliche Verlangen, die Finger um ihren Hals zu pressen.

Schon schlossen sie sich enger zusammen, als mir plötzlich die blutigen Hände Snauts einfielen und ich sie losließ.

»Wie du mich ansiehst ...«, sagte sie ruhig.

Das Herz schlug mir so, daß ich kein Wort hervorbrachte. Für eine Weile schloß ich die Augen.

Mit einemmal sah ich deutlich vor mir, was ich zu tun hatte, in allen Einzelheiten. Ohne eine Sekunde zu verlieren, erhob ich mich aus dem Sessel.

»Für mich ist es Zeit, Harey«, sagte ich. »Wenn du willst, kannst du ja mitkommen.«

»Gut.«

Sie sprang sofort auf.

»Warum bist du barfuß?« fragte ich, während ich vor den Schrank trat und unter den farbigen Kombinationen zwei heraussuchte, für sie und für mich.

»Ich weiß nicht ... Vielleicht habe ich die Schuhe irgendwo stehenlassen ...«, sagte sie unsicher. Ich überhörte ihre Antwort.

»Über das Kleid kannst du die Kombination nicht ziehen, du wirst es also ausziehen müssen.«

»Eine Kombination? Wozu?« fragte sie und ging sofort daran, das Kleid auszuziehen, doch da stellte sich etwas Merkwürdiges heraus: Es ließ sich nicht ausziehen, denn es hatte keinerlei Verschluß. Die roten Knöpfe in der Mitte waren nur eine Verzierung, und ein Reißverschluß oder Ähnliches fehlte. Harey lächelte verlegen. Ich tat, als sei dies die gewöhnlichste Sache von der Welt und schlitzte mit einem skalpellähnlichen Instrument, das ich vom Fußboden aufhob, den Stoff an der Stelle auf, wo hinten der Ausschnitt endete. Nun konnte sie das Kleid über den Kopf ziehen. Die Kombination war etwas zu weit für sie.

»Fliegen wir? Aber du doch auch . . .?« erkundigte sie sich, als wir, beide nun schon umgezogen, das Zimmer verließen. Ich nickte nur. Ich hatte entsetzliche Angst, Snaut zu begegnen, doch der Korridor, der zur Startrampe führte, war leer und die Tür zur Funkstation, an der wir vorbei mußten, geschlossen.

An der Startrampe herrschte noch immer diese leblose Stille. Harey schaute zu, wie ich mit einem Elektrokarren aus der mittleren Box eine Rakete auf eine freie Bahn brachte. Ich überprüfte nacheinander den Zustand des Mikroreaktors, der fernbedienten Steuerungsanlage und der Düsen, dann schob ich den Karren mit der Rakete auf die Drehscheibe des Starttisches unter den Zentraltrichter der Kuppel; die leere Raumkapsel hatte ich zuvor entfernt.

Es handelte sich um einen kleinen Raumflugkörper, der zur Aufrechterhaltung der Verbindung zwischen der Station und dem Satelloiden diente und zum Gütertransport benutzt wurde; Menschen wurden nur in Ausnahmefällen befördert, weil er sich von innen nicht öffnen ließ. Genau das kam mir zustatten und bildete einen Teil meines Plans. Ich hatte natürlich nicht die Absicht, die Rakete zu zünden, verhielt mich jedoch ganz so, als bereitete ich sie wirklich zum Start vor: Harey, die mich so oft auf Flügen begleitet hatte, kannte sich hierin ein wenig aus. Ich überprüfte auch noch im Innern die Klima- und die Sauerstoffanlage, setzte beide in Betrieb, und als nach dem Einschalten des Hauptstromkreises die Kontrollämpchen aufleuchteten, gab ich den engen Innenraum frei und bedeutete Harey, die neben der Leiter stand, einzusteigen.

»Und du?« fragte sie.

»Ich steige nach dir ein. Ich muß hinter uns die Luke schließen.«

Daß sie die List vorzeitig durchschauen könnte, war nicht zu befürchten. Nachdem sie die Leiter hochgeklettert und eingestiegen war, schob ich sofort den Kopf durch die Luke und fragte, ob sie es einigermaßen bequem habe, und als ich ein dumpfes, von der Enge erstickte Ja vernahm, zog ich mich zurück und schlug den Lukendeckel zu. Mit zwei raschen Bewegungen legte ich beide Riegel vor und zog mit einem bereitgelegten Schlüssel die fünf Spannschrauben in den Vertiefungen des Außenpanzers fest.

Die spitze Zigarre stand senkrecht, als sollte sie wirklich im nächsten Augenblick in den Weltraum hinausfliegen. Ich wußte, daß der Eingeschlossenen nichts passieren konnte – es gab in der Rakete genügend Sauerstoff, und auch ein kleiner Lebensmittelvorrat war vorhanden. Außerdem hatte ich nicht die Absicht, sie endlos darin festzuhalten.

Ich wollte mir um jeden Preis ein paar freie Stunden verschaffen, um die Pläne für die nächste Zeit festzulegen und mit Snaut zu sprechen, nun schon als Gleichberechtigter.

Als ich die vorletzte Schraube festzog, spürte ich, daß die Metallstreben, zwischen denen die Rakete an ihren drei Verkragungen hing, leicht vibrierten, dachte jedoch, daß ich selbst, der ich schwungvoll mit dem großen Schlüssel hantierte, ungewollt den stählernen Koloß zum Schwingen gebracht hatte.

Als ich jedoch einige Schritte zurücktrat, sah ich etwas, was ich nicht noch einmal erblicken möchte.

Die ganze Rakete bebte, erschüttert von den Schlägen, die von innen her erfolgten, aber von was für Schlägen! Hätte den Platz des schlanken schwarzhaarigen Mädchens in der Rakete ein stählerner Roboter eingenommen – er wäre nicht imstande gewesen, diese Masse von acht Tonnen in ein so konvulsivisches Beben zu versetzen!

Die Lichter der Startrampe spiegelten sich zitternd und verzerrt in der polierten Oberfläche. Zu vernehmen waren die Schläge nicht, im Innern der Rakete herrschte vollkommene Stille, nur die breit ausgestellten Füße des Gerüsts, in dem die Rakete hing, hatten die Schärfe ihrer Konturen verloren: Sie vibrierten wie Saiten. Die Frequenz dieser Vibrationen ließ mich um die Festigkeit des Panzers fürchten. Mit zitternden Händen zog ich die letzte Schraube fest, warf den Schlüssel beiseite und sprang von der Leiter. Während ich langsam zurückwich, sah ich, wie die Stoßdämpferbolzen, die nur auf ständigen Druck berechnet waren, in ihren

Halterungen tanzten. Mir schien, die gepanzerte Außenhülle verliere ihren einheitlichen Glanz. Wie von Sinnen sprang ich zu dem Pult für Fernsteuerung und stieß mit beiden Händen den Hebel, der den Reaktor in Betrieb setzte und die Verbindung herstellte, nach oben; im selben Augenblick drang aus dem Lautsprecher, der nun mit dem Innern der Rakete verbunden war, ein gellendes Jaulen oder Kreischen, das keiner menschlichen Stimme ähnelte, und doch unterschied ich in diesem Aufschrei ein heulendes »Kris! Kris! Kris!«.

Natürlich hörte ich es nicht deutlich. Aus den zerschlagenen Knöcheln rann mir das Blut, so chaotisch und gewaltsam versuchte ich, die Rakete zu starten. Ein bläulicher Schein fiel auf die Wände; vom Starttisch, unterhalb der Antriebsöffnungen, wirbelte der Staub hoch, verwandelte sich in eine Wolke beißender Funken, und dann wurden alle Geräusche von einem hohen, anhaltenden Donnern übertönt. Die Rakete hob sich auf drei Flammen empor, die sich sofort zu einer einzigen Feuersäule vereinigten, und verließ durch den sich öffnenden Schacht in der Kuppel die Station; bebende Glutfetzen blieben in der Halle zurück. Die Öffnung schloß sich sofort wieder, Kompressoren schalteten sich automatisch ein und durchspülten die Halle, in der sich beißender Qualm staute.

All das drang kaum in mein Bewußtsein. Die Hände auf das Pult gestützt, rang ich nach Luft, die von Brandgeruch und dem charakteristischen, an Ozon erinnernden Geruch der Ionisation erfüllt war; der thermische Stoß hatte mir das Gesicht verbrannt und die Haare versengt und gekräuselt. Obwohl ich im Moment des Starts unwillkürlich die Augen geschlossen hatte, war ich doch von dem Antriebsstrahl geblendet worden. Eine ganze Weile sah ich nur schwarze, rote und goldene Kreise. Allmählich lösten sie sich auf. Rauch, Staub und Nebel verschwanden, aufgesaugt von den winselnden Entlüftungsaggregaten.

Das erste, was ich wieder erblickte, war der grünlich schimmernde Radarschirm. Mit dem Richtungsreflektor manövrierend, suchte ich nach der Rakete. Sie befand sich bereits oberhalb der Atmosphäre. In meinem ganzen Leben hatte ich noch nicht auf so blinde und wahnwitzige Weise einen Flugkörper gestartet — ohne zu wissen, welche Beschleunigung ich ihm verleihen und wohin ich ihn schicken sollte. Ich sagte mir, daß es am einfachsten sein würde, ihn auf eine Umlaufbahn um die Solaris zu bringen, in eine Höhe von ungefähr tausend Kilometern, weil ich dann die Triebwerke ausschalten konnte; denn solange sie arbeiteten, war eine in ihren Folgen unabsehbare Katastrophe möglich. Der Tausendkilometerorbit war – wie ich anhand der Tabelle feststellte – stationär. Ehrlich gesagt, bot auch er keine Garantie, es war einfach der einzige Ausweg, den ich sah.

Den Lautsprecher, den ich gleich nach dem Start abgestellt hatte, wieder einzuschalten – dazu fehlte mir der Mut. Ich hätte sonstwas getan, wenn ich nur nicht wieder diese entsetzliche Stimme zu hören brauchte, an der nichts Menschliches mehr war. Der Schein hatte getrogen – soviel konnte ich mir zugestehen –, und durch das Trugbild von Hareys Gesicht hindurch zeigte sich ein anderes, das wirkliche, dem gegenüber die Alternative des Wahnsinns tatsächlich als Erlösung erscheinen konnte.

Es war ein Uhr, als ich die Startrampe verließ.

Das »Kleine Apokryph«

Ich hatte mir an Gesicht und Händen die Haut verbrannt. Nun erinnerte ich mich wieder, daß ich bei der Suche nach einem Schlafmittel für Harey (am liebsten hätte ich jetzt über meine Naivität gelacht, aber ich konnte nicht) in der Hausapotheke eine Salbe gegen Verbrennungen bemerkt hatte; so ging ich also in meine Kabine. Ich öffnete die Tür und gewahrte in dem roten Schein der untergehenden Sonne, daß in dem Sessel, neben dem vorhin Harey gekniet hatte, jemand saß. Der Schreck fuhr mir in die Glieder, ich zuckte in panischer Angst zurück, um zu fliehen; das dauerte den Bruchteil einer Sekunde. Der Sitzende hob den Kopf. Es war Snaut. Ein Bein über das andere geschlagen, kehrte er mir den Rücken zu (er trug noch immer dieselbe, von Lösungsmitteln verbrannte Leinenhose) und blätterte in irgendwelchen Papieren. Ein ganzer Stoß solcher Papiere lag neben ihm auf einem Tischchen. Bei meinem Eintritt legte er alles beiseite und betrachtete mich eine ganze Weile trübsinnig über den Rand seiner Brille hinweg, die ihm auf die Nasenspitze gerutscht war.

Wortlos ging ich ins Bad, entnahm dem Schränkchen die Dose mit der halbflüssigen Salbe und strich sie auf die Stellen mit den stärksten Verbrennungen an Stirn und Wangen. Zum Glück war das Gesicht nicht sonderlich angeschwollen, und die Augen waren verschont geblieben, weil ich die Lider fest geschlossen hatte. Einige größere Blasen an Schläfe und Wange stach ich mit einer sterilen Injektionsnadel auf und drückte die Serumflüssigkeit aus. Schließlich klebte ich mir zwei Stückchen angefeuchteter Gaze ins Gesicht. Snaut beobachtete mich die ganze Zeit über aufmerksam. Ich ignorierte das. Als ich endlich mit dieser Prozedur fertig war (das Gesicht brannte mir dabei immer stärker), setzte ich mich in den anderen Sessel. Doch zuvor mußte ich Hareys Kleid herunternehmen. Abgesehen von dem fehlenden Verschluß, war es ein ganz gewöhnliches Kleid.

Snaut, die Hände über dem spitzen Knie gefaltet, verfolgte kritisch jede meiner Bewegungen.

»Nun, wie ist's, wollen wir ein Schwätzchen machen?« meinte er, als ich mich gesetzt hatte.

Ich antwortete nicht, sondern drückte nur den Gazebausch, der zu rutschen begann, fester an die Wange.

»Wir hatten wohl Gäste, was?«

»Ja«, entgegnete ich barsch. Ich hatte nicht die geringste Lust, auf seinen Ton einzugehen.

»Und haben uns ihrer entledigt? Hoho, du legst dich ja mächtig ins Zeug!«

Er berührte die sich noch immer schälende Stirnhaut; darunter zeigten sich bereits die rosa Flecke der jungen Haut. Entgeistert starrte ich darauf. Wieso hatte mir die sogenannte Sonnenbräune eines Snaut oder Sartorius bisher nicht zu denken gegeben? Die ganze Zeit über hatte ich geglaubt, das käme von der Sonne – dabei nahm doch kein Mensch auf der Solaris Sonnenbäder . . .

»Ich hoffe, du hast recht bescheiden angefangen«, fuhr er fort, ohne das Aufleuchten plötzlichen Verstehens in meinen Augen zu beachten. »Mit verschiedenen Narkotika, Venena, amerikanischem Freistil — was?«

»Was willst du? Wir können uns auf gleichberechtigter Basis unterhalten. Wenn du dich als Narr aufspielen willst, dann ist es besser, du gehst.«

»Manchmal ist man ein Narr wider Willen«, sagte er und sah mich aus schmalen Augen an. »Du willst mir doch wohl nicht einreden, daß du weder Schnur noch Hammer verwendet hast? Und mit einem Tintenfaß, wie seinerzeit Luther, hast du nicht zufällig geworfen? Nein? Nun, dann bist du ja ein toller Bursche! Sogar das Bad ist ganz, du hast nicht versucht, dir den Kopf einzurennen, hast überhaupt nicht das Zimmer demoliert, sondern deinen seltsamen Gast gleich so, holterdiepolter, eingepackt, hochgeschossen und fertig!«

Er blickte auf die Uhr. »So an die zwei oder gar drei Stunden müßten wir dann wohl haben«, schloß er. Er sah mich an, ein unangenehmes Lächeln spielte um seine Lippen, schließlich begann er wieder zu reden. »Du hältst mich also für ein Schwein?«

»Für ein ausgemachtes Schwein«, bestätigte ich nachdrücklich.

»So? Und hättest du mir geglaubt, wenn ich es dir erzählt hätte? Hättest du mir ein einziges Wort geglaubt?«

Ich schwieg.

»Gibarian war der erste, dem das passierte«, fuhr er fort, immer noch mit diesem falschen Lächeln. »Er schloß sich in seiner Kabine ein und sprach mit uns nur durch die Tür. Kannst du dir denken, wie unser Urteil lautete?«

Ich konnte es mir denken, aber ich zog es vor zu schweigen.

»Ist doch wohl klar. Wir kamen zu dem Schluß, er sei verrückt geworden. Ein paar Andeutungen machte er ja durch die Tür, aber er sagte nicht alles. Wahrscheinlich kannst du dir denken, weshalb er verheimlichte, wer bei ihm war. Du weißt ja nun Bescheid: Suum cuique. Aber er war ein echter Forscher. Er verlangte von uns, ihm eine Chance zu geben.«

»Was für eine Chance?«

»Nun, ich nehme an, er versuchte, das irgendwie zu klassifizieren, irgendwie damit zu Rande zu kommen. Er arbeitete nachts. Weißt du, was er gemacht hat? Bestimmt weißt du es schon!«

»Diese Berechnungen«, sagte ich. »Im Schubkasten. Dort in der Funkstation. Das war er?«

»Ja. Doch damals wußte ich noch nichts davon.«

»Wie lange dauerte das?«

»Dieser Besuch? Etwa eine Woche. Unterhaltungen nur durch die Tür. Nun, da war vielleicht was los! Wir glaubten, er habe Halluzinationen und sei motorisch erregt. Ich habe ihm ein Medikament gegeben.«

»Was denn ... ihm?«

»Ja. Aber er hat es nicht für sich verwendet. Er hat experimentiert. So ging das mehrere Tage.«

»Und ihr?«

»Wir? Am dritten Tag beschlossen wir, bei ihm einzudringen, und wenn es nicht anders ging, die Tür einzubrechen. Wir wollten ihn aus Anständigkeit kurieren.«

»Deshalb also!« entfuhr es mir.

»Ja.«

»Und dort ... in diesem Schrank ...«

»Ja, genau so war es, mein Junge. Er wußte nicht, daß unterdessen auch wir Gäste hatten. Deshalb konnten wir uns nicht mit ihm beschäftigen. Aber das wußte er eben nicht. Jetzt ist das ... schon eine gewisse ... Routine.«

Er sagte das so leise, daß ich das letzte Wort mehr ahnte als verstand.

»Warte mal, eins verstehe ich nicht«, sagte ich. »Ihr müßt doch was gehört haben! Du hast selbst gesagt, daß ihr an der Tür gelauscht habt. Also waren ja wohl zwei Stimmen zu hören ...«

»Nein, nur seine, aber selbst wenn es unverständliche Geräusche gegeben hat, haben wir sie natürlich ihm zugeschrieben.«

»Nur seine Stimme? Wieso eigentlich?«

»Keine Ahnung. Ich habe zwar eine bestimmte Theorie zu dem, was hier geschieht, doch vorläufig eilt es nicht, um so mehr, als uns nicht damit gedient ist, wenn wir nur dies und jenes klären. Ja, aber du mußt schon gestern etwas gesehen haben, sonst hättest du uns beide für verrückt gehalten.«

»Ich hielt mich selber für verrückt.«

»Ach ja? Und du hast niemanden gesehen?«

»Doch.«

»Wen?«

Seine Grimasse war nun kein Lächeln mehr. Ich musterte ihn lange, ehe ich ihm antwortete: »Diese ... diese Schwarze ...«

Er sagte kein Wort, doch sein ganzer, nach vorn geneigter Körper entspannte sich unmerklich.

»Trotzdem hättest du mich warnen können«, begann ich, nun schon weniger überzeugt.

»Ich habe dich doch gewarnt.«

»Aber wie!«

»Auf die einzig mögliche Weise. Versteh doch, ich wußte nicht, *wer* das sein würde! Das wußte keiner, das kann man nicht wissen ...«

»Hör mal, Snaut, ein paar Fragen. Du kennst das ... schon länger. Wird sie ... wird das ... was geschieht mit ihr?«

»Dir geht es darum, ob sie zurückkehrt?«

»Ja.«

»Sie kehrt zurück und auch nicht.«

»Wie soll ich das verstehen?«

»Sie kehrt so zurück, wie sie am Anfang war, bei ihrem ersten Besuch. Sie wird einfach nichts wissen, oder, um genau zu sein, sie wird sich so verhalten, als wäre all das, was du angestellt hast, um sie loszuwerden, nie gewesen. Wenn du sie durch die Situation nicht dazu zwingst, ist sie auch nicht aggressiv.«

»Was meinst du mit Situation?«

»Das hängt von den Umständen ab.«

»Snaut!«

»Worum geht es dir?«

»Den Luxus, Blindekuh zu spielen, können wir uns nicht leisten!«

»Das ist kein Luxus«, unterbrach er mich trocken. »Kelvin, ich habe den Eindruck, du verstehst immer noch nicht ... oder ... warte mal!« Seine Augen leuchteten auf. »Kannst du mir sagen, *wer* hier war?«

Ich schluckte, senkte den Kopf. Ich wollte ihn nicht ansehen. Mir wäre es lieber gewesen, ich hätte einen anderen vor mir gehabt, nicht gerade ihn. Ich hatte jedoch keine Wahl. Die Gaze löste sich von meinem Gesicht und fiel mir auf die Hand. Ich schauderte unter der schlüpfrigen Berührung.

»Die Frau, die ich ...«

Ich beendete den Satz nicht.

»Sie ist gestorben. Sie hat sich ... hat sich etwas eingespritzt ...«

Er wartete.

»Sie hat Selbstmord begangen?« fragte er, da ich schwieg.

»Ja.«

»Das ist alles?«

Ich schwieg.

»Das kann nicht alles sein.«

Ich hob rasch den Kopf. Er sah mich nicht an.

»Woher weißt du das?«

Er antwortete nicht.

»Gut«, sagte ich. Ich benetzte mir mit der Zunge die Lippen. »Wir hatten uns gestritten. Oder eigentlich nicht. Ich habe ihr ein paar Worte gesagt, du weißt ja, wie man im Zorn manchmal spricht. Dann packte ich meine Sachen und ging fort; sie gab mir zu verstehen ... Gesagt hat sie es nicht direkt, aber wenn man jahrelang mit jemandem zusammen lebt, ist das nicht nötig. Ich war sicher, daß sie nur so daherredet, und das ... ja, das habe ich ihr auch gesagt. Am nächsten Tag fiel mir ein, daß ich diese ... Ampullen in der Schublade gelassen hatte; sie wußte, daß sie dort lagen – ich hatte sie seinerzeit zu irgendeinem Zweck aus dem Labor mitgebracht und ihr auch erzählt, wie sie wirken. Nun erschrak ich und wollte sie holen, doch dann sagte ich mir, das könnte so aussehen, als hätte ich ihre Worte ernst genommen, und unternahm nichts, doch am dritten Tag ging ich dennoch hin, das ließ mir keine Ruhe. Als ich in die Wohnung kam ... lebte sie nicht mehr.«

»Ach, du unschuldiger Junge ...«

Ich fuhr hoch. Doch als ich ihn ansah, begriff ich, daß er nicht spottete. Ich sah ihn gleichsam zum erstenmal. Sein Gesicht war grau, die Furchen in den Wangen sprachen von tiefer Erschöpfung, er sah aus wie ein Schwerkranker.

»Weshalb sprichst du so?« fragte ich, seltsam befangen.

»Weil es eine tragische Geschichte ist. Nein, nein«, fügte er rasch hinzu, als er sah, daß ich zu einer Entgegnung ansetzte, »du verstehst noch immer nicht. Gewiß, für dich mag das ein schweres Erlebnis sein, vielleicht hältst du dich sogar für einen Mörder, aber... das ist nicht das Schlimmste.«

»Was du nicht sagst!« entgegnete ich höhnisch.

»Ich freue mich, daß du mir nicht glaubst, wirklich. Was geschehen ist, mag schrecklich sein, aber am schrecklichsten ist das, was ... nicht geschehen ist. Nie.«

»Ich verstehe nicht«, sagte ich mit schwacher Stimme. Ich verstand wirklich nichts.

Er nickte. »Ein normaler Mensch . . .«, sagte er. »Was ist das, ein normaler Mensch? Einer, der nie etwas Abscheuliches getan hat? Ja, aber hat er auch nie daran gedacht? Und wenn er nicht daran gedacht hat, dann hat vielleicht in ihm etwas gedacht, ist an die Oberfläche gekommen, vor zehn oder vor dreißig Jahren, vielleicht konnte er sich dagegen wehren und hat es vergessen und sich nicht davor gefürchtet, weil er wußte, daß er es nie in die Tat umsetzen würde. So, und nun stell dir vor, daß ihm plötzlich, am hellichten Tag, unter anderen Menschen, *das* entgegentritt, zu Fleisch geworden, an ihn gefesselt, unzerstörbar, was dann? Was hast du dann?«

Ich schwieg.

»Die Station«, sagte er leise. »Dann hast du die Station Solaris.«

»Aber ... was kann das schließlich sein?« brachte ich zögernd hervor. »Ihr seid doch keine Verbrecher, weder du noch Sartorius ...«

»Aber du bist doch Psychologe, Kelvin!« unterbrach er mich ungeduldig. »Wer hat nicht schon mal ähnliches geträumt? Sich vorgestellt? Denk an einen ... an einen Fetischisten, der sich, sagen wir mal, in ein Stück schmutziger Wäsche verliebt hat, der Kopf und Kragen riskiert und schließlich unter Bitten und Drohungen diesen seinen teuersten, widerlichen Fetzen erbeutet, das muß doch lustig sein, nicht wahr? Der sich vor dem Objekt seiner Begierde ekelt und zugleich verrückt danach ist, bereit, dafür sein Leben aufs Spiel zu setzen, und dessen Gefühl vielleicht so stark ist wie das Romeos zu Julia. So etwas kommt vor. Aber du verstehst doch wohl, daß es auch andere Dinge geben muß ... andere Situationen ... Situationen, die so geartet sind, daß niemand gewagt hat, sie zu verwirklichen, außer in Gedanken, in einem einzigen Augenblick der Benommenheit, der Erniedrigung, des Rausches – nenn es, wie du willst. Und plötzlich nimmt das Wort Gestalt an. Das ist alles.«

»Das ist alles ...«, wiederholte ich ohne jeden Sinn, mit tonloser Stimme. Der Kopf dröhnte mir. »Aber die Station ... Was hat die Station damit zu tun?«

»Du tust doch wohl nur so«, brummte er. Er betrachtete mich forschend. »Ich rede doch die ganze Zeit von der Solaris, nur von der Solaris, von nichts anderem. Wenn die Realität hier so drastisch von deinen Erwartungen abweicht, so ist das nicht meine Schuld. Im übrigen hast du schon genug erlebt, um mich bis zu Ende anzuhören.

Wir fliegen in den Kosmos, auf alles vorbereitet: auf Einsamkeit, auf Kampf, auf Märtyrertum und Tod. Aus Bescheidenheit sprechen wir das nicht aus, aber im stillen denken wir manchmal, wie großartig wir doch sind. Dabei ... dabei ist das nicht alles, und unsere Bereitschaft erweist sich als Pose. Wir wollen gar nicht den Kosmos erobern, wir wollen nur die Erde bis an seine Grenzen ausdehnen. Die einen Planeten sollen Wüsten sein wie die Sahara, andere mit Eis bedeckt wie der Pol, oder sie sollen ein tropisches Klima haben wie der brasilianische Urwald. Wir sind human und edel, wir wollen nicht andere Rassen unterwerfen, wir möchten ihnen nur unsere Werte weitergeben und dafür ihr Erbe übernehmen. Wir halten uns für die Ritter des heiligen Kontakts. Das ist die andere Heuchelei. Wir suchen niemanden außer Menschen. Andere Welten brauchen wir gar nicht. Wir brauchen Spiegel. Wir wissen überhaupt nicht, was wir mit anderen Welten anfangen sollen. Die eine genügt uns, wir ersticken schon an ihr. Wir möchten unser eigenes, idealisiertes Abbild finden, Planeten und Zivilisationen, vollkommener als unsere; anderswo wiederum hoffen wir, Ähnlichkeiten mit unserer primitiven Vergangenheit zu entdecken. Nun aber gibt es auf der anderen Seite etwas, was wir nicht akzeptieren wollen, gegen das wir uns wehren, dabei haben wir doch von der Erde kein bloßes Destillat von Tugenden mitgebracht, ein heldisches Standbild des Menschen sozusagen! Wir sind hierhergekommen, wie wir in Wahrheit sind, und nun, da uns die andere

Seite diese Wahrheit zeigt – diesen ihren Teil, den wir verschweigen –, können wir uns damit nicht abfinden!«

»Was also ist das?« fragte ich, nachdem ich ihm geduldig zugehört hatte.

»Das, was wir wollten: Kontakt mit einer anderen Zivilisation. Wir haben ihn, diesen Kontakt! Unsere eigene, monströse Häßlichkeit, ins Riesenhafte vergrößert wie unter einem Mikroskop, unsere Narreteien und unsere Schande!« Seine Stimme zitterte vor Wut.

»Du meinst also, das sei der Ozean? Er? Aber wozu? Der Mechanismus interessiert uns im Augenblick weniger, aber wozu sollte er das tun, um Himmels willen, wozu? Glaubst du im Ernst, er möchte mit uns spielen? Oder uns bestrafen? Das wäre erst recht primitivste Dämonologie! Ein Planet, beherrscht von einem sehr großen Teufel, der zur Befriedigung seiner Neigung zu satanischem Humor den Mitgliedern einer wissenschaftlichen Expedition Sukkuben unterschiebt! An so ausgemachten Blödsinn glaubst du doch wohl selber nicht!«

»Dieser Teufel ist gar nicht so dumm«, murmelte er. Ich sah ihn überrascht an. Hatte er etwa doch einen Nervenzusammenbruch erlitten? Wenngleich sich das, was auf der Station geschah, nicht mit Wahnsinn erklären ließ. Reaktive Psychose ...? ging es mir noch durch den Sinn, als er fast lautlos zu lachen begann.

»Stellst du mir eine Diagnose? Warte noch damit. Im Grunde ist dir das in so milder Form begegnet, daß du noch immer nichts begreifst!«

»Ach so. Der Teufel hatte Mitleid mit mir«, entgegnete ich. Das Gespräch begann mich zu langweilen.

»Was willst du eigentlich? Daß ich dir sage, welche Pläne x Billionen Tonnen eines metamorphen Plasmas gegen uns aushecken? Vielleicht überhaupt keine.«

»Was heißt – überhaupt keine?« fragte ich verdutzt.

Snaut lächelte noch immer. »Du solltest wissen, daß die Wissenschaft sich nur damit beschäftigt, wie etwas geschieht, und nicht, weshalb es geschieht. Wie? Nun, das begann acht oder neun Tage nach unserem Experiment mit den Röntgenstrahlen. Vielleicht antwortete der Ozean auf die Strahleneinwirkung damit, daß er nun seinerseits Strahlen aussandte, vielleicht sondierte er damit unsere Gehirne und erkundete gewisse Verkapselungen.«

»Verkapselungen?«

Das begann mich zu interessieren.

»Nun ja, Prozesse, die von den übrigen losgelöst, die in sich geschlossen sind, unterdrückt, eingemauert, Entzündungsherde des Gedächtnisses. Und die betrachtete er nun als Rezept, als Konstruktionsplan. Du weißt doch, wie sehr die asymmetrischen Kristalle der Chromosomen und jene der Nukleinverbindungen der Zerebroside, die das Substrat von Gedächtnisprozessen bilden, einander ähnlich sind. Das Erbplasma ist doch ein »Gedächtnis«-Plasma. Also hat er das aus uns herausgeholt, aufgezeichnet und dann, na, du weißt ja, was dann war. Doch weshalb wurde das gemacht? Pah! Auf keinen Fall deshalb, um uns zu vernichten. Das wäre für ihn viel einfacher gewesen. Bei dieser technologischen Souveränität konnte er eigentlich alles – uns zum Beispiel Doppelgänger unterschieben.«

»Ach!« rief ich. »Deshalb hast du am ersten Abend, als ich kam, so einen Schreck bekommen!«

»Ja. Aber vielleicht hat er das auch getan. Woher weißt du, ob ich wirklich jener ehrliche alte Ratz bin, der vor zwei Jahren hier angekommen ist . . .«

Er kicherte leise in sich hinein, als verschaffte ihm meine Verblüffung Gott weiß welche Genugtuung, hörte jedoch gleich wieder auf.

»Nein, nein«, brummte er, »es reicht auch so. Vielleicht gibt es noch mehr Unterschiede, aber ich kenne nur einen: Dich und mich kann man töten.«

»Und *sie* nicht?«

»Ich rate dir nicht, es zu versuchen. Ein schrecklicher Anblick!«

»Gibt es überhaupt kein Mittel?«

»Das weiß ich nicht. Jedenfalls nicht mit Gift, nicht mit dem Messer, nicht mit einem Strick . . .«

»Und mit der Nuklearpistole?«

»Würdest du es versuchen?«

»Das kann ich nicht sagen. Wenn man weiß, daß es keine Menschen sind . . .«

»In gewissem Sinne sind sie es doch. Subjektiv sind es Menschen. Sie sind sich überhaupt nicht im klaren über ihre ... Herkunft. Das hast du doch wohl bemerkt?«

»Ja. Wie ist das also mit ihnen?«

»Sie regenerieren in unerhörtem Tempo. In einem unmöglichen Tempo, vor deinen Augen, sag ich dir, und verhalten sich von neuem so, wie ... wie ... «

»Wie was?«

»Wie unsere Vorstellungen von ihnen sind, diese Gedächtnisaufzeichnungen, nach denen ...«

»Ja, das stimmt«, bestätigte ich. Ich achtete nicht darauf, daß mir die Salbe von den verbrannten Wangen lief und auf die Hände tropfte. »Wußte Gibarian ...?« fragte ich plötzlich.

Er sah mich aufmerksam an.

»Du meinst, ob er das wußte, was wir wissen?«

»Ja.«

»Das ist so gut wie sicher.«

»Woher weißt du? Hat er es dir gesagt?«

»Nein. Aber ich habe ein bestimmtes Buch bei ihm gefunden ...«

»Das ›Kleine Apokryph‹!« rief ich und sprang auf.

»Ja. Aber woher weißt du das?« fragte er mit plötzlicher Unruhe und heftete den Blick auf mein Gesicht.

Ich schüttelte den Kopf. »Keine Sorge«, sagte ich. »Du siehst doch, daß meine Verbrennungen überhaupt nicht regenerieren. In meinem Zimmer fand ich einen Brief an mich.«

»Was du nicht sagst? Einen Brief? Was stand denn drin?«

»Nicht viel. Eigentlich waren es nur Notizen. Bibliographische Empfehlungen zum solaristischen Jahrbuch, zum Annex und zu diesem ›Apokryph‹. Was ist das?«

»Ein altes Ding. Möglich, daß es damit etwas zu tun hat. Hier, nimm.«

Er holte ein schmales, in Leder gebundenes und an den Ecken abgewetztes Bändchen aus der Tasche und reichte es mir.

»Und wie verhält sich Sartorius?« fragte ich und steckte das Büchlein ein.

»Sartorius? Nun, jeder verhält sich in einer solchen Lage, wie es ihm möglich ist. Er versucht, normal zu sein, das heißt bei ihm ›offiziell‹.«

»Na hör mal!«

»Aber ja. Ich befand mich mal mit ihm in einer Situation ... nun, Einzelheiten sind nicht so wichtig, kurzum, für acht Mann waren uns noch fünfhundert Kilogramm Sauerstoff geblieben. Einer nach dem anderen gaben wir unsere täglichen Verrichtungen auf, schließlich liefen wir alle mit Bärten herum, nur er rasierte sich, putzte die Schuhe, so ist er nun mal. Natürlich wird alles, was er jetzt tut, gespielt sein, eine Komödie oder ein Verbrechen.«

»Ein Verbrechen?«

»Also gut, kein Verbrechen. Wir müssen uns dafür ein neues Wort ausdenken. ›Strahlentrennung‹ zum Beispiel. Klingt das besser?«

»Du bist außerordentlich witzig«, sagte ich.

»Wäre es dir lieber, wenn ich weinte? Schlag etwas vor.«

»Ach, laß mich in Ruhe.«

»Nein, ich meine es ernst: Du weißt jetzt ungefähr soviel wie ich. Hast du irgendeinen Plan?«

»Du bist ja gut! Ich weiß nicht einmal, was ich anfangen soll, wenn... sie wieder erscheint. Muß sie denn erscheinen?«

»Das ist anzunehmen.«

»Wie kommen die eigentlich herein? Die Station ist doch hermetisch abgeschlossen. Vielleicht ist die Panzerung ...«

Er schüttelte den Kopf. »Die Panzerung ist in Ordnung. Ich weiß es auch nicht; am häufigsten sind die ›Gäste‹ da, wenn wir aufwachen. Und schlafen muß man ja schließlich ab und zu.«

»Kann man sie irgendwo einschließen?«

»Das hilft nur für kurze Zeit. Was bleibt, ist ... na, du weißt es ja selbst.«

Er stand auf. Und auch ich erhob mich.

»Hör mal, Snaut, du möchtest, daß die Station aufgegeben wird, aber der Anstoß dazu soll von mir kommen?«

Er schüttelte den Kopf. »Das ist nicht so einfach. Natürlich können wir jederzeit fliehen, und sei es nur auf den Satelloiden, um von dort aus SOS-Signale zu senden. Man wird uns für verrückt erklären, das ist klar: irgendein Sanatorium auf der Erde, bis wir alles brav widerrufen. Fälle kollektiven Wahnsinns kommen auf so isolierten Außenposten schon mal vor ... Das wäre vielleicht gar nicht das Schlimmste. Ein Garten, Ruhe, ein weißes Zimmerchen, Spaziergänge mit den Pflegern ...«

Er sprach völlig ernst, die Hände in den Taschen vergraben, die blicklosen Augen in eine Ecke des Zimmers gerichtet. Die rote Sonne war bereits hinter dem Horizont verschwunden, und die Schaumwellen verschmolzen allmählich zu einer tiefschwarzen Wüste. Der Himmel lohte. Über dieser zweifarbigen, unsäglich düsteren Landschaft segelten lilaumränderte Wolken.

»Du willst also fliehen? Oder nicht? Noch nicht?«

Er lächelte. »Du unbeugsamer Eroberer ... Bist noch nicht auf den Geschmack gekommen, sonst würdest du nicht so drängen. Es geht nicht darum, was ich will, sondern darum, was möglich ist.«

»Und was ist möglich?«

»Eben das weiß ich nicht.«

»Also bleiben wir? Du glaubst, daß sich ein Mittel findet ...«

Er sah mich an, ausgemergelt, auf dem zerfurchten Gesicht schälte sich die Haut.

»Wer weiß. Vielleicht lohnt es«, sagte er endlich. »Über ihn werden wir kaum etwas erfahren, aber vielleicht über uns ...«

Er drehte sich um, nahm seine Papiere auf und ging hinaus. Ich wollte ihn zurückhalten, doch aus meinem offenen Mund kam kein Ton. Mir blieb nichts übrig, als zu warten. Ich trat ans Fenster und blickte auf den blutigschwarzen Ozean hinaus, ohne ihn richtig wahrzunehmen. Flüchtig dachte ich daran, daß ich mich in einer der Raketen auf der Startrampe einschließen könnte, doch dieser Gedanke war nicht ernst zu nehmen; früher oder später mußte ich ja herauskommen. Ich setzte mich ans Fenster und holte das Buch hervor, das Snaut mir gegeben hatte. Das Licht reichte noch aus, es färbte die Seiten rosa und tauchte das ganze Zimmer in Röte. Das Buch enthielt Artikel und Arbeiten, gesammelt von einem gewissen Otto Ravintzer, Magister der Philosophie, deren Wert eindeutig war. Jede Lehre wird immer von einer gewissen Pseudolehre begleitet, ihrer wunderlichen Entstellung in den Köpfen eines ganz bestimmten Typus; die Astronomie hat ihren Karikaturisten in der Astrologie, die Chemie hatte ihn einst in der Alchemie, so ist es verständlich, daß die Geburt der Solaristik von einer wahren Explosion ungereimter Ideen begleitet war. Ravintzers Buch war mit geistiger Nahrung ebendieser Art angefüllt, eingeleitet übrigens – das muß man loyal hinzufügen – mit einem Vorwort aus seiner Feder, in dem er sich von jenem Panoptikum distanzierte. Er war einfach der Meinung gewesen, und zwar nicht ohne Grund, daß eine solche Sammlung ein wertvolles Zeitdokument darstellen könnte, sowohl für einen Historiker als auch für einen Wissenschaftspsychologen. Bertons Bericht war in dem Buch an hervorragender Stelle abgedruckt. Er bestand aus mehreren Teilen. Der erste Teil stellte eine Abschrift seines Bordbuches dar und war äußerst knapp gehalten.

Von vierzehn bis sechzehn Uhr vierzig vereinbarter Expeditionszeit waren die Eintragungen noch lakonisch und negativ.

Höhe 1000 – oder 1200 – oder 800 Meter – nichts Wesentliches beobachtet – Ozean leer. Das wiederholte sich mehrere Male.

Dann um 16.40 Uhr: Roter Nebel steigt auf. Sichtweite 700 Meter. Ozean leer.

17.00 Uhr: Nebel wird dichter, Stille, Sichtweite 400 Meter, mit Aufklarungen. Gehe auf 200 Meter hinunter.

17.20 : Befinde mich im Nebel. Höhe 200. Sichtweite 20 bis 40 Meter. Stille. Steige auf 400.

17.45: Höhe 500. Nebelbank bis zum Horizont. Im Nebel trichterförmige Öffnungen, in denen die Oberfläche des Ozeans sichtbar wird. Im Innern geht etwas vor sich. Ich versuche, in einen der Trichter einzudringen.

17.52: Sehe eine Art Wirbel – schleudert gelben Schaum hoch. Von Nebelwand umgeben. Höhe 100. Gehe auf 20 herab ...

Damit endeten die Eintragungen in Bertons Bordbuch. Die Fortsetzung des sogenannten Berichts bildete ein Auszug aus seiner Krankengeschichte; genauer gesagt, es war der Text der Aussage, die Berton gemacht hatte und die von Fragen der Kommissionsmitglieder unterbrochen wurde.

»Berton: Nachdem ich auf dreißig Meter hinuntergegangen war, wurde es schwierig, die Höhe zu halten, denn in diesem kreisförmigen, nebelfreien Raum traten Windböen auf. Ich mußte mich auf die Steuerung konzentrieren und schaute deshalb eine Zeitlang – etwa zehn oder fünfzehn Minuten – nicht aus der Gondel hinaus. Infolgedessen geriet ich ungewollt in den Nebel, eine starke Bö trug mich hinein. Das war kein gewöhnlicher Nebel, sondern etwas wie eine Kolloidsuspension, denn sie verkleisterte mir alle Scheiben, und es war ziemlich schwierig, wieder klare Sicht zu bekommen. Wegen des Widerstandes, den dieser Nebel der Luftschraube bot, sank die Umdrehungszahl um etwa ein Drittel, so daß ich an Höhe verlor. Da ich sehr niedrig flog und fürchten mußte, mit den Wellen zu kollidieren, gab ich Vollgas. Die Maschine hielt die Höhe, aber sie stieg nicht. Ich hatte noch vier Patronen eines Raketenbeschleunigers, aber ich hob sie mir auf, für den Fall, daß die Lage sich noch verschlimmern sollte. Bei voller Umdrehungszahl entstand eine sehr starke Vibration; offenbar bedeckte sich die Luftschraube mit dieser seltsamen, klebrigen Masse; das Variometer zeigte jedoch noch immer Null an, so daß ich nicht höher steigen konnte. Die Sonne sah ich nun nicht mehr, doch in der Richtung, wo sie stand, phosphoreszierte der Nebel rötlich. Ich kreiste fortwährend in der Hoffnung, daß es mir schließlich gelingen würde, eine der nebelfreien Stellen zu erreichen, und das gelang mir auch tatsächlich, etwa eine halbe Stunde später. Plötzlich durchflog ich einen fast kreisrunden freien Raum mit einem Durchmesser von einigen hundert Metern. Die Grenze bildete heftig wallender, wie von starken Konvektionsströmen emporgewirbelter Nebel. Deshalb achtete ich darauf, möglichst in der Mitte des »Loches« zu bleiben – dort war die Luft am ruhigsten. An der Oberfläche des Ozeans ging nun eine Veränderung vor sich. Die Wellen waren fast gänzlich verschwunden, und die oberste Schicht dieser Flüssigkeit – dessen, woraus der Ozean besteht – war halb durchsichtig geworden, bis auf leichte Verschleierungen, die sich ebenfalls auflösten, so daß ich bald durch eine völlig klare, mehrere Meter starke Schicht in die Tiefe blicken konnte. Dort sammelte sich etwas wie gelber Schlamm, der in dünnen, senkrechten Fäden nach oben stieg; an der Oberfläche begann er glasig zu schimmern, zu brodeln und zu schäumen, bis er langsam erstarrte; nun ähnelte er einem sehr zähen, leicht angebrannten Rübensirup. Dieser Schlamm oder Schleim zog sich zu dicken Knoten zusammen, wuchs über die Oberfläche empor, bildete blumenkohlartige Erhöhungen und formte allmählich die verschiedensten Gebilde. Ich wurde zur Nebelwand abgetrieben, so daß ich einige Minuten mit der Regelung der Umdrehungszahl und der Steuerung beschäftigt war; als ich wieder hinausblicken konnte, sah ich etwas, was an einen Garten erinnerte. Ja, an einen Garten. Ich sah Zwergbäume und Hecken und Wege – alles aus der gleichen Substanz, die nun schon ganz fest geworden war wie gelber Gips. Die Oberfläche glänzte intensiv, ich ging so tief wie möglich hinab, um mir das genau anzusehen.

Frage: Hatten diese Bäume und die anderen Pflanzen, die du beobachtet hast, Blätter?

Bertons Antwort: Nein. Das waren nur ganz allgemeine Formen – sozusagen das angedeutete Modell eines Gartens. So sah das aus. Ein Modell, aber wohl in natürlicher Größe. Nach einer Weile begann alles zu bersten und auseinanderzubrechen; aus den Rissen, die völlig schwarz waren, wallte zäher Schleim an die Oberfläche, ein Teil floß ab, und ein Teil blieb und erstarrte, und alles begann immer heftiger zu brodeln, bedeckte sich mit Schaum, und bald sah ich nichts anderes mehr. Gleichzeitig rückte der Nebel von allen Seiten an mich heran, so daß ich die Umdrehungszahl erhöhte und auf dreihundert Meter stieg.

Frage: Bist du dir ganz sicher, daß das, was du mit deinen eigenen Augen gesehen hast, an einen Garten erinnerte – und an nichts anderes?

Bertons Antwort: Ja. Deshalb, weil ich dort verschiedene Einzelheiten bemerkte; so standen an einer Stelle hintereinander mehrere Kästen. Später fiel mir ein, daß dies vielleicht ein Bienenstand sein sollte.

Frage: Später fiel dir das ein? Nicht in dem Augenblick, wo du es gesehen hast?

Bertons Antwort: Nein, denn das sah alles wie aus Gips aus. Auch andere Dinge habe ich gesehen.

Frage: Was für Dinge?

Bertons Antwort: Das kann ich nicht sagen, weil ich sie mir nicht genauer betrachten konnte. Mir war, als lägen unter einigen Sträuchern irgendwelche Geräte; es handelte sich um längliche Gegenstände mit hervorstehenden Zähnen, Gipsabgüsse kleiner

Gartenmaschinen etwa. Doch dessen bin ich mir nicht ganz sicher. Der anderen Dinge – ja.

Frage: Hast du dabei nicht an eine Halluzination gedacht?

Bertons Antwort: Nein. Ich dachte, es sei eine Fata Morgana. An eine Halluzination habe ich nicht gedacht, weil ich mich ganz wohl fühlte, aber auch deshalb, weil ich noch nie im Leben etwas Ähnliches erlebt habe. Als ich mich in dreihundert Meter Höhe befand, wirkte der Nebel unter mir wie ein löchriger Käse. Einige dieser Löcher waren leer, und ich sah darin den wogenden Ozean, in anderen brodelte es. Ich wählte eine dieser Stellen und ging bis auf vierzig Meter hinab. Da entdeckte ich, daß unter der Oberfläche des Ozeans – unmittelbar darunter – eine Wand lag, die Wand eines sehr großen Gebäudes; sie schimmerte hell durch die Wellen hindurch und hatte eine Reihe regelmäßiger, rechteckiger Öffnungen, ähnlich wie Fenster; mir schien sogar, daß sich in einigen dieser Fenster etwas bewegte, doch da bin ich mir nicht ganz sicher. Diese Wand hob sich langsam an und tauchte aus dem Ozean empor. Der Schleim rann in ganzen Wasserfällen an ihr herab, aber auch andere schleimartige Gebilde waren darunter, merkwürdige geäderte Verklumpungen. Plötzlich zerbrach die Wand in zwei Teile und versank sofort in der Tiefe. Ich riß die Maschine noch einmal hoch und flog so dicht über der Nebelbank dahin, daß ich sie fast mit dem Fahrgestell berührte. Nach einer Weile erblickte ich die nächste leere, trichterförmige Stelle; sie war bedeutend größer als die erste.

Schon von weitem gewahrte ich einen schwimmenden Gegenstand. Ich glaubte, es sei der Raumanzug Fechners, um so mehr, als er hell, fast weiß und von menschenähnlicher Gestalt war. Ich riß die Maschine heftig herum, weil ich fürchtete, an der Stelle vorbeizufliegen und sie nicht mehr wiederzufinden. Die Gestalt richtete sich nun leicht auf, und es sah so aus, als ob sie schwamm oder bis zum Gürtel in den Fluten stand. Ich beeilte mich und ging so tief hinunter, daß ich spürte, wie das Fahrgestell gegen etwas Weiches schlug, vermutlich gegen einen Wellenkamm, denn der Wellengang war an dieser Stelle ziemlich hoch. Der Mensch dort, ja, es war ein Mensch, hatte keinen Raumanzug an. Trotzdem bewegte er sich.

Frage: Hast du sein Gesicht gesehen?

Bertons Antwort: Ja.

Frage: Wer war das?

Bertons Antwort: Ein Kind.

Frage: Was für ein Kind? Hast du es in deinem Leben irgendwo einmal gesehen?

Bertons Antwort: Nein, noch nie. Jedenfalls erinnere ich mich nicht daran. Und dann, als ich mich ihm näherte – ich war gut vierzig Meter von ihm entfernt gewesen –, wurde mir klar, daß es etwas Ungutes an sich hatte.

Frage: Was verstehst du darunter?

Bertons Antwort: Ich will es gleich erklären. Zunächst wußte ich nicht, was es ist. Erst nach einer Weile kam ich dahinter: Es war ungewöhnlich groß. Riesengroß ist noch zuwenig gesagt. Es maß an die vier Meter. Ich erinnere mich genau, daß in dem Moment, als ich mit dem Fahrgestell an die Welle stieß, sein Gesicht sich noch über dem meinen befand, und obwohl ich in der Kabine saß, befand ich mich doch etwa drei Meter über der Oberfläche des Ozeans.

Frage: Wenn es so groß war, woher wußtest du dann, daß es ein Kind ist?

Bertons Antwort: Weil es ein sehr kleines Kind war.

Frage: Meinst du nicht, Berton, daß deine Antwort unlogisch ist?

Bertons Antwort: Nein. Durchaus nicht. Ich habe nämlich sein Gesicht gesehen. Außerdem waren die Körperproportionen kindlich. Es sah fast ... wie ein Säugling aus. Nein, das ist übertrieben. Zwei oder drei Jahre mochte es alt sein. Es hatte schwarze Haare und große blaue Augen. Und nackt war es. Ganz nackt, wie neugeboren. Auch naß, oder vielmehr glitschig, jedenfalls glänzte seine Haut.

Dieser Anblick hat entsetzlich auf mich gewirkt. Nun glaubte ich an keine Fata Morgana mehr. Ich sah es allzu deutlich. Es hob und senkte sich im Rhythmus der Wellenbewegung, aber unabhängig davon bewegte es sich, das war abscheulich!

Frage: Weshalb? Was hat es denn getan?

Bertons Antwort: Es sah aus, nun, wie in einem Museum, wie

eine Puppe, aber wie eine lebendige Puppe. Es öffnete und schloß den Mund und führte die verschiedensten Bewegungen aus. Abscheulich. Ja, denn das waren nicht seine Bewegungen.

Frage: Wie meinst du das?

Bertons Antwort: Ich war zwanzig Meter von ihm entfernt, näher kam ich nicht — zwanzig Meter, ja, das stimmt ungefähr. Aber ich sagte schon, wie riesengroß es war, deshalb sah ich es ungewöhnlich deutlich. Seine Augen glänzten, und es machte überhaupt den Eindruck eines lebendigen Kindes, nur diese Bewegungen, so als würde jemand probieren ... *ausprobieren* ...

Frage: Bemühe dich, genauer zu erklären, was du meinst.

Bertons Antwort: Ich weiß nicht, ob mir das gelingt. Das war mein Eindruck. Rein intuitiv. Ich habe darüber nicht nachgedacht. Diese Bewegungen waren unnatürlich.

Frage: Willst du damit sagen, daß zum Beispiel die Hände sich so bewegt haben, wie eine Menschenhand sich wegen der begrenzten Beweglichkeit in den Gelenken nicht bewegen kann?

Bertons Antwort: Nein. Bestimmt nicht. Diese Bewegungen waren ganz und gar sinnlos. Normalerweise bedeutet doch jede Bewegung etwas, dient sie einem Zweck ...

Frage: Meinst du? Die Bewegungen eines Säuglings müssen nicht unbedingt etwas bedeuten.

Bertons Antwort: Das ist mir bekannt. Aber die Bewegungen eines Säuglings sind regellos, nicht koordiniert, ganz allgemein. Diese aber waren ... ja, jetzt weiß ich es! Sie waren methodisch. Sie erfolgten der Reihe nach, gruppen- und serienweise. So als wollte jemand untersuchen, was dieses Kind zu tun imstande ist: mit den Händen, dann mit dem Körper und dem Mund; mit dem Gesicht war es am schlimmsten, wahrscheinlich deshalb, weil das Gesicht am meisten ausdrückt; dieses Gesicht aber war wie ... Nein, ich kann das nicht benennen. Es war lebendig, ja, aber es war trotzdem nicht menschlich. Das heißt, die Züge durchaus, auch die Augen und die Haut, alles, aber der Ausdruck, die Mimik nicht.

Frage: Waren es Grimassen? Weißt du, wie das Gesicht eines Menschen bei einem epileptischen Anfall aussieht?

Bertons Antwort: Ja. Ich habe einen solchen Anfall gesehen. Ich verstehe. Nein, das war etwas anderes. Bei einer Epilepsie treten

Krämpfe und Zuckungen auf, das aber waren durchaus fließende und geschickte, ja sogar melodische Bewegungen. Eine andere Bezeichnung fällt mir nicht ein. Ähnlich war es mit dem Gesicht. Ein Gesicht kann nicht so aussehen, daß die eine Hälfte fröhlich ist und die andere traurig, daß ein Teil einen drohenden oder ängstlichen Ausdruck annimmt und der andere zum Beispiel triumphiert; genau so aber war es mit diesem Kind. Außerdem liefen alle diese Bewegungen und das Mienenspiel mit unerhörter Geschwindigkeit ab. Ich habe mich dort nur kurze Zeit aufgehalten. Zehn Sekunden etwa oder noch weniger.

Frage: Und du willst behaupten, daß du das alles in so kurzer Zeit wahrnehmen konntest? Und dann — woher weißt du, wie lange das gedauert hat? Hast du auf die Uhr geschaut?

Bertons Antwort: Nein. Auf die Uhr habe ich nicht geschaut, aber ich fliege seit sechzehn Jahren. In meinem Beruf muß man die Zeit auf die Sekunde genau schätzen können, ich meine bestimmte Augenblicke, in denen es auf die Reaktionsfähigkeit ankommt. Bei der Landung ist das erforderlich. Ein Pilot, der — ganz gleich unter welchen Umständen — nicht einzuschätzen vermag, ob eine bestimmte Erscheinung fünf oder zehn Sekunden dauert, ist nicht viel wert. Ähnlich ist es mit der Beobachtungsgabe. Mit den Jahren lernt man, alles in kürzester Zeit wahrzunehmen.

Frage: Ist das alles, was du gesehen hast?

Bertons Antwort: Nein, aber an das übrige kann ich mich nicht so genau erinnern. Ich nehme an, die Dosis war für mich ein bißchen zu stark. Mein Gehirn war wie zugepfropft. Der Nebel schob sich zusammen und ich mußte höher steigen. Ich mußte, aber ich kann mich nicht erinnern, wie und wann ich das gemacht habe. Zum erstenmal im Leben hätte ich fast einen Unfall gebaut. Die Hände zitterten mir so, daß ich den Steuerknüppel nicht richtig halten konnte. Ich glaube, ich habe sogar irgend etwas geschrien und die Basis gerufen, obwohl ich wußte, daß die Verbindung unterbrochen war.

Frage: Hast du da versucht umzukehren?

Bertons Antwort: Nein. Denn als ich schließlich wieder meine Höhe erreicht hatte, dachte ich bei mir, daß in einem dieser Löcher Fechner sein könnte. Ich weiß, das klingt unsinnig. Trotzdem habe ich so gedacht. Wenn solche Dinge möglich sind, überlegte ich, dann gelingt es mir vielleicht auch, Fechner zu finden. Deshalb beschloß ich, in so viele Nebellöcher wie nur möglich zu gelangen. Doch beim drittenmal, als ich wieder oben war, begriff ich nach allem, was ich gesehen hatte, daß ich es nicht schaffen würde. Es ging einfach nicht. Dann muß ich noch ... Aber das ist ja bekannt. Mir wurde übel, und ich mußte mich in der Kabine übergeben. Bisher wußte ich nicht, was das heißt. Ich kannte keine Übelkeit.

Frage: Waren das Vergiftungserscheinungen, Berton?

Bertons Antwort: Möglich. Ich weiß es nicht. Aber das, was ich beim drittenmal erblickte, habe ich mir nicht ausgedacht, das war nicht die Folge einer Vergiftung.

Frage: Woher willst du das wissen?

Bertons Antwort: Das waren keine Halluzinationen. Eine Halluzination ist doch etwas, was mein eigenes Gehirn hervorbringt, nicht wahr?

Frage: Ja.

Bertons Antwort: Na eben. Und so etwas konnte es nicht hervorbringen. Das würde ich nie glauben. Dazu wäre es gar nicht fähig.

Frage: Erzähl uns lieber, was es war, einverstanden?

Bertons Antwort: Zuerst muß ich wissen, wie das, was ich bisher berichtet habe, aufgenommen wird.

Frage: Welche Bedeutung hat das denn?

Bertons Antwort: Für mich hat es grundsätzliche Bedeutung. Ich sagte schon, daß ich etwas gesehen habe, was ich nie mehr vergessen werde. Wenn die Kommission zu dem Ergebnis kommt, daß meine Beobachtungen wenigstens zu einem Prozent wahrscheinlich sind, so daß entsprechende Untersuchungen dieses Ozeans begonnen werden sollten, ich meine, in dieser Richtung, dann sage ich alles. Doch wenn die Kommission dies als Halluzinationen betrachtet, sage ich überhaupt nichts mehr.

Frage: Weshalb?

Bertons Antwort: Weil der Inhalt meiner Halluzinationen, selbst wenn er zum Himmel schreien würde, meine Privatangelegenheit ist. Der Inhalt meiner Erfahrungen auf der Solaris hingegen nicht.

Frage: Soll das heißen, daß du jede weitere Aussage verweigerst, bis die entsprechenden Organe der Expedition eine Entscheidung getroffen haben? Denn du verstehst doch wohl, daß die Kommission nicht berechtigt ist, eine sofortige Entscheidung zu treffen?

Bertons Antwort: So ist es.«

Damit endete das erste Protokoll. Es gab noch das Fragment eines zweiten, das elf Tage später aufgesetzt wurde.

»Vorsitzender: . . . dies alles in Betracht ziehend, kam die Kommission, bestehend aus drei Ärzten, drei Biologen, einem Physiker, einem Ingenieur für Mechanik und dem stellvertretenden Expeditionsleiter, zu der Überzeugung, daß die von Berton geschilderten Ereignisse Inhalt eines Halluzinationskomplexes sind, der sich unter dem Einfluß einer Vergiftung durch die Atmosphäre des Planeten einstellte, in Verbindung mit Bewußtseinstrübung, die mit einer Erregung der Assoziationsbereiche der Hirnrinde einhergingen, und daß diesen Ereignissen in der Realität nichts oder fast nichts entsprach.

Berton: Verzeihung, was heißt ›nichts oder fast nichts‹? Was ist das: ›fast nichts‹? Wie groß ist es?

Vorsitzender: Ich bin noch nicht fertig. Gesondert wurde zu Protokoll genommen ein *votum separatum* des Doktors der Physik Archibald Messenger. Dieser erklärte, die von Berton geschilderten Ereignisse könnten sich seiner Meinung nach durchaus in Wirklichkeit zugetragen haben und seien deshalb einer gewissenhaften Untersuchung wert. Das ist alles.

Berton: Ich wiederhole die Frage von vorhin.

Vorsitzender: Die Sache ist ganz einfach. ›Fast nichts‹ heißt, daß bestimmte reale Erscheinungen deine Halluzinationen in Gang setzen konnten, Berton. Der normalste Mensch kann in einer windigen Nacht einen sich bewegenden Strauch für irgendeine Gestalt halten. Das ist erst recht auf einem fremden Planeten der Fall, wenn die Sinne des Beobachters unter Gifteinfluß stehen. Diese Feststellung mindert nicht im geringsten das Ansehen deiner Person, Berton. Wie lautet im Zusammenhang mit dem eben Gesagten deine Entscheidung?

Berton: Ich wüßte zuerst gern, welche Konsequenzen sich aus dem *votum separatum* Doktor Messengers ergeben. Erst dann treffe ich eine Entscheidung.

Vorsitzender: Praktisch keine. Das heißt, daß Nachforschungen in dieser Richtung nicht aufgenommen werden.

Berton: Wird unser Gespräch zu Protokoll genommen?

Vorsitzender: Ja.

Berton: Dann möchte ich sagen, daß nach meiner Überzeugung die Entscheidung der Kommission nicht so sehr das Ansehen meiner Person mindert — ich zähle hier nicht —, als daß sie gegen den Geist dieser Expedition verstößt. Wie ich schon bei unserem ersten Gespräch sagte, werde ich weitere Fragen nicht beantworten.

Vorsitzender: Ist das alles?

Berton: Ja. Aber ich möchte Dr. Messenger sprechen. Ist das möglich?

Vorsitzender: Selbstverständlich.«

So endete das zweite Protokoll. Am unteren Rand der Seite befand sich eine kleingedruckte Notiz, die besagte, daß Dr. Messenger am nächsten Tag ein fast dreistündiges vertrauliches Gespräch mit Berton führte, worauf er sich an den Rat der Expedition wandte und noch einmal verlangte, zu der Aussage des Piloten Nachforschungen anzustellen. Er behauptete, daß dafür neue, zusätzliche Angaben sprächen, die Berton ihm anvertraut habe, die er jedoch erst dann mitteilen könne, wenn der Rat eine positive Entscheidung getroffen habe. Der Rat, bestehend aus Shannahan, Timolis und Trahier, äußerte sich zu dem Antrag negativ, und damit war die Angelegenheit erledigt.

Das Buch enthielt noch die Fotokopie der Seite eines Briefes, der nach Messengers Tod in dessen Papieren gefunden wurde. Wahrscheinlich handelte es sich um einen Entwurf; Ravintzer gelang es nicht, festzustellen, ob dieser Brief jemals abgesandt worden war und welche Konsequenzen er hatte.

»... ihre bodenlose Borniertheit.« — begann der Text. »Aus Sorge um seine Autorität hat der Rat, konkret gesagt, Shannahan und Timolis (denn Trahiers Stimme zählt nicht), meine Forderung abgelehnt. Ich wende mich jetzt direkt an das Institut, aber Du verstehst wohl selbst, daß dies ein ohnmächtiger Protest ist. Da ich durch mein Wort gebunden bin, kann ich Dir leider nicht mitteilen, was Berton mir gesagt hat. Auf die Entscheidung des Rates hatte natürlich die Tatsache Einfluß, daß mit dieser ungewöhnlichen Entdeckung ein Mensch ohne wissenschaftlichen Grad aufgetreten ist, obwohl so mancher Forscher diesen Piloten um dessen Geistesgegenwart und Beobachtungsgabe beneiden könnte. Sende mir bitte mit der nächsten Post folgende Angaben:

1. einen Lebenslauf Fechners unter Berücksichtigung seiner Kindheit,
2. alles, was du über seine Familie und seine Familienangelegenheiten erfahren kannst; er soll ein kleines Kind hinterlassen haben,
3. die Topographie der Gegend, in der er aufgewachsen ist.

Ich möchte dir noch mitteilen, was ich von alldem halte. Wie du weißt, bildete sich einige Zeit nach Fechners und Caruccis Start im Zentrum der roten Sonne ein Fleck, der mit seiner Korpuskularstrahlung die Funkverbindung lahmlegte, und zwar laut Angabe des Satelloiden vor allem auf der südlichen Halbkugel, das heißt dort, wo sich unsere Basis befand. Fechner und Carucci hatten sich weiter als alle übrigen Forschungsgruppen von der Basis entfernt.

Einen so dichten und sich so hartnäckig haltenden Nebel bei völliger Windstille hatten wir während unseres ganzen Aufenthaltes auf dem Planeten bis zum Tag der Katastrophe nicht erlebt.

Ich nehme an, daß das, was Berton gesehen hat, Teil der ›Operation Mensch‹ gewesen war, durchgeführt von diesem klebrigen Ungeheuer. Eigentliche Quelle aller Gebilde, die Berton beobachtete, war Fechner, genauer gesagt, dessen Gehirn, und zwar im Ergebnis einer für uns unbegreiflichen ›psychischen Sektion‹; es handelte sich hierbei um die experimentelle Nachbildung, um die Rekonstruktion einiger (wahrscheinlich der dauerhaftesten) Spuren seines Gedächtnisses.

Ich weiß, daß das phantastisch klingt, ich weiß, daß ich mich irren kann. Deshalb bitte ich Dich um Hilfe; zur Zeit befinde ich mich auf dem Alarich und erwarte dort Deine Antwort.

Dein A.«

Ich konnte kaum noch lesen, so dunkel war es geworden. Die Buchseiten in meiner Hand wurden grau, die Lettern begannen vor meinen Augen zu verschwimmen, doch der leere Teil der Seite zeugte davon, daß ich am Ende dieser Geschichte angelangt war, die ich nun – wenn ich an meine eigenen Erlebnisse dachte – für sehr wahrscheinlich hielt. Ich wandte mich dem Fenster zu. Ein tiefes Violett füllte es aus, über dem Horizont glommen noch einige Wolken wie verglühende Kohlen. Der Ozean, in Dunkelheit gehüllt, blieb unsichtbar. Ich hörte das schwache Flattern der Papierstreifen über den Ventilatoren. Die erhitzte, leicht nach Ozon schmeckende Luft war leblos. Absolute Stille erfüllte die ganze Station. Ich konnte an unserem Entschluß, hier weiter auszuharren, nichts Heldenhaftes mehr finden. Die Zeit des heroischen Ringens um den Planeten, der kühnen Expeditionen, der entsetzlichen Tode, wie der des ersten Opfers des Ozeans, Fechner, gehörte längst der Vergangenheit an. Mich interessierte kaum noch, wer bei Snaut oder Sartorius »zu Gast« war. Nach einiger Zeit, so sagte ich mir, werden wir aufhören, uns zu schämen und uns abzusondern. Wenn es uns nicht möglich ist, unsere »Gäste« loszuwerden, werden wir uns eben an sie gewöhnen und mit ihnen leben, und wenn ihr Schöpfer die Spielregeln ändert, passen wir uns auch den neuen an, wenngleich wir eine Zeitlang um uns schlagen und uns dagegen auflehnen werden; vielleicht begeht sogar dieser oder jener Selbstmord, aber schließlich wird auch jener künftige Zustand ins Gleichgewicht kommen.

Die Dunkelheit, die das Zimmer erfüllte, glich immer mehr der irdischen. Nun waren nur noch die weißen Flächen des Waschbekkens und des Spiegels zu erkennen. Ich stand auf, ertastete einen Wattebausch auf der Konsole, feuchtete ihn an und wusch mir das Gesicht ab; dann legte ich mich auf das Bett. Irgendwo über mir erinnerte das an- und abschwellende Flirren der Papierstreifen an das Geflatter eines Nachtfalters. Ich sah nicht einmal mehr das Fenster, alles war in Schwärze getaucht, und doch schwebte vor mir — ich wußte nicht, ob an der Wand oder weit draußen in jener Wüstenei — ein schwacher Schimmer. Mir fiel der Schreck ein, den ich am Abend zuvor unter dem leeren Blick des weiten Raumes empfunden hatte, und bei dieser Erinnerung hätte ich beinahe gelächelt. Ich fürchtete mich nicht vor ihm. Ich fürchtete nichts. Ich hob das Handgelenk an die Augen. Der phosphoreszierende Zahlenkranz des Zifferblatts leuchtete schwach. In einer Stunde würde die blaue Sonne aufgehen. Ich genoß die Dunkelheit und atmete tief; ich fühlte mich innerlich leer, befreit von allen Gedanken.

Als ich mich nach einer Weile bewegte, spürte ich das flache Gehäuse des Magnetofons an meiner Hüfte. Richtig. Gibarian. Seine Stimme, festgehalten auf dem Band. Ich hatte nicht die Absicht, sie zum Leben zu erwecken, sie mir anzuhören. Das war alles, was ich für ihn tun konnte. Ich zog das Gerät hervor, um es unters Bett zu schieben. Da vernahm ich ein Geräusch und das leise Knarren der Tür.

»Kris . . .?« vernahm ich eine leise, fast flüsternde Stimme. »Bist du hier, Kris? Es ist so dunkel.«

»Das macht nichts«, sagte ich. »Hab keine Angst. Komm her.«

Die Beratung

Ich lag ohne einen Gedanken auf dem Rücken, ihr Kopf ruhte an meiner Schulter. Die Dunkelheit, die das Zimmer ausfüllte, bevölkerte sich. Ich hörte Schritte. Die Wände verschwanden. Über mir türmte sich etwas auf, höher und höher, grenzenlos. Ganz und gar durchdrungen, umfangen ohne jede Berührung, erstarrte ich in der Dunkelheit, und ich spürte ihre scharfe, die Luft verdrängende Durchsichtigkeit. Sehr fern hörte ich mein Herz. Ich konzentrierte meine ganze Aufmerksamkeit, meine restliche Kraft in Erwartung der Agonie. Sie kam nicht. Ich schrumpfte nur immer mehr, während der unsichtbare Himmel, die unsichtbaren Horizonte, der weite Raum, beraubt aller Formen, Wolken und Sterne, zurückwich, ins Maßlose wuchs und mich zu seinem Mittelpunkt machte; ich versuchte hineinzukriechen in das, worauf ich lag, doch unter mir war nichts mehr, und die Dunkelheit verbarg nichts mehr. Ich preßte die Hände zusammen, bedeckte damit das Gesicht. Ich hatte keines mehr. Die Finger faßten hindurch, ich wollte schreien, aufheulen . . .

Das Zimmer war bläulichgrau. Die Möbel, Regale, Wandvorsprünge gleichsam mit breiten, matten Pinselstrichen hervorgeholt, nur konturiert, ohne eigene Farbe. In der Stille vor den Fenstern das hellste, matte Weiß. Mein Körper war schweißnaß, ich blickte zur Seite, sie sah mich an.

»Ist dir der Arm eingeschlafen?«

»Was?«

Sie hob den Kopf. Ihre Augen waren von der gleichen Farbe wie das Zimmer, grau, hell zwischen schwarzen Wimpern. Ich spürte die Wärme ihres Geflüsters, noch ehe ich die Worte verstanden hatte.

»Nein. Ach so, ja . . .«

Ich legte ihr die Hand auf die Schulter. Das Kribbeln war jetzt ganz deutlich. Langsam zog ich sie mit der anderen Hand an mich.

»Hast du schlecht geträumt?«

»Geträumt? Ja, es war ein Traum. Und du hast nicht geschlafen?«

»Ich weiß nicht. Wohl nicht. Ich bin nicht schläfrig. Aber du . . . schlafe ruhig. Warum siehst du mich so an?«

Ich schloß die Augen. Ich spürte das rasche, gleichmäßige Pochen ihres Herzens, an derselben Stelle, wo ein wenig langsamer das meine schlug. Ein Requisit, dachte ich. Doch mich wunderte nichts, nicht einmal meine eigene Gleichgültigkeit. Angst und Verzweiflung hatte ich bereits hinter mir. Ich war weiter, oh, so weit war noch niemand gewesen. Mit den Lippen berührte ich ihren Hals, ging tiefer hinunter, in die flache Mulde zwischen den Sehnen, die glatt war wie das Innere einer Muschel. Auch hier schlug der Puls.

Ich stützte mich auf einen Ellenbogen. Keine Morgenröte, keine sanfte Morgendämmerung, den Horizont umfaßte eine elektrisch bläuliche Lohe, der erste Strahl durchdrang das Zimmer wie ein Schuß, überall spielten Lichtreflexe, brachen sich regenbogenfarben im Spiegel, auf Klinken und Nickelrohren, man konnte meinen, das Licht drücke auf jede sich ihm in den Weg stellende Fläche, als wollte es sich befreien, den engen Raum sprengen. Man konnte nicht mehr hinschauen. Ich drehte mich um. Hareys Pupillen hatten sich zusammengezogen. Ihre grauen Augen blickten zu mir auf.

»Ist es schon Zeit für den Tag?« fragte sie mit klangloser Stimme. Es war wie in einem Wachtraum.

»Hier ist es immer so, Liebling.«

»Und wir?«

»Was ist mit uns?«

»Bleiben wir lange hier?«

Ich hätte lachen mögen. Doch der undeutliche Laut, der meiner Kehle entfuhr, ähnelte keinem Lachen.

»Ich glaube schon. Möchtest du nicht?«

Ihre Lider zuckten nicht. Sie betrachtete mich aufmerksam. Blinzelte sie? Ich war mir nicht sicher. Sie zog die Decke hoch, und das kleine dreieckige Mal auf ihrem Arm färbte sich rosa.

»Weshalb schaust du so?«

»Weil du schön bist.«

Sie lächelte. Aber das war nur Höflichkeit, der Dank für ein Kompliment.

»Wirklich? Denn du schaust mich an, als ... als ...«

»Wie?«

»Als suchtest du etwas.«

»Red doch nicht!«

»Nein, als glaubtest du, daß mir etwas fehlt oder daß ich dir etwas Bestimmtes nicht gesagt habe.«

»Keine Spur.«

»Wenn du es so abstreitest, ist es bestimmt so. Aber wie du willst.«

Hinter den entflammten Scheiben wurde eine leblose, bläuliche Hitze geboren. Ich schirmte die Augen mit der Hand ab und suchte nach der Brille. Sie lag auf dem Tisch. Auf dem Bett kniend, setzte ich sie auf und erblickte im Spiegel Hareys Bild. Sie wartete auf etwas. Als ich mich wieder neben sie legte, lächelte sie.

»Und für mich?«

Plötzlich begriff ich. »Eine Brille?«

Ich stand auf, kramte in den Schubkästen, suchte auf dem Tischchen unter dem Fenster. Ich fand zwei Stück, beide zu groß, und reichte sie ihr. Sie probierte die eine, dann die andere. Sie rutschten ihr auf die halbe Nase hinunter. Mit anhaltendem Knirschen schoben sich die Blenden vor die Fenster. Eine Weile noch, und im Innern der Station, die sich wie eine Schildkröte unter ihrem Panzer verbarg, herrschte wieder Nacht. Ich tastete nach ihrer Brille und legte sie zusammen mit der meinen unter das Bett.

»Was wollen wir tun?« fragte sie.

»Das, was man nachts tut: schlafen.«

»Kris?«

»Ja?«

»Vielleicht soll ich dir einen neuen Umschlag machen?«

»Nein, ist nicht nötig. Nicht nötig . . . Liebling.«

Als ich das sagte, wußte ich selber nicht, ob ich ihr etwas vormachte, aber unvermittelt umfaßte ich in der Dunkelheit blindlings ihre schmalen Schultern, und da ich ihr Zittern spürte, glaubte ich an sie. Sicher bin ich mir nicht. Mir war auf einmal, daß ich sie betrog und nicht sie mich; denn sie war nur sie selbst.

Danach schlief ich noch mehrmals ein, und jedesmal riß mich ein Krampf aus dem Schlummer, das wild schlagende Herz beruhigte sich allmählich, ich preßte sie an mich, zu Tode erschöpft, sie berührte prüfend mein Gesicht, die Stirn, ganz behutsam, ob ich kein Fieber hätte. Das war Harey. Eine andere, echtere konnte es nicht geben.

Nach diesem Gedanken veränderte sich etwas in mir. Ich hörte auf zu kämpfen. Und schlief sofort ein.

Eine zarte Berührung weckte mich. Angenehme Kühle legte sich um meinc Stirn. Mein Gesicht war von etwas Feuchtem und Weichem bedeckt, das langsam emporgehoben wurde, ich blickte in Hareys Gesicht, das sich über mich neigte. Sie drückte mit beiden Händen die überflüssige Menge irgendeiner Lösung aus dem Mull in eine Porzellanschüssel. Daneben stand ein Fläschchen mit einer Flüssigkeit gegen Verbrennungen. Sie lächelte mir zu.

»Du hast vielleicht einen Schlaf!« sagte sie und fügte, während sie die Gaze wieder auflegte, hinzu: »Tut das weh?«

»Nein.«

Ich bewegte die Stirnhaut. Wirklich, die Verbrennungen schmerzten jetzt nicht. Harey saß auf dem Bettrand, eingehüllt in einen weiß und orange gestreiften Herrenbademantel, das schwarze Haar breitete sich locker über den Kragen. Die Ärmel hatte sie bis zu den Ellenbogen hochgekrempelt, damit sie nicht störten. Ich hatte einen Bärenhunger, seit der letzten Mahlzeit waren an die zwanzig Stunden vergangen. Als Harey mit den Kompressen fertig war, stand ich auf. Plötzlich fiel mein Blick auf zwei völlig gleiche weiße Kleider mit roten Knöpfen, die nebeneinander über einem Sessel lagen, das erste, das ich am Ausschnitt aufgeschnitten hatte, damit sie es ausziehen konnte, und das zweite, in dem sie gestern gekommen war. Diesmal hatte sie selbst die Naht mit der Schere aufgetrennt. Sie hatte gemeint, der Verschluß habe sich verklemmt.

Der Anblick der beiden Kleider waren das Schrecklichste, was ich bisher erlebt hatte. Harey war am Arzneischränkchen beschäftigt, sie räumte darin auf. Ich wandte mich heimlich ab und biß mir bis aufs Blut in die Faust. Den Blick auf die beiden Kleider gerichtet – oder, besser gesagt, auf die doppelte Ausführung ein und desselben –, wich ich langsam zur Tür zurück. Das Wasser lief immer noch plätschernd aus dem Hahn. Ich öffnete die Tür, schlüpfte leise auf den Korridor hinaus und schloß sie vorsichtig. Ich hörte das schwache Geräusch des fließenden Wassers und das Klirren der Fläschchen – plötzlich wurde es still. Im Korridor brannten die länglichen Deckenleuchten, ihr Licht spiegelte sich matt in der Tür, vor der ich mit zusammengepreßten Kiefern wartete. Ich hielt die Klinke umklammert, obwohl ich nicht annahm, daß ich sie festhalten könnte. Ein heftiger Ruck riß sie mir beinahe aus der Hand, doch die Tür öffnete sich nicht, sie begann nur zu beben und entsetzlich zu knirschen. Bestürzt ließ ich die Klinke fahren und wich zurück – mit der Tür geschah etwas Unglaubliches: Ihre glatte Kunststoffplatte bog sich durch, als drücke sie jemand von meiner Seite her nach innen, ins Zimmer. Die Emaille platzte in kleinen Stückchen ab und gab den Stahl des Türrahmens frei, der sich immer mehr spannte. Plötzlich begriff ich: Statt die Tür, die sich zum Korridor hin öffnen ließ, aufzustoßen, zog sie sie zu sich heran. Der Lichtreflex auf der weißen Fläche verzerrte sich wie in einem Hohlspiegel, ein mächtiges Krachen ertönte, und die homogene, bis zum äußersten durchgebogene Platte barst. Gleichzeitig flog die Klinke, aus ihrem Futter gerissen, ins Zimmer. In der Öffnung erschienen blutige Hände und zerrten, rote Spuren auf dem Lack hinterlassend, weiter. Die Türplatte brach auseinander, so daß sie schief in den Angeln hing, und ein orange und weiß gestreiftes Geschöpf mit bläulich angelaufenem Gesicht warf sich mir schluchzend an die Brust.

Hätte mich dieser Anblick nicht gelähmt, wäre ich wohl davongelaufen. Harey rang konvulsivisch nach Luft, wobei sie mit dem Kopf so gegen meine Schulter schlug, daß ihr aufgelöstes Haar umherflog. Als ich sie umfaßte, merkte ich, daß sie sich nicht auf den Beinen halten konnte. Ich trug sie ins Zimmer, vorbei an der zertrümmerten Tür, und legte sie aufs Bett. Ihre Fingernägel waren zerbrochen und bluteten. Als sie die Hand umdrehte, sah ich, daß die Innenfläche bis auf das rohe Fleisch zerfetzt war. Ich schaute ihr ins Gesicht, die offenen Augen blickten durch mich hindurch, starr und ohne Ausdruck.

»Harey!«

Sie antwortete mit einem unartikulierten Stammeln.

Ich näherte meinen Finger ihrem Auge. Das Lid schloß sich. Ich trat vor das Arzneischränkchen. Das Bett knarrte. Ich drehte mich um. Sie saß aufrecht da und blickte verängstigt auf ihre Hände.

»Kris«, stöhnte sie, »ich ... ich ... was ist mit mir geschehen?«

»Du hast dich verletzt, als du die Tür herausgebrochen hast«, sagte ich trocken. Ich spürte ein Kribbeln in den Lippen, besonders über die Unterlippe schienen Ameisen zu laufen. Ich grub die Zähne hinein.

Harey betrachtete eine Weile die lose im Türrahmen hängenden gezackten Plaststücke und richtete den Blick wieder auf mich. Ihr Kinn begann zu zittern, ich sah, mit welcher Anstrengung sie ihre Furcht zu unterdrücken suchte.

Ich schnitt Mullstücke zurecht, holte einen Wundpuder aus dem Schränkchen und kehrte zum Bett zurück. Alles, was ich trug, entglitt mir plötzlich, meine Hände sanken herab, ein Gläschen mit Zellgelatine zerbarst, aber ich bückte mich nicht einmal. Es wurde nicht mehr gebraucht.

Ich hob ihre Hand an. Das angetrocknete Blut umgab noch mit dünnem Rand die Fingernägel, aber die Quetschungen waren verschwunden, und die Handfläche war von rosiger junger Haut überzogen, deren Farbe sich fast vor meinen Augen veränderte.

Ich setzte mich, strich ihr übers Gesicht und versuchte, ihr zuzulächeln. Ob mir das gelang, weiß ich nicht.

»Warum hast du das getan, Harey?«

»Das war ... ich?« Sie deutete mit den Augen zur Tür.

»Ja. Erinnerst du dich nicht?«

»Nein. Das heißt, ich sah, daß du nicht da bist, da erschrak ich sehr und ...«

»Und?«

»Ich begann dich zu suchen, ich dachte, du bist vielleicht im Bad ...«

Jetzt erst bemerkte ich, daß der Schrank zur Seite gerückt war und den Eingang zum Bad freigab.

»Und dann?«

»Dann bin ich zur Tür gerannt.«

»Und?«

»Ich erinnere mich nicht. Irgend etwas muß geschehen sein ...«

»Was?«

»Ich weiß es nicht.«

»Woran erinnerst du dich? Was war danach?«

»Ich saß hier, auf dem Bett.«

»Und daß ich dich hineingetragen habe, weißt du nicht mehr?«

Sie zögerte. Ihre Mundwinkel zogen sich nach unten, das Gesicht war gespannt. »Ich glaube ... Vielleicht ... Ich weiß es selbst nicht.«

Sie setzte die Beine auf den Fußboden und stand auf. Schweigend betrachtete sie die geborstene Tür.

»Kris!«

Ich umfing von hinten ihre Schultern. Sie zitterte. Plötzlich drehte sie sich um, suchte meine Augen.

»Kris«, flüsterte sie, »Kris.«

»Beruhige dich.«

»Kris, und wenn ich ... Kris, leide ich an Epilepsie?«

Epilepsie, du großer Gott! Ich hätte lachen mögen.

»Aber woher denn, Liebling! Es war einfach die Tür, weißt du, die Tür ist hier so ...«

Wir verließen das Zimmer, als am Außenpanzer knirschend die Fensterblenden hochgingen und die im Ozean versinkende Sonnenscheibe sichtbar wurde.

Ich schlug die Richtung zu dem kleinen Küchenraum ein, der am anderen Ende des Korridors lag. Wir hantierten gemeinsam, durchsuchten Schränke und Kühlschränke. Ich merkte bald, daß Harey mit dem Kochen nicht zurechtkam, daß sie gerade noch

Konservenbüchsen öffnen konnte, so wie ich. Ich schlang den Inhalt zweier Büchsen hinunter und trank unzählige Tassen Kaffee. Harey aß ebenfalls, aber so, wie manchmal Kinder essen, wenn sie den Erwachsenen keinen Ärger bereiten wollen, nicht gerade unter Zwang, aber mechanisch und gleichgültig.

Anschließend gingen wir in den kleinen Operationsraum neben der Funkstation; ich hatte einen bestimmten Plan. Ich sagte ihr, ich wollte sie für alle Fälle untersuchen, bettete sie auf einen ausziehbaren Sessel und entnahm dem Sterilisator Spritze und Kanülen. Ich wußte fast auswendig, wo sich etwas befand, so gut hatte man uns in der Trainingskopie der Station auf der Erde ausgebildet. Ihrem Finger entnahm ich einen Tropfen Blut, machte einen Ausstrich, übertrocknete ihn im Exhaustor und bestäubte ihn im hohen Vakuum mit Silberionen.

Die Sachlichkeit dieser Verrichtungen wirkte beruhigend. Harey, die in den Kissen des Ausziehsessels ruhte, sah sich im Operationsraum um, in dem es vor Apparaten nur so wimmelte.

Die Stille wurde vom Intervallsummer des Stationstelefons unterbrochen. Ich hob ab.

»Kelvin«, sagte ich, ohne Harey aus den Augen zu lassen. Sie war nun doch sehr apathisch, als hätten die Erlebnisse der letzten Stunden sie erschöpft.

»Im OP bist du? Na endlich!« Ich vernahm einen Seufzer der Erleichterung. Snaut war am Apparat. Ich wartete, den Hörer ans Ohr gepreßt.

»Hast wohl einen ›Gast‹, was?«

»Ja.«

»Und du bist beschäftigt?«

»Ja.«

»Eine kleine Untersuchung, wenn ich mich nicht irre?«

»Was willst du? Möchtest du zum Zeitvertreib eine Partie Schach spielen?«

»Hör auf, Kelvin. Sartorius bittet um eine Zusammenkunft mit dir. Das heißt mit uns.«

»Das ist ja ganz was Neues«, erwiderte ich überrascht. »Und was ist mit ...« Ich brach ab und beendete den Satz: »Ist er allein?«

»Nein. Ich habe mich falsch ausgedrückt. Er möchte mit uns

sprechen. Wir werden uns zu dritt über Visiophonie verbinden, nur die Bildschirme werden verdeckt.«

»Ach so? Warum hat er mich dann nicht selbst angerufen? Schämt er sich?«

»Scheint so«, brummte Snaut. »Also, was ist?«

»Es geht dir um die Verabredung? Sagen wir, in einer Stunde. Einverstanden?«

»In Ordnung.«

Ich sah ihn auf dem Bildschirm, nur das Gesicht, nicht größer als eine Handfläche. Für Sekunden, in denen nur das Summen der anliegenden Spannung zu vernehmen war, blickte er mir forschend in die Augen.

Schließlich fragte er mit einem gewissen Zögern: »Wie geht es dir?«

»Einigermaßen. Und dir?«

»Vermutlich nicht ganz so gut wie dir. Könnte ich ...«

»Du möchtest mich besuchen?« Ich erriet seinen Wunsch. Über die Schulter warf ich einen Blick auf Harey. Sie hatte den Kopf über das Kissen gelehnt und spielte, ein Bein über das andere geschlagen, gelangweilt mit der silbrigen Kugel, die an einem Kettchen von der Sessellehne herabhing.

»Laß das, hörst du! Laß das!« vernahm ich Snauts erhobene Stimme. Ich sah ihn jetzt im Profil. Den Rest hörte ich nicht, er bedeckte offenbar das Mikrofon mit der Hand, denn seine Lippen bewegten sich.

»Nein, ich kann nicht kommen. Vielleicht später. Also, dann in einer Stunde«, sagte er rasch, und der Bildschirm erlosch. Ich legte auf.

»Wer war das?« fragte Harey gleichgültig.

»Ein Kollege. Snaut heißt er. Ein Kybernetiker. Du kennst ihn nicht.

»Dauert das noch lange?«

»Langweilst du dich?« fragte ich. Ich gab das erste einer ganzen Reihe von Präparaten in die Kassette des Neutrinomikroskops und drückte auf die entsprechenden farbigen Schaltertasten. Das dumpfe Summen der Kraftfelder ertönte.

»Viel Zerstreuung findest du hier nicht, und wenn meine bescheidene Gesellschaft dir nicht genügt, dann sehe ich schwarz«, sprach ich vor mich hin und dehnte zerstreut die Pausen zwischen den Wörtern; gleichzeitig zog ich mit beiden Händen den großen Tubusträgerkopf herunter, in dem das Okular des Mikroskops leuchtete, und preßte die Augen in die weiche Gummiblende. Harey sagte etwas, was nicht mehr zu mir drang. Ich sah von oben, in steiler Verkürzung, eine riesige, von silbrigem Licht überflutete Wüste. Auf ihr lagerten, von einem undeutlichen Dunstschleier umgeben, flache, runde Felsbrocken mit verwitterten Rändern. Das waren die roten Blutkörperchen. Ich stellte die Schärfe nach; ohne die Augen vom Okular zu nehmen, tauchte ich gleichsam immer tiefer in das silbrig glänzende Sichtfeld hinein. Gleichzeitig drehte ich mit der linken Hand an der Stellschraube des Objekttisches, und als das einsam wie ein mächtiger Findling daliegende Blutkörperchen sich genau im schwarzen Fadenkreuz befand, verstärkte ich die Vergrößerung.

Das Objektiv fuhr scheinbar an den deformierten, in der Mitte eingefallenen Erythrozyten heran, der bereits wie ein Felsenkrater aussah, mit scharfen schwarzen Schatten in den Vertiefungen der ringförmigen Umrandung. Diese Umrandung, bestückt mit dem kristallisierten Belag der Silberionen, wich bis hinter die Grenzen des Sichtfeldes zurück. Als blickte ich durch opalisierendes Wasser hindurch, erschienen die verschwommenen Konturen halb zerschmolzener, entstellter Eiweißketten. Als ich eine Verknotung der Eiweißruinen im Fadenkreuz hatte, schob ich den Vergrößerungshebel langsam weiter vor, immer weiter, jeden Augenblick mußte das Ende dieser Reise in die Tiefe kommen, der flache Schatten eines einzigen Moleküls füllte das ganze Bild aus und löste sich auf.

Doch es geschah nichts. Ich hätte nun die zitternden Nebelpünktchen der Atome sehen müssen, eine bibbernde Gallertmasse gleichsam, aber sie waren nicht da! Der Bildschirm flimmerte in makellosem Silber. Ich schob den Hebel bis zum Anschlag vor. Das Brummen schwoll zornig an, doch ich sah noch immer nichts. Ein sich wiederholender Summton machte mich darauf aufmerksam, daß die Apparatur überlastet war. Ich blickte noch einmal in die silberne Leere, dann schaltete ich das Gerät aus.

Mein Blick ging zu Harey. Sie öffnete gerade den Mund zu einem Gähnen, das sie geschickt in ein Lächeln übergehen ließ.

»Wie steht es mit mir?« fragte sie.

»Sehr gut«, antwortete ich. »Besser ... besser kann es gar nicht sein.«

Ich hielt den Blick noch immer auf sie gerichtet, in der Unterlippe spürte ich wieder die Ameisen. Was war eigentlich geschehen? Was bedeutete das? Der scheinbar so zarte, zerbrechliche Körper, der im Prinzip unzerstörbar war, zeigte sich in seinem letzten Grund zusammengesetzt aus einem Nichts? Ich schlug mit der Faust auf das zylindrische Gehäuse des Mikroskops. Vielleicht ein Defekt? Waren die Felder nicht fokussiert? Nein, ich wußte, daß die Apparatur in Ordnung war. Ich war Sprosse um Sprosse hinuntergestiegen, von der Zelle über das Eiweißkonglomerat bis zum Molekül – alles hatte genau so ausgesehen wie auf Tausenden von Präparaten, die ich betrachtet hatte. Doch der letzte Schritt hinunter führte nirgendwohin.

Ich entnahm ihr Blut und füllte es in einen Meßzylinder um. Dann teilte ich es in Portionen auf und begann mit der Analyse. Sie kostete mich mehr Zeit, als ich angenommen hatte, ich war ein wenig aus der Übung gekommen. Die Reaktionen entsprachen der Norm. Alle. Es sei denn ...

Ich gab einen Tropfen konzentrierter Säure auf eine Blutperle. Es zischte auf, der Tropfen färbte sich grau und bedeckte sich mit schmutzigem Schaum. Zerfall. Denaturierung. Weiter, weiter! Ich langte nach einem neuen Reagenzglas. Als ich mich wieder dem ersten zuwandte, fiel mir das Probierröhrchen beinahe aus der Hand.

Unter der Schicht schmutzigen Schaums entwickelte sich auf dem Grunde des Reagenzglases wieder eine dünne Schicht dunkelroter Flüssigkeit. Das von der Säure verbrannte Blut erneuerte sich! Nonsens! Unmöglich!

»Kris!« vernahm ich wie aus weiter Ferne. »Kris, Telefon!«

»Wie? Ach so, danke.«

Das Telefon machte sich schon seit einer ganzen Weile bemerkbar, das wurde mir erst jetzt bewußt.

Ich nahm den Hörer ab. »Kelvin.«

»Snaut. Ich habe durchgeschaltet, so daß wir uns alle drei hören.«

»Ich begrüße Sie, Dr. Kelvin«, erklang die hohe, nasale Stimme von Dr. Sartorius. Sie klang so, als beträte ihr Besitzer ein schwankendes Podium, mißtrauisch, wachsam und äußerlich beherrscht.

»Habe die Ehre, Dr. Sartorius«, antwortete ich. Am liebsten hätte ich aufgelacht, aber ich war mir nicht sicher, ob ich die Ursachen dieser Fröhlichkeit hinlänglich durchschaute. Über wen sollte ich schließlich lachen? Ich hielt etwas in der Hand: ein Reagenzglas mit Blut. Ich schüttelte es. Das Blut war bereits geronnen. Vielleicht war das vorhin eine Täuschung gewesen? Vielleicht schien es mir nur so?

»Ich möchte den Kollegen einige Probleme darlegen, die mit ... äh ... diesen Phantomen in Zusammenhang stehen«, hörte ich Sartorius sagen und hörte ihn gleichzeitig nicht. Als suchte er Zugang zu meinem Bewußtsein. Ich wehrte mich gegen diese Stimme, den Blick noch immer auf das Reagenzglas mit dem geronnenen Blut gerichtet.

»Nennen wir sie F-Gebilde«, schlug Snaut rasch vor.

»Na, ausgezeichnet.«

Mitten auf dem Bildschirm verlief ein senkrechter dunkler Strich, das Zeichen, daß ich gleichzeitig zwei Kanäle empfing; zu beiden Seiten hätten sich die Gesichter meiner Gesprächspartner befinden müssen. Die Scheibe jedoch blieb dunkel, und nur ein schmaler, flimmernder Streifen rings um den Schirm zeugte davon, daß das Gerät funktionierte, die Schirme jedoch verhängt waren.

»Jeder von uns hat die verschiedensten Untersuchungen durchgeführt ...« Wieder diese Vorsicht in der nasalen Stimme des Sprechenden. Ein Augenblick der Stille. »Vielleicht vereinigen wir zuerst unsere Kenntnisse, dann könnte ich mich zu der Frage äußern, zu welchen Schlußfolgerungen ich persönlich gelangt bin. Würden Sie anfangen, Dr. Kelvin?«

»Ich?« fragte ich. Plötzlich spürte ich Hareys Blick. Ich legte das Probierröhrchen auf den Tisch, so daß es bis vor die Glasständer rollte, angelte mir mit dem Fuß einen dreibeinigen Hocker und setzte mich. Zunächst wollte ich Ausflüchte machen, doch unerwartet für mich selbst begann ich: »Also gut. Ein kleines Konversatorium? Gut. Ich habe ja noch kaum etwas getan, aber reden kann ich. Ein histologisches Präparat und ein paar Reaktionen. Mikroreaktionen. Ich habe den Eindruck, daß . . .«

Bis zu diesem Moment hatte ich keine Ahnung gehabt, was ich sagen wollte. Doch plötzlich schien sich in mir etwas zu öffnen.

»Alles entspricht der Norm, aber das ist Tarnung, Maske. Im gewissen Sinne sind es Superkopien: Nachbildungen, genauer als das Original. Das heißt, daß dort, wo wir beim Menschen an die Grenze der strukturellen Teilbarkeit stoßen, ein Weg weiterführt, und zwar dank der Anwendung subatomarer Bausteine!«

»Moment mal! Wie meinen Sie das?« wollte Sartorius wissen. Snaut verhielt sich still. Oder war das sein beschleunigter Atem, den ich im Hörer vernahm? Harey blickte zu mir herüber. Ich wurde mir der eigenen Erregung bewußt, die letzten Worte hatte ich fast hinausgeschrien. Geduckt hockte ich auf meinem unbequemen Sitz, schloß die Augen. Allmählich beruhigte ich mich. Wie sollte ich das ausdrücken?

»Das kleinste Konstruktionselement unserer Körper sind die Atome. Ich nehme an, daß die F-Gebilde aus Einheiten gebaut sind, die kleiner sind als gewöhnliche Atome. Wesentlich kleiner.«

»Aus Mesonen . . .?« meinte Sartorius. Er schien durchaus nicht überrascht.

»Nein, nicht aus Mesonen. Mesonen ließen sich wahrnehmen. Das Auflösungsvermögen dieser Apparatur hier erreicht zehn hoch minus zwanzig Angström, nicht wahr? Aber es ist nichts zu sehen, bis zum Schluß nicht. Also sind es keine Mesonen. Dann schon eher Neutrinos.«

»Wie stellen Sie sich das vor? Neutrinokonglomerate sind doch unbeständig . . .«

»Ich weiß es nicht. Ich bin kein Physiker. Vielleicht werden sie von einem Kraftfeld stabilisiert. Ich kenne mich da nicht aus. Ist es jedoch so, wie ich sage, dann bestehen die Bausteine aus Teilchen, die etwa zehntausendmal kleiner sind als Atome. Doch das ist nicht alles! Wären die Eiweißmoleküle und Zellen unmittelbar aus diesen ›Mikroatomen‹ gebaut, dann müßten sie entsprechend kleiner sein. Auch die Blutkörperchen, die Fermente, alles. So ist es jedoch nicht. Daraus folgt, daß alle Eiweißkörper, Zellen, Zellkerne nur *Maske* sind! Die wirkliche Struktur, die für das Funktionieren des ›Gastes‹ verantwortlich ist, ist tiefer verborgen.«

»Aber Kelvin!« rief Snaut erregt. Ich hielt erschrocken inne. Hatte ich »Gast« gesagt? Ja, aber Harey hatte es nicht gehört. Außerdem hätte sie es nicht verstanden. Sie blickte, den Kopf in die Hand gestützt, zum Fenster, ihr kleines, reines Profil stand vor der purpurnen Abendröte. Der Hörer schwieg. Nur die fernen Atemzüge drangen zu mir.

»Da ist was dran«, brummte Snaut.

»Durchaus möglich«, fügte Sartorius hinzu. »Die Schwierigkeit liegt jedoch darin, daß der Ozean nicht aus diesen hypothetischen Teilchen Kelvins besteht, sondern aus den üblichen.«

»Vielleicht ist er imstande, auch solche zu synthetisieren«, bemerkte ich. Ich verspürte eine plötzliche Apathie. Dieses Gespräch war nicht einmal komisch. Es war überflüssig.

»Aber das würde doch diese ungewöhnliche Widerstandsfähigkeit erklären«, wandte Snaut ein. »Und das Tempo der Regeneration. Vielleicht befindet sich dort, in der Tiefe, sogar die Energiequelle, sie brauchen ja nicht zu essen . . .«

»Ich bitte ums Wort«, ließ sich Sartorius vernehmen. Ich konnte ihn nicht ausstehen. Wenn er wenigstens nicht aus der sich selbst auferlegten Rolle fiele!

»Ich möchte die Frage der Motivation anschneiden. Der Motivation des Erscheinens der F-Gebilde. Ich würde folgende Einteilung vornehmen: Was sind die F-Gebilde? Es sind weder Personen noch die Kopien bestimmter Personen, sondern die materialisierten Projektionen dessen, was unser Gehirn über die gegebene Person gespeichert hat.«

Die Treffsicherheit dieser Definition verblüffte mich. So unsympathisch dieser Sartorius auch war, dumm war er nicht.

»Das ist gut«, warf ich ein. »Das erklärt sogar, weshalb solche und nicht andere Per . . . Gebilde erschienen sind. Ausgewählt wurden die beständigsten Gedächtnisspuren, diejenigen, die von den anderen am besten isoliert waren, obwohl natürlich keine dieser Spuren vollkommen abgesondert sein kann und so vielleicht während des ›Kopierens‹ die Reste anderer Spuren, die sich zufällig in der Nähe befanden, mitgenommen wurden. Das würde auch erklären, weshalb der Ankömmling zuweilen über ein größeres Wissen verfügt, als die authentische Person es besaß, deren Wiederholung er sein soll . . .«

»Kelvin!« rief Snaut wieder. Mir fiel auf, daß nur er auf meine unvorsichtigen Worte reagierte. Sartorius schien sie nicht zu fürchten. Bedeutete das, daß sein »Gast« von Natur aus weniger scharfsinnig war als der Snauts? Für eine Sekunde tauchte vor mir das Bild eines zwergähnlichen Kretins auf, den der gelehrte Dr. Sartorius an seiner Seite hatte.

»Das stimmt, auch wir haben das bemerkt«, antwortete er nun. »Und nun etwas über die Motive des Erscheinens der F-Gebilde . . . Der erste, fast natürliche Gedanke war der an ein Experiment, das an uns durchgeführt wird. Allerdings wäre das ein ziemlich fragwürdiges Experiment. Wenn wir experimentieren, lernen wir doch aus den Ergebnissen, vor allem aus den Fehlern, so daß wir bei der Wiederholung Korrekturen anbringen. Doch davon kann überhaupt keine Rede sein. Dieselben F-Gebilde erscheinen wieder . . . unkorrigiert, auch nicht zusätzlich gewappnet gegen unsere Versuche . . . sie loszuwerden.«

»Mit einem Wort, es gibt in diesem Ablauf keine Funktionsschleife mit korrigierender Rückkopplung, wie Dr. Snaut das bezeichnen würde«, bemerkte ich nervös und ungeduldig. »Und was folgt daraus?«

»So viel nur, daß dies für ein Experiment . . . Pfuscharbeit wäre, die unwahrscheinlich erscheint. Der Ozean ist präzise. Das zeigt sich allein schon an der zweischichtigen Konstruktion der F-Gebilde. Bis zu einer bestimmten Grenze verhalten sie sich so, wie die . . . die wirklichen . . .«

Er fand nicht das erlösende Wort.

»Die Originale«, sagte Snaut rasch.

»Ja, die Originale. Aber wenn die Situation über die normalen Möglichkeiten eines durchschnittlichen . . . äh . . . Originals hinauswächst, erfolgt bei den F-Gebilden sozusagen die ›Ausschaltung des Bewußtseins‹, und es tritt unmittelbar ein anderes Verhalten zutage, ein unmenschliches . . .«

»Das stimmt«, sagte ich, »aber auf diese Weise stellen wir nur einen Verhaltenskatalog dieser ... dieser Gebilde auf, nichts weiter. Das ist doch völlig fruchtlos.«

»Dessen bin ich nicht so sicher«, widersprach Sartorius. Plötzlich begriff ich, wodurch er mir so auf die Nerven ging: Er sprach nicht, sondern er hielt Ansprachen, ganz wie in den Sitzungen des Instituts. Offenbar konnte er nicht anders.

»Hier spielt das Problem der Individualität eine Rolle. Dieser Begriff liegt völlig außerhalb des Erfahrungsbereichs des Ozeans. So muß es sein. Mir scheint, werte Kollegen, daß diese ... äh ... diese für uns so heikle Seite des Experiments ihm überhaupt nicht zugänglich ist.«

»Sie glauben, das sei nicht beabsichtigt?« fragte ich. Diese Behauptung schockierte mich ein wenig, doch nach kurzem Überlegen mußte ich zugeben, daß sie nicht auszuschließen war.

»Ja. Ich glaube nicht an Perfidie und Bosheit, an den Wunsch, jemanden möglichst schmerzlich zu treffen, wie Kollege Snaut meint.«

»Ich schreibe ihm durchaus keine menschlichen Empfindungen zu«, nahm zum erstenmal Snaut das Wort, »aber vielleicht kannst du uns sagen, wie du dir ihre ständige Wiederkehr erklärst?«

»Vielleicht gibt es irgendeine Vorrichtung, die immer wieder dasselbe Programm abspielt, wie eine Grammophonplatte«, sagte ich — nicht ohne den heimlichen Wunsch, Sartorius zuzusetzen.

»Bitte, Kollegen, bleiben wir bei der Sache«, erklärte mit nasaler Stimme der Doktor. »Das ist noch nicht alles, was ich sagen wollte. Unter normalen Bedingungen würde ich einen vorläufigen Bericht über den Stand meiner Arbeiten für verfrüht halten, doch mit Rücksicht auf dic spezifische Situation will ich eine Ausnahme machen. Ich habe den Eindruck — ich wiederhole, ich habe den Eindruck, mehr ist es im Augenblick nicht —, daß die Vermutungen des Kollegen Kelvin durchaus richtig sein könnten. Ich meine seine Hypothese über die Neutrinostruktur ... Wir kennen solche Systeme nur theoretisch, wir wußten nicht, daß man sie stabilisieren kann. Hier eröffnet sich eine fest umrissene Chance: Ließe sich jenes Kraftfeld, das dem System Stabilität verleiht, ausschalten ...«

Ich beobachtete schon eine geraume Weile, daß der dunkle Gegenstand, der auf Sartorius' Seite den Bildschirm verdeckte, sich langsam verschob; am oberen Rand erschien ein heller Spalt, und man konnte erkennen, daß sich dort etwas Rosafarbenes bewegte. Jetzt rutschte die dunkle Fläche plötzlich nach unten weg und verschwand fast völlig.

»Fort! Fort!« schrie Sartorius mit gellender Stimme. Auf dem plötzlich erleuchteten Bildschirm, halb verdeckt von den heftig gestikulierenden, an etwas herumzerrenden Händen des Doktors, die in bauschigen Ärmelschonern steckten, wie sie in Labors verwendet werden, erschien ein großer goldgelber Gegenstand, der an einen Diskus erinnerte, und noch ehe ich begriff, daß diese goldene Scheibe ein Strohhut war, erlosch alles.

»Snaut?« sagte ich, tief aufatmend.

»Ja, Kelvin«, antwortete mir die müde Stimme des Kybernetikers. Ich spürte in diesem Augenblick, daß ich ihn mochte, und ich war froh, daß ich nicht wußte, wer bei ihm zu Besuch war.

»Vorläufig reicht es uns, was?«

»Und ob«, erwiderte ich. »Hör mal, wenn du kannst, dann komm doch mal auf einen Sprung vorbei, hier herunter oder in meine Kabine«, fügte ich hastig hinzu, damit er nicht vorzeitig auflegte.

»Einverstanden«, erklärte er. »Aber ich weiß noch nicht wann.«

Damit endete die Problemdiskussion.

Ungeheuer

Mitten in der Nacht wurde ich wach; das Licht brannte. Ich stützte mich auf einen Ellenbogen und bedeckte mit der anderen Hand die Augen. Am Fußende des Bettes saß, zusammengekauert und in ein Laken gehüllt, Harey, das aufgelöste Haar vor dem Gesicht. Ihre Schultern zuckten. Sie weinte lautlos.

»Harey!«

Sie kroch noch mehr in sich zusammen.

»Was hast du? Harey . . .«

Ich setzte mich im Bett auf, noch halb benommen, und suchte mich von dem Alptraum zu befreien, der mich soeben gequält hatte. Das Mädchen zitterte. Ich legte den Arm um sie. Sie wehrte mich mit dem Ellenbogen ab und verbarg ihr Gesicht.

»Liebling ...«

»Sprich nicht so.«

»Aber Harey, was hast du denn?«

Ich erblickte ihr nasses, zuckendes Gesicht. Dicke, kindliche Tränen liefen ihr die Wangen herab, glänzten in dem Grübchen über dem Kinn, tropften auf das Laken.

»Du willst mich nicht haben.«

»Was fällt dir ein!«

»Ich hab es gehört.«

Ich spürte, wie mein ganzes Gesicht gefror.

»Was hast du gehört? Das hast du nicht verstanden, das war nur ...«

»Nein. Nein! Du hast gesagt, das sei nicht ich. Ich soll gehen. Ich würde ja gehen. Mein Gott! Ich würde schon gehen, aber ich kann nicht. Ich weiß nicht, was das ist. Ich wollte, und ich konnte nicht. Ich bin so ... so gemein!«

»Aber Kind!«

Ich packte sie, preßte sie mit ganzer Kraft an mich, alles wurde unwichtig, ich küßte ihre Hände, die nassen, salzigen Finger, sprach Beschwörungen, Entschuldigungen, leistete Schwüre, sagte, das sei ein dummer, abscheulicher Traum gewesen. Allmählich beruhigte sie sich. Sie hörte auf zu weinen. Ihre Augen waren riesengroß wie die einer Mondsüchtigen, und sie trockneten bereits. Sie wandte den Kopf ab.

»Nein«, sagte sie, »sprich nicht so, ich will es nicht. Du bist für mich nicht mehr derselbe ...«

»Ich bin es nicht!«

Das entfuhr mir wie ein Stoßseufzer.

»Nein. Du willst mich nicht. Ich fühle das schon seit langem, aber ich wollte es nicht zeigen. Zuerst dachte ich, daß ich mich irre. Aber nein. Du verhältst dich ... anders. Nimmst mich nicht ernst. Es war ein Traum, das stimmt, aber du hast von mir geträumt. Hast ein paarmal meinen Namen genannt. Hast dich geekelt. Warum! Warum?«

Ich kniete vor ihr nieder, umfing ihre Knie. »Kind ...«

»Ich will nicht, daß du so sprichst. Ich will es nicht, hörst du? Ich bin kein Kind. Ich bin ...«

Sie schluchzte auf und warf sich mit dem Gesicht aufs Bett. Ich stand auf. Aus den Ventilationsöffnungen drang mit leisem Knattern kühle Luft herein. Mich fror. Ich zog mir den Bademantel über, setzte mich aufs Bett und berührte ihre Schulter.

»Harey, hör mir zu. Ich will dir was sagen. Ich sage dir die Wahrheit ...«

Sie stützte sich auf die Hände, setzte sich langsam auf. Ich sah, wie unter der dünnen Haut am Hals der Puls hämmerte. Meine Gesichtszüge erstarrten wieder, und ich verspürte eine solche Kälte, als stünde ich draußen im Frost. In meinem Kopf herrschte vollkommene Leere.

»Die Wahrheit?« sagte sie. »Großes Ehrenwort?«

Ich antwortete nicht sofort. Ich mußte erst ein Würgen in der Kehle überwinden. Das war unsere alte Beschwörungsformel gewesen. Wurde sie ausgesprochen, dann wagte keiner von uns zu lügen oder dem anderen etwas zu verschweigen. Es hatte eine Zeit gegeben, wo wir uns mit übertriebener Aufrichtigkeit das Leben schwermachten, in der naiven Überzeugung, daß uns das retten könnte.

»Großes Ehrenwort«, sagte ich ernst. »Harey ...«

Sie wartete.

»Du hast dich ebenfalls verändert. Wir ändern uns alle. Doch nicht das wollte ich sagen. Es sieht wirklich so aus, daß du mich aus einem Grunde, den wir beide nicht genau kennen ... nicht verlassen kannst. Aber das fügt sich sogar ganz gut, denn auch ich kann dich nicht ...«

»Kris!«

Ich hob sie samt dem Laken, in das sie gehüllt war, hoch. Ein Zipfel, noch feucht von den Tränen, lag über meiner Schulter. Ich ging im Zimmer auf und ab und wiegte sie in den Armen. Sie streichelte mir das Gesicht.

»Nein. Du hast dich nicht verändert. Nur ich«, flüsterte sie mir ins Ohr. »Irgend etwas ist mit mir. Ist es das?«

Sie blickte in das leere schwarze Rechteck, das die zertrümmerte Tür hinterlassen hatte; die Reste hatte ich tags zuvor ins Magazin geschafft. Ich werde eine neue Tür einhängen müssen, dachte ich. Ich setzte sie auf dem Bett ab.

»Schläfst du denn überhaupt nicht?« fragte ich, während ich mit hängenden Armen über ihr stand.

»Das weiß ich nicht.«

»Wieso weißt du das nicht? Denk doch mal nach, Liebling.«

»Ein richtiger Schlaf ist das wohl nicht. Vielleicht bin ich krank. Ich liege so da und denke, und weißt du ...«

Ich sah, daß sie zitterte.

»Was?« fragte ich flüsternd. Die Stimme hätte mich verraten können.

»Das sind ganz seltsame Gedanken. Ich weiß nicht, wie ich darauf komme.«

»Zum Beispiel ...«

Ich muß ruhig bleiben, sagte ich mir, ganz gleich, was ich jetzt hören werde ... Ich stellte mich auf ihre Worte ein wie auf einen kräftigen Schlag.

Sie schüttelte ratlos den Kopf. »Es ist alles so seltsam ... ringsum ...«

»Ich verstehe nicht.«

»Als wäre es nicht nur in mir, sondern weiter fort, es ist ein ganz komisches Gefühl, ich kann es nicht ausdrücken. Dafür gibt es keine Worte ...«

»Wahrscheinlich sind es Träume«, bemerkte ich wie nebenbei und atmete auf. »Und jetzt löschen wir das Licht und haben bis zum Morgen keinerlei Sorgen mehr, und morgen früh, wenn wir Lust dazu haben, schaffen wir uns neue an. Einverstanden?«

Sie streckte die Hand nach dem Schalter aus, Dunkelheit umfing uns. Ich legte mich in die ausgekühlten Kissen und spürte die Wärme ihres Atems.

Ich umarmte sie.

»Fester«, flüsterte sie. Und nach einer ganzen Weile: »Kris!«

»Was denn?«

»Ich hab dich lieb.«

Ich hätte schreien mögen.

Der rote Tag begann. Eine gedunsene Sonnenscheibe stand tief über dem Horizont. Auf der Schwelle lag ein Brief. Ich riß den Umschlag auf. Harey war im Bad, ich hörte, wie sie vor sich hin summte. Von Zeit zu Zeit schaute sie mit klitschnassem Haar heraus. Ich trat ans Fenster und las:

»Kelvin, wir haben uns festgefahren. Sartorius ist für ein energisches Vorgehen. Er glaubt die Neutrinosysteme destabilisieren zu können. Für seine Experimente braucht er eine bestimmte Menge Plasma als Ausgangsbaustoff F. Er schlägt vor, daß Du einen Erkundungsflug unternimmst und eine bestimmte Menge Plasma in einem Behälter mitbringst. Handle nach eigenem Ermessen, aber teile mir Deinen Entschluß mit. Ich habe keine Meinung dazu. Mir scheint, daß ich überhaupt nichts mehr habe. Mir wäre es lieber, Du tätest das nur, damit wir vorankommen, und sei es auch nur scheinbar. Ansonsten bleibt uns nur übrig, G. zu beneiden.

Ratz

PS. Gehe nicht in die Funkstation. Das kannst Du noch für mich tun. Am besten, Du rufst an.«

Das Herz preßte sich mir zusammen, als ich die Zeilen las. Ich sah sie noch einmal aufmerksam durch, zerriß ihn dann und warf die Fetzen in den Ausguß. Dann suchte ich nach einem Schutzanzug für Harey. Schon das war entsetzlich. Genau wie beim letztenmal. Doch sie wußte nichts, sonst hätte sie sich nicht so freuen können, als ich ihr sagte, ich müsse zu einem kleinen Erkundungsflug starten und bitte um ihre Begleitung. Wir frühstückten in der kleinen Küche (wobei Harey wieder kaum ein paar Bissen hinunterwürgte) und gingen in die Bibliothek.

Ich wollte die Literatur zu Problemen des Neutrinofeldes und der Neutrinostrukturen durchsehen, ehe ich tat, was Sartorius wünschte. Noch wußte ich nicht, wie ich das anfangen sollte, aber ich beschloß, seine Arbeit zu kontrollieren. Mir war nämlich der Gedanke gekommen, daß dieser noch nicht existierende Neutrino-Annihilator Snaut und Sartorius befreien könnte, während ich gemeinsam mit Harey die »Operation« irgendwo außerhalb abwarten könnte – in einem Flugzeug zum Beispiel.

Eine Weile hockte ich vor dem großen Elektronenkatalog und stellte ihm Fragen, die er damit beantwortete, daß er entweder

Streifen mit der Aufschrift »Fehlt in der Bibliographie« auswarf oder mir vorschlug, in einen solchen Dschungel fachwissenschaftlicher physikalischer Arbeiten einzudringen, daß ich damit nichts anzufangen wußte. Ich wollte gar nicht fort aus diesem großen runden Raum mit den glatten Wänden, die mit unzähligen Fächern für Mikrofilme und elektronische Aufzeichnungen versehen waren. Die genau im Zentrum der Station liegende Bibliothek hatte keinerlei Fenster und war der am besten isolierte Ort im Innern des Stahlpanzers. Wer weiß, ob ich mich nicht deshalb hier so wohl fühlte, trotz des offensichtlichen Fiaskos meiner Bemühungen. Ziellos ging ich in dem großen Saal umher und blieb schließlich vor einem riesigen, bis zur Zimmerdecke hinaufreichenden Bücherregal stehen. Die vielen Bücher hier in der Station waren weniger ein Luxus — wenn auch ein recht fragwürdiger —, als vielmehr ein Ausdruck der Wertschätzung, die man den Pionieren der Solarforschung zollte: Die Regale, die etwa sechshundert Bände faßten, enthielten die gesamte Klassik des Gegenstandes, beginnend mit der monumentalen, wenn auch zu großen Teilen bereits veralteten neunbändigen Monographie von Giese. Ich holte diese Bände heraus, unter deren Gewicht sofort der Arm erlahmte, und blätterte, auf der Sessellehne sitzend, gelangweilt darin. Harey hatte sich ebenfalls ein Buch genommen; über ihre Schulter hinweg konnte ich einige Zeilen lesen. Es war eines der wenigen Bücher aus den Beständen der ersten Expedition, wahrscheinlich sogar Gieses persönliches Eigentum — »Der interplanetare Koch«. Als ich sah, mit wieviel Aufmerksamkeit Harey die Kochrezepte studierte, die den rauhen Bedingungen der Kosmonautik angepaßt waren, sagte ich nichts und kehrte zu dem ehrwürdigen Buch auf meinem Schoß zurück. »Zehn Jahre Solarisforschung« war in der Reihe »Solariana« als die Positionen vier bis zwölf erschienen, während die gegenwärtigen Ausgaben vierstellige Zahlen aufwiesen.

Giese hatte nicht allzuviel Phantasie gehabt, aber Phantasie kann für einen Solarisforscher nur von Schaden sein. Nirgends wohl wirken sich Phantasie und eine gewisse Leichtigkeit im Aufstellen von Hypothesen so fatal aus; denn auf diesem Planeten ist alles möglich. Die unglaubwürdig klingenden Beschreibungen von

Konstellationen, die das Plasma bildet, sind aller Wahrscheinlichkeit nach authentisch, wenn auch kaum überprüfbar, da der Ozean selten einmal seine Figuren wiederholt. Ein Beobachter, der sie zum erstenmal sieht, ist vor allem von ihrer Fremdheit und Größe schockiert; träten sie in kleinerem Ausmaß auf, in irgendeinem Tümpel zum Beispiel, so würde man sie sicherlich als weiteres »Naturwunder« ansehen, als Zufallserscheinung und blindes Spiel der Kräfte. Die Tatsache, daß Stümper und Genie gleichermaßen ratlos vor der unermeßlichen Vielfalt solarischer Formen stehen, erleichtert ebenfalls nicht den Umgang mit den Phänomenen des lebendigen Ozeans. Giese ist weder das eine noch das andere gewesen. Er war einfach ein pedantischer Klassifikator von der Art jener, deren unermüdliche, das ganze Leben verzehrende Arbeitswut sich hinter äußerer Ruhe verbirgt. Solange ihm das möglich war, bediente er sich der Sprache der Beschreibung, und fehlten ihm die Worte, behalf er sich mit Neuschöpfungen, die häufig genug unglücklich gewählt waren und zu den beschriebenen Erscheinungen nicht paßten. Aber schließlich geben keinerlei Termini wieder, was auf der Solaris vor sich geht. Seine »Bergenbäumer«, seine »Länglinge«, »Pilzriche«, »Mimoiden«, »Symmetriaden« und »Asymmetriaden«, die »Säulenwirbler« und »Flinker« hören sich ungeheuer künstlich an, vermitteln jedoch selbst denjenigen eine gewisse Vorstellung von der Solaris, die außer undeutlichen Fotos und nicht minder unvollkommenen Filmen nichts gesehen haben.

Natürlich beging auch dieser gewissenhafte Klassifikator so manche Unvorsichtigkeit. Man stellt immer Hypothesen auf, selbst wenn man auf der Hut ist, selbst wenn man es nicht weiß. Giese war der Meinung, die »Länglinge« stellten Grundformen dar, und verglich sie mit den vielfach vergrößerten, übereinandergetürmten Flutwellen der irdischen Meere. Wer sich übrigens durch die erste Ausgabe seines Werkes hindurchwühlte, weiß, daß er sie ursprünglich »Fluter« genannt hat, inspiriert vom Geozentrismus, den man als lächerlich bezeichnen müßte, wäre er nicht so hilflos. Wenn man schon Vergleiche von der Erde heranziehen will, so muß man bedenken, daß es sich hierbei um Formationen handelt, die in ihren Ausmaßen den Grand Canyon des Colorado übertreffen, und modelliert sind sie aus einem Stoff, dessen Oberfläche aus gallertartigem Schaum beschaffen ist (wobei dieser Schaum zu mächtigen, leicht zerbröckelnden Gehängen, zu riesenmaschigen Spitzenmustern erstarrt, manche Forscher sehen in ihm sogar »skelettartige Auswüchse«) – in der Tiefe hingegen geht er in eine zunehmend kernigere Substanz über, hier ähnelt er einem angespannten Muskel, einem Muskel jedoch, der bald, in einer Tiefe von fünfzehn bis zwanzig Metern, die Härte eines Felsens übertrifft, wenngleich er elastisch bleibt. Zwischen den Wänden, deren Oberfläche so gespannt ist wie die Rückenhaut eines Ungeheuers und an denen die »Skelettriche« haften, erstreckt sich kilometerweit der »Längling«, ein scheinbar selbständiges Gebilde, ähnlich einem kolossalen Python, der ganze Berge verschlungen hat und sie jetzt schweigend verdaut, wobei er seinen fischartig zusammengedrückten Leib von Zeit zu Zeit in langsame, zuckende Bewegungen versetzt.

Doch so sieht ein »Längling« nur von oben aus, von Bord einer fliegenden Maschine. Nähert man sich ihm, bis die »Canyonwände« Hunderte von Metern über das Flugzeug emporragen, dann erweist sich der »Pythonleib« als ausgedehnte, sich bis an den Horizont erstreckende Zone einer so schwindelerregenden Bewegung, daß man dabei an eine aufgeblähte Walze denkt. Der erste Eindruck ist eine wirbelnde, graugrüne glitschige Masse, die durch Stauungen kräftige Sonnenreflexe erzeugt, doch wenn die Maschine ganz dicht über der Oberfläche schwebt – die Wände des »Canyons« werden dann gleichsam zu Höhenzügen auf den beiden Seiten einer geologischen Senke –, erkennt man, daß diese Bewegung viel komplizierter ist. Sie weist konzentrische Umläufe auf, dunklere Strömungen kreuzen sich in ihr, zuweilen wird der obere »Mantel« zu einer glitzernden, Himmel und Wolken widerspiegelnden Fläche, die von donnernden Eruptionen des halbflüssigen, mit Gas vermischten Kerns durchstoßen wird.

Allmählich begreift man, daß man direkt unter sich das Wirkungszentrum der Kräfte hat, welche die sich weit öffnenden, zum Himmel emporgewuchteten Steinhänge des trägen, kristallisierenden Plasmas in der Schwebe halten; doch das, was für das Auge so offensichtlich ist, nimmt die Wissenschaft einfach nicht zur Kenntnis. Wie viele Jahre hindurch wurden verbissene Diskussionen darüber geführt, was eigentlich im Bereich der »Länglinge« geschieht, die in Millionenzahl die unermeßliche Weite des lebendigen Ozeans durchpflügen! Man nahm an, daß es sich um irgendwelche Organe des Ungeheuers handelt, daß in ihnen ein Stoffwechsel stattfindet, Atmungsprozesse, der Transport von Nährstoffen, und nur die verstaubten Bibliotheken wissen, was noch alles. Jede dieser Hypothesen konnte schließlich durch Hunderte von mühseligen und zuweilen auch gefährlichen Experimenten umgestoßen werden. Dies alles betrifft jedoch nur die »Länglinge«, die einfachste und beständigste der hier vorkommenden Formen, denn ihre Existenz wird nach Wochen gezählt — ein Ausnahmefall auf diesem Planeten.

Eine kompliziertere, viel kapriziösere Form, die beim Beobachter wohl den heftigsten Protest auslöst — einen ganz instinktiven Protest natürlich —, sind die »Mimoiden«. Man kann ohne Übertreibung sagen, daß Giese sie liebgewann und daß er sich ihrer Erforschung, Beschreibung, der Enträtselung ihres Wesens bis zum Schluß gewidmet hat. Mit diesem Namen versuchte er auszudrükken, was für den Menschen das eigentümlichste an ihnen ist: eine gewisse Neigung, die sie umgebenden Formen nachzuahmen, sowohl die nahen als auch die ferneren.

Eines Tages bildet sich tief im Ozean eine zunehmend dunkler werdende Scheibe mit zerfaserten Rändern, deren Oberfläche mit Teer übergossen scheint. Nach Stunden zerfällt sie in Stücke, weist immer deutlichere Gliederungen auf und strebt gleichzeitig empor, an die Oberfläche. Ein Beobachter würde schwören, daß dort unter ihm ein heftiger Kampf tobt, denn aus der ganzen Umgebung strömen an dieser Stelle unendliche Reihen konzentrischer Wellen zusammen, ähnlich einem sich schließenden Mund, einem lebendigen, muskelbewehrten und sich verengenden Krater; über der schwärzlichen, diffusen Erscheinung türmen und bäumen sich die Wellen auf und stürzen in die Tiefe. Jeder dieser Stürze der Hunderttausende von Tonnen wird sekundenlang von einem anhaltenden, klebrigen, man möchte fast sagen schmatzenden Donnern begleitet; denn hier geschieht alles in monströsem Maßstab. Das dunkle Gebilde wird hinabgestoßen, jeder Schlag scheint es breitzuwalzen und auseinanderzureißen, von den jeweiligen Stükken, die wie durchnäßte Flügel herabhängen, lösen sich einzelne Trauben, dehnen sich zu langen Perlenketten, verschmelzen miteinander und treiben nach oben, als schleppten sie die mit ihnen verwachsene, nun wieder vereinte Mutterscheibe hinauf, während schon die nächsten Wellenringe auf sie herabstürzen und sie zunehmend aushöhlen. Dieses Spiel dauert manchmal einen Tag und manchmal einen Monat. Damit ist zuweilen schon alles zu Ende. Der gewissenhafte Giese nannte diese Variante den »abortiven Mimoiden«, als wüßte er aus sicherer Quelle, daß das letzte Ziel eines jeden Kataklismus der »ausgereifte Mimoid« sei, jene Kolonie polypenartiger, hellhäutiger Gewächse (zumeist größer als eine irdische Stadt), deren Bestimmung es ist, äußere Formen nachzuäffen. Selbstverständlich meldete sich auch ein anderer Solarist zu Wort, Uyvens mit Namen, der gerade diese letzte Phase als »degenerativ« ansah, als entartet und absterbend, den Dschungel entstehender Formen hingegen als eindeutiges Symptom des Sich-Befreiens dieser stengelartigen Gebilde von der Herrschaft des Mutterstückes.

Giese jedoch, der sich bei allen Beschreibungen solarischer Erscheinungen wie eine Ameise verhielt, die über einen gefrorenen Wasserfall kriecht, und sich durch nichts aus dem gleichmäßigen Schritt seiner trockenen Diktion bringen ließ, war sich seiner Sache so sicher, daß er die einzelnen Entstehungsphasen eines Mimoiden zu einer Abfolge wachsender Vollkommenheit ordnete.

Ein aus großer Höhe betrachteter Mimoid ähnelt einer Stadt, doch das ist eine Illusion, die sich aus der Suche nach Analogien zu bekannten Dingen erklärt. Wenn der Himmel klar ist, sind die mehrstöckigen Hochwüchse und deren Gipfelpalisaden von einer erwärmten Luftschicht umgeben, die ein scheinbares Wiegen und Schwanken der ohnehin schwer zu definierenden Formen bewirkt. Die erste Wolke, die durch das Blau zieht (dieser Himmel ist natürlich nicht blau, sondern rostbraun am Tage der roten und grellweiß am Tage der blauen Sonne), findet sofortigen Widerhall. Ein heftiges Knospen beginnt, und eine elastische, sich blumenkohlartig aufblähende Hülle, die nahezu gänzlich von ihrer Basis getrennt ist, wird hochgeschleudert und verliert fast gleichzeitig ihre

Farbe; nach wenigen Minuten imitiert sie zum Verwechseln eine Haufenwolke. Dieses riesige Objekt mit seinem rötlichen Schatten wird gleichsam von einem Gipfel des Mimoiden zum anderen weitergereicht, wobei sich diese Bewegung gegenläufig zur Bewegung der echten Wolke vollzieht. Ich glaube, Giese hätte sich eine Hand abschlagen lassen, um wenigstens zu erfahren, weshalb es so ist. Doch solche »einsamen« Produkte des Mimoiden sind kaum der Rede wert, verglichen mit der stürmischen Tätigkeit, die er bekundet, wenn er durch die Anwesenheit von Gegenständen und Formen »gereizt« wird, die mit den Ankömmlingen von der Erde im Zusammenhang stehen.

Das Nachbilden von Formen erfaßt tatsächlich alles, was nicht weiter als acht, neun Meilen entfernt ist. Am häufigsten produziert der Mimoid eine vergrößerte Nachbildung, zuweilen deformiert er sie, indem er Karikaturen oder groteske Vereinfachungen schafft, vor allem von Maschinen. Das Material ist natürlich stets dieselbe, rasch verblassende Masse, die, emporgeschleudert, nicht herunterfällt, sondern in der Schwebe bleibt, durch leicht zerreißbare Nabelschnüre mit ihrem Untergrund verbunden, auf dem sie sich gleitend fortbewegt und doch gleichzeitig, schrumpfend oder sich blähend, die kompliziertesten Muster bildet. Ein Flugzeug, ein Gitterwerk oder ein Mast werden mit der gleichen Schnelligkeit reproduziert; nur auf Menschen reagiert der Mimoid nicht, oder, genauer gesagt, auf keinerlei Lebewesen, auch nicht auf Pflanzen, denn selbst diese haben unermüdliche Forscher zu Experimentierzwecken auf die Solaris gebracht. Eine menschliche Puppe hingegen, die Skulptur eines Hundes oder eines Baumes, ganz gleich, aus welchem Material sie geformt sind, werden sofort kopiert.

Leider muß hier am Rande vermerkt werden, daß dieser Gehorsam des Mimoiden gegenüber den Experimentatoren, der auf der Solaris so selten ist, zuweilen aufgehoben wird. Selbst der reifste Mimoid hat seine »trägen Tage«, an denen er nur sehr langsam pulsiert. Dieses Pulsieren ist übrigens dem Auge nicht sichtbar, sein Rhythmus, die einzelne Phase eines »Pulsschlags«, erstreckt sich über mehr als zwei Stunden, und es waren erst spezielle Filmaufnahmen erforderlich, um das zu entdecken.

Unter solchen Bedingungen eignet sich ein Mimoid, vor allem

ein alter, ausgezeichnet zur Besichtigung, da sowohl die im Ozean ruhende Stützscheibe als auch die auf ihr errichteten Gebilde einen überaus sicheren Halt bieten.

Selbstverständlich kann man sich im Bereich eines Mimoiden auch an seinen »aktiven« Tagen aufhalten, doch dann ist die Sicht außerordentlich schlecht, weil aus den aufgequollenen Verästelungen des formenkopierenden Endgliedes pausenlos flockige, wie zerstäubter Schnee weißliche Kolloidalsuspension herausfällt. Aus der Nähe lassen sich diese Formen auch gar nicht erfassen, da ihre Größe dem Ausmaß von Bergen entspricht. Außerdem wird der Untergrund eines »arbeitenden« Mimoiden sumpfig, denn der zähflüssige Regen erstarrt erst nach Stunden zu einer harten Kruste, die um ein vielfaches leichter ist als Bimsstein. Und schließlich kann man sich ohne die entsprechende Ausrüstung in dem Labyrinth der bauchigen Stengelbildungen, die teils an schrumpfige Säulen, teils an halbflüssige Geiser erinnern, sehr leicht verirren, selbst bei voller Sonne, denn ihre Strahlen können die dicke Schicht der unaufhörlich in die Atmosphäre geschleuderten »imitierenden Explosionen« nicht durchdringen.

Einen Mimoiden an seinen glücklichen Tagen zu beobachten (genauer gesagt, sind das die glücklichen Tage des Forschers, der sich über ihm befindet) kann zu einem Quell unauslöschlicher Eindrücke werden. Wenn er seine »schöpferische Phase« hat, beginnt er eine ungewöhnliche Hyperproduktion. Er erschafft dann bald eigene Varianten äußerer Formen, bald deren Komplikationen oder gar formale Weiterentwicklungen; so kann er sich stundenlang beschäftigen – zur Freude jedes abstrakten Malers und zur Verzweiflung des Wissenschaftlers, der sich vergebens bemüht, irgend etwas von den ablaufenden Prozessen zu verstehen. Zuweilen weist die Tätigkeit des Mimoiden Merkmale einer geradezu kindlichen Vereinfachung auf, zuweilen verfällt er in »barocke Abweichungen«, und dann ist alles, was er schafft, von schwülstiger Elephantiasis geprägt. Insbesondere alte Mimoiden fabrizieren Formen, die ungeheuer komisch wirken. Ich habe allerdings nie darüber lachen können, da ich von der Rätselhaftigkeit des Schauspiels allzu erschüttert war.

Selbstverständlich hat man sich in den ersten Jahren der Erforschung des Planeten geradezu auf die Mimoiden gestürzt – in der Annahme, es handele sich um die erträumten Zentren des solarischen Ozeans, um die Stellen, an denen der ersehnte Kontakt zweier Zivilisationen erfolgen würde. Doch allzu bald stellte sich heraus, daß von Kontakt keine Rede sein konnte, denn es begann und endete alles mit dem Imitieren von Formen.

Der bei der verzweifelten Suche der Forscher ständig wiederkehrende Anthropo- oder auch Zoomorphismus wollte in immer neuen Schöpfungen des lebendigen Ozeans »Sinnesorgane« oder gar »Gliedmaßen« erkennen, für die eine Zeitlang solche Wissenschaftler wie Maartens und Ekkonai die »Säulenwirbler« und »Flinker« Gieses hielten. Aber diese Protuberanzen des lebendigen Ozeans, die manchmal bis zu zwei Meilen in die Atmosphäre emporschießen, sind ebensogut Gliedmaßen, wie ein Erdbeben die »Gymnastik« der Erdrinde ist.

Der Katalog der verschiedensten, immer wiederkehrenden Formen, die der lebende Ozean so häufig hervorbringt, daß man innerhalb eines Tages mindestens Dutzende oder Hunderte zu entdecken vermag, umfaßt etwa dreihundert Positionen. Die unmenschlichsten, im Sinne eines absoluten Fehlens jeder Ähnlichkeit mit dem, was der Mensch von der Erde kennt, sind nach Giese die Symmetriaden. An ihre Erforschung ging man mit außerordentlicher Vorsicht, man wich immer wieder davor zurück und verstärkte die Sicherheitsvorkehrungen, die freilich oft genug eine Fiktion waren. Die Namen derer aber, die sich als erste in ihre Abgründe wagten, kennt auf der Erde jedes Kind.

Das Beängstigende an diesen gigantischen Gebilden ist nicht ihr Aussehen, obwohl einem das allein wirklich Alpträume bereiten kann. Entscheidend ist die Tatsache, daß es in ihrem Bereich nichts Beständiges oder Sicheres gibt, selbst die physikalischen Gesetze werden hier zeitweilig aufgehoben. Und die Symmetriadeforscher waren es auch, die immer wieder die These vom vernunftbegabten lebenden Ozean aufgriffen.

Die Symmetriaden entstehen plötzlich. Ihre Geburt ist eine Art Eruption. Eine Stunde vorher beginnt der Ozean intensiv zu glänzen, als hätte sich eine Fläche von mehreren Dutzend Quadratkilometern mit Glas bedeckt. Darüber hinaus verändern sich weder sein flüssiger Zustand noch der Rhythmus des Wellengangs. Manchmal schießt eine Symmetriade dort hervor, wo sich ein Trichter nach einem aufgesogenen Flinker befand, doch das ist nicht die Regel. Nach etwa einer Stunde fliegt die glasige Hülle als ungeheure Blase empor, in der sich, schillernd und sich brechend, das ganze Himmelsgewölbe spiegelt — Sonne, Wolken und alle Horizonte. Das blitzende Farbenspiel, das teils durch Beugung und teils durch Brechung des Lichts hervorgerufen wird, ist einzigartig.

Besonders starke Lichteffekte gehen von Symmetriaden aus, die während des blauen Tages oder kurz vor Sonnenuntergang entstehen. Man hat dann den Eindruck, der Planet gebäre einen zweiten, der mit jedem Augenblick seinen Umfang verdoppelt. Der lichtflammende Globus, kaum daß er aus den Fluten hervorgeschossen ist, zerplatzt vom Gipfel her in senkrechte Sektoren, doch das ist kein Zerfall. Dieses Stadium, das man nicht sehr glücklich die »Phase des Blumenkelchs« genannt hat, dauert nur Sekunden. Die himmelan strebenden hauchdünnen Jochbögen wenden sich um, fügen sich im unsichtbaren Inneren zusammen und beginnen blitzschnell eine Art gedrungenen Rumpfes zu formen, in dessen Bereich Hunderte von Erscheinungen zugleich ablaufen. Im Zentrum selbst, das zum erstenmal von der siebzigköpfigen Gruppe Hamaleas untersucht wurde, entsteht durch Giganto- und Polykristallisation eine tragende Spindelachse, zuweilen »Wirbelsäule« genannt, allerdings gehöre ich nicht zu den Anhängern dieses Terminus.

Nach zwanzig bis dreißig Minuten taucht der Gigant langsam in den Ozean ein, wobei er sich manchmal um acht bis zwölf Grad zur Seite neigt. Es gibt größere und kleinere Symmetriaden, aber selbst die Zwerge unter ihnen ragen nach dem Eintauchen noch achthundert Meter über den Horizont empor und sind meilenweit zu sehen. Ins Innere gelangt man am sichersten, kurz nachdem sie das Gleichgewicht wiedererlangt haben und der Prozeß des Eintauchens beendet ist; und die günstigste Einstiegsstelle ist die Gegend unterhalb des Gipfels, denn die relativ glatte »Polkappe« wird von der wie ein Sieb durchlöcherten Mündungszone all der inneren Kammern und Leitungen umgeben. Als Ganzes stellt diese Formation die dreidimensionale Entwicklung einer Gleichung höheren Grades dar.

Bekanntlich kann man jede Gleichung durch die figürliche Sprache der höheren Geometrie ausdrücken und einen Körper herstellen, der ihre Entsprechung bildet. In diesem Sinne ist eine Symmetriade eine Verwandte der Lobatschewskischen Kegel und der negativen Krümmungen Riemanns, eine sehr entfernte Verwandte allerdings, da sie so unvorstellbar verschlungen ist. Immerhin stellt sie die Entwicklung eines ganzen, mehrere Kubikmeilen Raum umfassenden mathematischen Systems dar, wobei diese Entwicklung vierdimensional ist, da sich die wesentlichen Gleichungsfaktoren auch in der Zeit ausdrücken, in den Veränderungen, die in ihrem Verlauf stattfinden.

Selbstverständlich lag der Gedanke nahe, daß wir es nicht mehr und nicht weniger denn mit einer »mathematischen Maschine« des lebenden Ozeans zu tun haben, mit einem nach seinem Maßstab geschaffenen Berechnungsmodell, das einem uns unbekannten Ziel dienen müsse, doch diese Hypothese Fermonts teilt heute niemand mehr. Natürlich klang sie verlockend, doch die Vorstellung, der Ozean erörtere mit solchen titanischen Eruptionen die Fragen von Materie, Kosmos und Sein, ließ sich nicht aufrechterhalten. Eine Symmetriade ähnelt eben nichts Irdischem.

Entsetzlich ist das Ende einer Symmetriade. Niemand, der es gesehen hat, konnte sich des Eindrucks erwehren, Zeuge einer Tragödie, wenn nicht gar eines Mordes zu sein. Nach zwei bis drei Stunden – dieses explosive Auswuchern, Vervielfältigen und Selbstgebären dauert nie länger – geht der lebende Ozean zum Angriff über. Die glatte Oberfläche runzelt sich, die bereits zur Ruhe gekommene, mit eingetrocknetem Schaum bedeckte Brandung beginnt zu brodeln, von den Horizonten her jagen konzentrische Wellenfolgen heran, ähnlich den Muskelkratern, welche die Geburt eines Mimoiden begleiten, doch diesmal sind sie unvergleichlich größer.

Der im Ozean liegende Teil der Symmetriade wird abgeschnürt, der Koloß hebt sich langsam, als sollte er über den Orbit hinausgeschleudert werden; die oberen Schichten des ozeanischen Plasmas werden aktiv, sie kriechen die Seitenwände hinauf, höher und höher, erstarren dort und verstopfen die Ausgänge, aber das ist gar nichts im Vergleich zu dem, was gleichzeitig im Innern geschieht. Die formenbildenden Prozesse – das Entstehen immer neuer architektonischer Strukturen aus sich selbst heraus – stokken zunächst und werden dann von einer jähen Beschleunigung erfaßt; die bislang so harmonischen Bewegungen, das sanfte Ineinandergleiten von Flächen und Ebenen, das Ausbreiten von Fundamenten und Gewölben, das so maßvoll und sicher verlief, als sollte es Jahrhunderte überdauern, vollzieht sich nun überstürzt.

Der Eindruck, daß der Koloß angesichts der drohenden Gefahr mit aller Kraft zu einer Erfüllung drängt, ist übermächtig. Doch je schneller die Veränderungen vor sich gehen, desto offensichtlicher wird die abscheuliche, ekelerregende Metamorphose des Baustoffes selbst und seiner Dynamik. Alle diese so wundervoll ineinanderfließenden, geschmeidigen Flächen werden weich und schlaff, Fehlkonstruktionen, unfertige und entstellte Gebilde treten zutage, aus unsichtbaren Tiefen dringt anschwellendes Rauschen und Brüllen herauf, die Luft, hervorgestoßen wie die letzten Atemzüge eines Sterbenden, reibt sich an den enger werdenden Schluchten, röchelt und röhrt in den Durchlässen wie in monströsen, von Schleimstalagmiten befallenen Kehlen, und der Zuschauer wird augenblicklich, trotz der entfesselten Bewegung, von völliger Leblosigkeit erfaßt. Nur mehr der Ozean, der aus der Tiefe heraufweht und deren tausend Schächte durchmißt, hält aufblähend das himmelhoch ragende Bauwerk aufrecht, bis es dann doch langsam hinuntergleitet, in sich zusammensinkt wie eine von den Flammen erfaßte Honigwabe; nur da und dort sieht man noch ein letztes Aufflattern, kraftlose, vom Ganzen losgelöste Bewegungen, ziellos und immer schwächer werdend, bis der unablässig von außen angegriffene, unterspülte Gigant mit der Langsamkeit eines Berges einstürzt und in den Schaumfluten versinkt, in den gleichen, die sein titanisches Entstehen begleitet hatten.

Und was bedeutet das alles? Ja, was bedeutet es?

Ich erinnere mich, wie während meiner Assistentenzeit bei Gibarian eine Schulklasse das Solarische Institut in Aden besuchte. Nachdem ein Seitensaal der Bibliothek besichtigt worden war, führte man die Jugendlichen in den Hauptraum, wo fast ausschließlich Kassetten mit Mikrofilmen aufbewahrt werden. Auf diesen Filmen hat man winzige Ausschnitte aus dem Innern längst nicht mehr existierender Symmetriaden festgehalten, und davon gibt es neunzigtausend – nicht etwa Aufnahmen, sondern Filmspulen! Und dort in diesem Raum stellte plötzlich ein pummliges, vielleicht fünfzehnjähriges Mädchen mit Brille und resolutem, verständigem Blick die Frage: »Und wozu das alles ...?«

In dem darauffolgenden, verlegenen Schweigen sah nur die Lehrerin ihre unbotmäßige Schülerin strafend an; von den begleitenden Experten (ich gehörte zu ihnen) fand keiner eine Antwort. Denn die Symmetriaden sind unwiederholbar, und unwiederholbar sind auch im allgemeinen die in ihnen auftretenden Erscheinungen. Manchmal hört die Luft auf, den Schall zu leiten. Manchmal vergrößert oder verringert sich die Refraktionskonstante. Lokal treten pulsierende, rhythmische Veränderungen der Schwerkraft auf, als hätte die Symmetriade ein schlagendes Gravitationsherz. Diese Aufzählung ließe sich fortsetzen. Im Prinzip jedoch hat man sich ständig im Kreis irdischer, menschlicher Vorstellungen und Begriffe bewegt, der erste Kontakt hingegen ...

Die Expeditionen durchmaßen Hunderte von Kilometern in den Tiefen der Symmetriaden, stellten Registrierapparate auf, selbsttätige Filmkameras; die Fernsehaugen künstlicher Satelliten registrierten das Knospen der Mimoiden und Länglinge, ihr Reifen und Verenden. Die Bibliotheken füllten sich, es vergrößerten sich die Archive, der Preis, den man dafür zahlen mußte, war manchmal hoch. Siebenhundertachtzehn Menschen kamen während der Kataklismen ums Leben, da sie sich nicht rechtzeitig aus den bereits zur Vernichtung verurteilten Kolossen zurückzogen, davon einhundertundsechs bei einer einzigen Katastrophe, die großes Aufsehen erregte, weil der siebzigjährige Giese selbst dabei den Tod fand. Ein Gebilde, das deutlich alle Merkmale einer Symmetriade aufwies, fand unerwartet ein Ende, wie es in der Regel den Asymmetriaden eigen ist. Ein Ausbruch schlammigen Breis verschlang innerhalb von Sekunden neunundsiebzig mit gepanzerten Schutzanzügen bekleidete Menschen samt ihren Maschinen und Geräten und holte mit den weit hinaufreichenden Seitenarmen siebenundzwanzig weitere herunter, die die Flugzeuge und

Hubschrauber steuerten, die über dem untersuchten Gebilde kreisten. Diese Stelle an der Kreuzung des zweiundvierzigsten Breitengrades und des neunundachtzigsten Längengrades ist auf den Karten als Eruption der Einhundertsechs gekennzeichnet. Doch dieser Punkt existiert nur auf den Karten, die Oberfläche dieser Stelle des Ozeans unterscheidet sich durch nichts von seinen übrigen Gebieten.

Damals wurden zum erstenmal in der Geschichte der solarischen Forschung Stimmen laut, die die Anwendung thermonuklearer Schläge verlangten. In Wahrheit sollte das ein noch grausamerer Schritt sein als ein bloßer Racheakt: Es ging darum, etwas zu vernichten, was wir nicht begreifen können. Tsanken, der Stellvertreter der Reservegruppe Gieses, der nur infolge eines Irrtums überlebte – ein Übermittlungsautomat hatte falsche Angaben über den Standort gemacht, an dem die Forschungsgruppe die Symmetriade untersuchte, so daß Tsanken über dem Ozean umherirrte und buchstäblich wenige Minuten nach der Explosion am Unfallort eintraf – im Anflug sah er noch den schwarzen Pilz –, drohte in dem Augenblick, da über den Einsatz beraten wurde, die Station und sich selbst mitsamt den achtzehn in ihr verbliebenen Leuten in die Luft zu sprengen; zwar wurde offiziell nie zugegeben, daß dieses selbstmörderische Ultimatum einen Einfluß auf das Abstimmungsergebnis hatte, man darf jedoch annehmen, daß es so gewesen ist.

Doch die Zeiten, da so große Expeditionen den Planeten besuchten, gehören der Vergangenheit an. Die Station selbst – ihren Bau überwachte man von Satelliten aus, und es handelte sich zweifellos um ein Vorhaben, auf das die Erde hätte stolz sein können, hätte der Ozean nicht in Sekunden millionenfach größere Konstruktionen hervorgebracht – schuf man in der Form eines Diskus von zweihundert Meter Durchmesser, mit vier Geschossen im Zentrum und zweien an den Außenrändern. Mit Annihilationsenergie angetriebene Gravitoren hielten sie in einer Höhe zwischen fünfhundert und fünfzehnhundert Metern über dem Ozean; allerdings hatte man sie außer allen Einrichtungen, über die üblicherweise die Stationen und die großen Satelloiden verfügen, mit besonderen Radarfühlern ausgerüstet, die bei der geringsten Veränderung der Oberfläche des lebenden Ozeans zusätzliche Energien auslösten, so daß der stählerne Diskus bei den ersten Anzeichen, die auf die Geburt eines neuen Lebendgebildes hindeuteten, in die Stratosphäre hinaufglitt.

Jetzt war die Station im Grunde menschenleer. Seit man die Automaten eingesperrt hatte – den Grund wußte ich immer noch nicht –, konnte man in den Magazinen des untersten Geschosses umherspazieren, ohne jemandem zu begegnen, ganz wie in einem driftenden Wrack, dessen Maschinen den Tod der Besatzung überdauert haben.

Als ich den neunten Band von Gieses Monographie ins Regal zurückstellte, schien es mir, als liefe ein Zittern durch den Stahlboden zu meinen Füßen, der unter einer flauschigen Schicht Schaumstoff verborgen war. Ich verharrte reglos, doch das Zittern wiederholte sich nicht. Die Bibliothek war vom übrigen Stahlkörper ausgezeichnet isoliert, und das Beben konnte nur eine Ursache haben: Eine Rakete war von der Station aus gestartet.

Dieser Gedanke brachte mich in die Wirklichkeit zurück. Ich war noch nicht ganz entschlossen, ob ich fliegen würde, so wie Sartorius sich das wünschte. Wenn ich mich so verhielt, als akzeptierte ich seine Pläne vollauf, konnte ich die Krise lediglich hinauszögern; ich war überzeugt, daß es zu einer Auseinandersetzung kommen würde, weil ich beschlossen hatte, alles Erdenkliche zu tun, um Harey zu retten. Die Frage war, ob Sartorius eine Erfolgschance besaß. Er war mir jedenfalls haushoch überlegen. Als Physiker kannte er das Problem zehnmal besser als ich, und ich konnte nur – so paradox das war – auf die Vollkommenheit der Lösungen hoffen, mit denen der Ozean uns traktierte. Die ganze nächste Stunde hindurch hockte ich über den Mikrofilmen, bemüht, irgend etwas Verständliches aus dem Meer der höllischen Mathematik herauszufischen, deren Sprache sich die Physik der Neutrinoprozesse bediente. Zunächst schien mir das unmöglich, zumal es über das ungewöhnlich schwierige Problem des Neutrinofeldes gleich fünf Theorien gab, ein deutliches Zeichen, daß keine vollkommen war. Und doch gelang es mir schließlich, etwas zu finden, was mich hoffen ließ. Ich schrieb mir gerade die Formeln ab, als es klopfte.

Rasch trat ich zur Tür und öffnete sie einen Spaltbreit, versperrte jedoch den Zutritt mit meinem Körper. Vor mir hatte ich das schweißnasse Gesicht Snauts. Der Korridor hinter ihm war leer.

»Ach, du bist es«, sagte ich und gab die Tür frei. »Komm herein.«

»Ja, ich bin es«, erwiderte er. Seine Stimme klang heiser; er hatte Tränensäcke unter den geröteten Augen und trug an elastischen Trägern eine glänzende Gummischürze zum Schutz gegen Strahlen. Unter der Schürze schauten die angeschmutzten Hosenbeine der Leinenhose hervor, in der er stets herumzulaufen pflegte. Sein Blick schweifte durch den runden, gleichmäßig erleuchteten Raum und verharrte reglos, als er Harey gewahrte, die neben ihrem Sessel stand. Wir tauschten einen raschen Blick, ich schloß die Lider, und er begriff; er verbeugte sich leicht, und ich sagte, um einen unbefangenen Plauderton bemüht: »Das ist Dr. Snaut, Harey. Snaut, das ist ... meine Frau.«

»Ich trete auf der Station kaum ... in Erscheinung, und deshalb ...« – die Pause zog sich gefährlich in die Länge –, »deshalb hatte ich keine Gelegenheit, Sie kennenzulernen ...« Harey reichte ihm lächelnd die Hand, die er, wie mir schien, mit einer gewissen Verblüffung nahm; er blinzelte mehrmals und stand da, den Blick auf sie gerichtet, bis ich seinen Arm ergriff.

»Verzeihung«, sagte er zu ihr. »Ich wollte mit dir sprechen, Kelvin ...«

»Aber selbstverständlich«, entgegnete ich mit weltmännischer Ungezwungenheit. Das klang mir alles wie eine kitschige Komödie, doch dagegen ließ sich nichts machen. »Harey, Liebling, laß dich nicht stören. Ich muß mit dem Doktor über unsere langweiligen Angelegenheiten sprechen ...«

Und schon geleitete ich ihn am Ellenbogen zu den kleinen Sesseln auf der gegenüberliegenden Seite des Raums. Harey setzte sich in den Sessel, in dem vorhin ich gesessen hatte, rückte ihn jedoch dabei so zurecht, daß sie uns sehen konnte, wenn sie von ihrem Buch aufblickte.

»Was gibt's?« fragte ich leise.

»Bin wieder mal geschieden«, antwortete er ebenso leise, mit einem Pfeifen in der Stimme. Vielleicht würde ich darüber lachen, wenn man mir einst diese Geschichte erzählte, vor allem diesen Gesprächsanfang, doch auf der Station war mein Sinn für Humor amputiert. »Ich habe seit gestern Jahre durchlebt, Kelvin«, fügte er hinzu. »Jahre, die es in sich hatten. Und du?«

»Nichts . . .«, antwortete ich nach einer Weile, denn ich wußte nicht, was ich sagen sollte. Ich mochte ihn, aber ich fühlte, daß ich mich jetzt vor ihm in acht nehmen mußte, oder besser gesagt vor dem, was er mir da brachte.

»Nichts?« wiederholte er in dem gleichen Ton wie ich. »Na bitte, so sieht das also aus . . .«

»Worum geht es dir?« Ich tat, als verstünde ich nicht. Seine Augen verengten sich zu einem schmalen Spalt, als er sich vorbeugte, so daß ich seinen warmen Atem auf meinem Gesicht spürte. Dann flüsterte er mir zu: »Wir treten auf der Stelle, Kelvin. Zu Sartorius ist die Verbindung abgebrochen, ich weiß gerade soviel, wie ich dir geschrieben habe, also nur das, was er mir nach unserer großartigen Konferenz erzählt hat . . .«

»Er hat das Visiophon ausgeschaltet?« fragte ich.

»Nein. In der Anlage dort ist ein Kurzschluß. Ich glaube, er hat ihn absichtlich verursacht oder . . .« Er holte mit der Faust aus, als wollte er etwas zerschlagen. Ich blickte wortlos auf ihn. Sein linker Mundwinkel hob sich zu einem unangenehmen Lächeln. »Kelvin, ich bin gekommen, weil . . .« Er beendete den Satz nicht. »Was wirst du tun?«

»Meinst du diesen Brief?« entgegnete ich langsam. »Ich könnte das machen, zu einer Ablehnung sehe ich keinen Grund. Deshalb sitze ich nämlich hier, ich wollte mir einen Überblick . . .«

»Nein«, unterbrach er mich, »das meine ich nicht . . .«

»Nicht?« Ich tat erstaunt. »Also was?«

»Sartorius . . .«, murmelte er nach einer Weile. »Sartorius glaubt einen Weg gefunden zu haben . . . Du weißt schon.«

Er wandte kein Auge von mir. Ich saß ruhig da, um einen gleichgültigen Gesichtsausdruck bemüht.

»Zunächst wäre da die Geschichte mit den Röntgenstrahlen, das, was Gibarian und er gemacht haben, du erinnerst dich sicherlich. Hier wäre eine gewisse Modifikation möglich . . .«

»Welche?«

»Sie haben einfach ein Strahlenbündel in den Ozean geschickt und nur seine Intensität nach den verschiedensten Formeln moduliert.«

»Ja, das ist mir bekannt. Schon Nilin hat das gemacht. Und eine ganze Reihe anderer.«

»Ja, aber die haben weiche Strahlung angewendet. Diese hier war hart, sie haben alles in den Ozean hineingepackt, was sie hatten, die volle Leistung.«

»Das kann unangenehme Folgen haben«, bemerkte ich. »Ein Verstoß gegen die Konvention der Vier und der UNO.«

»Kelvin, tu doch nicht so. Das ist doch jetzt völlig bedeutungslos. Gibarian ist tot.«

»Ach, dann will Sartorius also die ganze Schuld auf ihn abwälzen?«

»Das weiß ich nicht. Darüber habe ich nicht mit ihm gesprochen. Das ist unwichtig. Da der ›Gast‹ immer nur bei unserem Erwachen erscheint, muß nach Sartorius' Meinung der Ozean das Produktionsrezept aus uns herausholen, während wir schlafen. Er geht offenbar davon aus, daß unser wichtigster Zustand der Schlaf ist. Deshalb handelt er so. Also will Sartorius ihm unsere Gedanken im Wachzustand übermitteln, verstehst du?«

»Wie denn? Mit der Post?«

»Deine Scherze kannst du dir einrahmen lassen. Dieses Strahlenbündel soll durch die Gehirnströme eines von uns moduliert werden.«

Mir ging ein Licht auf.

»Aha«, sagte ich. »Und dieser eine soll wohl ich sein?«

»Ja. Er hat an dich gedacht.«

»Herzlichen Dank.«

»Was hältst du davon?«

Ich schwieg. Wortlos blickte er zu Harey hinüber, die in ihr Buch vertieft war, und sah mir dann voll ins Gesicht. Ich spürte, daß ich blaß wurde. Ich hatte keinerlei Gewalt darüber.

»Also, wie ist es?« fragte er.

Ich zuckte die Schultern.

»Diese Röntgenpredigten über die Großartigkeit des Menschen halte ich für Blödsinn. Und du ebenfalls. Oder ist es nicht so?«

»Wirklich?«

»Ja.«

»Das ist ausgezeichnet«, sagte er und lächelte, als hätte ich ihm einen Wunsch erfüllt. »Also bist du gegen diesen Vorschlag von Sartorius?«

Ich begriff noch nicht, wie es dazu gekommen war, aber von seinen Augen las ich ab, daß er mich dort hatte, wo er mich haben wollte. Ich schwieg, was hätte ich jetzt auch sagen können?

»Ausgezeichnet«, wiederholte er. »Denn es gibt noch ein zweites Projekt: die Roche-Apparatur umzubauen.«

»Zu einem Annihilator ...«

»Ja. Sartorius hat bereits einleitende Berechnungen durchgeführt. Das ist real. Man braucht dazu nicht einmal allzu hohe Energien. Der Apparat wird Tag und Nacht in Betrieb sein, eventuell für unbestimmte Zeit, und ein Antifeld aufbauen.«

»Mo ... Moment mal! Wie stellst du dir das vor?«

»Ganz einfach. Das wird ein Neutrino-Antifeld sein. Gewöhnliche Materie verändert sich dabei nicht. Zerstört werden nur ... Neutrinosysteme. Verstehst du?«

Er lächelte befriedigt. Ich saß mit halb offenem Mund da. Langsam wich das Lächeln von seinem Gesicht. Er betrachtete mich forschend, mit gerunzelter Stirn und wartete.

»Das Projekt ›Gedanke‹ lehnen wir also ab, nicht wahr? Und das andere? Sartorius ist schon mit Volldampf dabei. Wir wollen es ›Freiheit‹ nennen.«

Ich schloß für einen Moment die Augen. Plötzlich entschied ich mich. Snaut war kein Physiker. Sartorius hatte das Visiophon ausgeschaltet oder vernichtet. Sehr gut.

»Ich würde es eher ›Schlachthaus‹ nennen«, sagte ich langsam.

»Du warst doch selbst ein Schlächter. Oder stimmt das nicht? Jetzt wird das etwas ganz anderes sein. Keinerlei ›Gäste‹, keine F-Gebilde — nichts. Schon im Augenblick der Materialisierung kommt es zum Zerfall.«

»Ein Mißverständnis, Snaut«, erwiderte ich und schüttelte lächelnd den Kopf; ich hoffte nur, daß dieses Lächeln natürlich genug ausfiel. »Das sind nicht moralische Skrupel, das ist Selbsterhaltungstrieb. Ich will nicht sterben, Snaut.«

»Was ...?«

Snaut war überrascht. Er musterte mich mißtrauisch. Ich holte einen zerknitterten Zettel mit Formeln aus der Tasche.

»Auch ich habe mich damit beschäftigt. Wundert dich das? Schließlich habe ich als erster die Neutrinohypothese aufgestellt, nicht wahr? Sieh mal. Ein Antifeld läßt sich erzeugen. Für die gewöhnliche Materie ist es unschädlich. Das stimmt. Aber im Augenblick der Destabilisierung, wenn das Neutrinosystem zerfällt, wird doch Bindungsenergie freigesetzt. Wenn wir auf ein Kilogramm Ruhemasse zehn hoch acht Erg annehmen, erhalten wir für ein F-Gebilde fünf bis sieben mal zehn hoch acht. Weißt du, was das heißt? Das entspricht einer kleinen Uranladung, die in der Station explodiert.«

»Was sagst du da?! Aber Sartorius ... Sartorius muß das doch in Betracht gezogen haben ...«

»Nicht unbedingt«, widersprach ich mit einem boshaften Lächeln. »Die Sache ist die, daß Sartorius aus der Schule Frazers und Cajollas stammt. Nach ihrer Theorie wird im Augenblick des Zerfalls die gesamte Bindungsenergie in Form von Lichtstrahlung freigesetzt. Es würde sich also einfach um ein starkes Aufblitzen handeln, nicht ganz ungefährlich vielleicht, aber auch nicht zerstörend. Es gibt jedoch andere Hypothesen, andere Theorien des Neutrinofeldes. Nach Cayatt, nach Awalow, nach Siona ist das Emissionsspektrum bedeutend breiter, und sein Maximum besteht aus harter Gammastrahlung. Es ist ja sehr schön, daß Sartorius seinen Meistern und ihrer Theorie glaubt, aber es gibt auch andere, Snaut. Und ich will dir noch etwas sagen«, fuhr ich fort, da ich sah, daß meine Worte Eindruck auf ihn gemacht hatten. »Man muß auch den Ozean in Betracht ziehen. Wenn er getan hat, was er getan hat, dann hat er auch die optimale Methode angewendet. Mit anderen Worten: Seine Aktion scheint mir ein Argument zugunsten dieser anderen Schule zu sein — und gegen Sartorius.«

»Gib mir diese Berechnungen, Kelvin.«

Ich reichte ihm den Zettel. Er neigte den Kopf, bemüht, meine Kritzelei zu entziffern.

»Was ist das hier?« Er wies mit dem Finger auf eine Stelle.

Ich nahm ihm den Zettel aus der Hand.

»Das? Das ist der Tensor der Feldtransmutation.«

»Gib mir das ...«

»Wozu brauchst du es?« fragte ich. Seine Antwort wußte ich im voraus.

»Ich muß es Sartorius zeigen.«

»Wie du meinst«, erwiderte ich gleichgültig. »Ich kann dir die Berechnungen geben, allerdings hat noch niemand dieses Problem experimentell untersucht, wir kannten bisher solche Systeme nicht. Er glaubt an Frazer, ich aber habe nach Siona berechnet. Er wird dir sagen, daß ich kein Physiker bin und daß auch Siona keiner ist. Zumindest nicht nach seinem Verständnis. Darüber läßt sich diskutieren. Ich wünsche jedoch keine Diskussion, in deren Ergebnis ich verdampfen kann, zum größeren Ruhme von Sartorius. Dich kann ich überzeugen, ihn nicht. Und ich werde es auch nicht versuchen.«

»Was also willst du tun? Er arbeitet daran«, sagte Snaut mit farbloser Stimme. Er war zusammengesunken, seine ganze Lebhaftigkeit war verflogen. Ich wußte nicht, ob er mir vertraute, doch nun war mir schon alles gleich.

»Das, was ein Mensch tut, den man umbringen will«, erwiderte ich leise.

»Ich werde versuchen, mich mit ihm in Verbindung zu setzen. Vielleicht denkt er an irgendwelche Sicherheitsmaßnahmen«, murmelte Snaut. Er sah mich voll an: »Hör mal, und wenn doch ...? Dieses erste Projekt ... Was meinst du? Sartorius wird einverstanden sein. Ganz bestimmt. Das ist doch wenigstens eine Chance ...«

»Glaubst du daran?«

»Nein«, antwortete er sofort. »Aber ... was kann das schon schaden?«

Ich wollte nicht allzu rasch zustimmen, darum ging es mir ja gerade. Er wurde zu meinem Verbündeten bei diesem Versuch, Zeit zu gewinnen

»Ich will es mir überlegen«, sagte ich.

»Nun, dann gehe ich«, brummte er und stand auf. Seine Gelenke knackten, als er sich aus dem Sessel erhob. »Also läßt du dir das Enzephalogramm machen?« fragte er und fuhr mit den Fingern über die Oberfläche der Schutzschürze, als versuchte er, einen unsichtbaren Fleck wegzuwischen.

»Gut«, sagte ich. Ohne auf Harey zu achten (sie verfolgte diese Szene schweigend, ein Buch auf den Knien), ging er zur Tür. Als sie sich hinter ihm geschlossen hatte, stand ich auf. Ich glättete den Zettel, den ich noch immer in der Hand hielt. Die Formeln waren echt. Ich hatte sie nicht gefälscht. Fraglich war nur, ob Siona sich auch zu meiner Weiterentwicklung bekannt hätte. Wohl kaum. Ich zuckte zusammen. Harey war von hinten an mich herangetreten und hatte meine Schulter berührt.

»Kris!«

»Was denn, Liebling?«

»Wer war das?«

»Ich sagte es dir doch. Dr. Snaut.«

»Was ist das für ein Mensch?«

»Ich kenne ihn kaum. Weshalb fragst du das?«

»Er hat mich so angesehen . . .«

»Du wirst ihm gefallen haben.«

»Nein.« Sie schüttelte den Kopf. »Das war nicht diese Art von Blick. Er hat mich angesehen, als . . . als . . .« Sie erschauerte, sah mich voll an und senkte erneut die Lider. »Laß uns von hier fortgehen.«

Flüssiger Sauerstoff

Ich lag im dunklen Zimmer, benommen, den Blick schon eine ganze Weile starr auf das Leuchtzifferblatt der Armbanduhr gerichtet. Ich lauschte meinem eigenen Atem und wunderte mich über irgend etwas, aber all das, das Starren auf den grünlichen Ziffernkranz und die Verwunderung, war in Gleichgültigkeit gebettet, die ich meiner Erschöpfung zuschrieb. Ich drehte mich auf die Seite, das Bett war merkwürdig breit, etwas fehlte mir. Ich hielt den Atem an. Vollkommene Stille trat ein. Reglos blieb ich liegen. Nicht das leiseste Geräusch drang zu mir. Harey? Weshalb hörte ich nicht ihren Atem? Ich tastete mit den Händen über das Laken: Ich war allein.

Harey! wollte ich rufen, doch ich vernahm Schritte. Sie erinnerten mich an eine große, schwere Gestalt...

»Gibarian?« fragte ich ruhig.

»Ja, ich bin es. Mach kein Licht.«

»Weshalb nicht?«

»Es ist besser so. Für uns beide.«

»Aber du lebst doch nicht?«

»Macht nichts. Du erkennst doch meine Stimme?«

»Ja. Warum hast du das getan?«

»Ich mußte. Du hast dich um vier Tage verspätet. Wärst du früher hier angekommen, hätte es sich vielleicht vermeiden lassen, aber mach dir keine Vorwürfe. Ich fühle mich ganz wohl.«

»Bist du wirklich hier?«

»Ach, glaubst du, du träumst von mir, so wie du das von Harey geglaubt hast?«

»Wo ist sie?«

»Woher weißt du, daß ich es weiß?«

»Ich kann es mir denken.«

»Behalt es für dich. Nehmen wir mal an, daß ich an ihrer Stelle hier bin.«

»Aber ich möchte, daß sie auch da ist.«

»Das ist unmöglich.«

»Warum? Hör mal, aber du weißt, daß in Wirklichkeit nicht du das bist, sondern ich?«

»Nein. Ich bin es wirklich. Wenn du pedantisch sein willst, kannst du sagen, daß ich es noch einmal bin. Aber verschwenden wir nicht unnötig Worte.«

»Gehst du wieder?«

»Ja.«

»Und sie kehrt dann zurück?«

»Liegt dir so viel daran? Was bedeutet sie dir?«

»Das ist meine Sache.«

»Du fürchtest sie doch.«

»Nein.«

»Und ekelst dich vor ihr ...«

»Was willst du von mir?«

»Bemitleiden kannst du dich selbst, nicht sie. Sie wird immer zwanzig Jahre alt sein. Tu nicht so, als wüßtest du das nicht!«

Plötzlich wurde ich ganz ruhig, ich weiß selbst nicht, weshalb. Er schien jetzt etwas näher bei mir zu stehen, am Fußende des Bettes, aber ich sah in dieser Dunkelheit noch immer nichts.

»Was willst du?« fragte ich leise. Mein Ton schien ihn zu überraschen. Er schwieg eine Weile.

»Sartorius hat Snaut überzeugt, daß du ihn betrogen hast. Nun werden sie dich betrügen. Unter dem Vorwand, die Röntgenapparatur zu montieren, bauen sie einen Feldannihilator.«

»Wo ist sie?« Ich wiederholte meine Frage.

»Hast du nicht gehört, was ich dir gesagt habe? Ich habe dich gewarnt!«

»Wo ist sie?«

»Ich weiß es nicht. Paß auf: Du wirst eine Waffe brauchen. Du kannst auf niemanden zählen.«

»Ich kann auf Harey zählen«, entgegnete ich und vernahm eine Folge leiser, rascher Töne. Er lachte.

»Natürlich kannst du. Bis zu einer bestimmten Grenze. Letztlich kannst du immer noch das tun, was ich getan habe.«

»Du bist nicht Gibarian.«

»Na bitte. Und wer bin ich? Dein Traum vielleicht?«

»Nein. Deren Puppe. Aber das weißt du nicht.«

»Und woher weißt du, wer *du* bist?!«

Das stimmte mich nachdenklich. Ich wollte aufstehen, aber ich konnte nicht. Gibarian sagte etwas. Ich verstand die Worte nicht, ich hörte nur den Ton seiner Stimme, ich kämpfte verzweifelt gegen die Schwäche meines Körpers an, bäumte mich noch einmal mit aller Kraft auf ... und erwachte. Ich schnappte nach Luft wie ein Fisch auf dem Trockenen. Es war stockdunkel. Das war ein Traum gewesen. Ein Alptraum. Aber Moment mal: ». . . ein Dilemma, das wir nicht lösen können. Wir verfolgen uns selbst. Die Polytheria haben lediglich so etwas wie einen selektiven Verstärker unserer Gedanken benutzt. Nach einer Motivation dieser Erscheinung suchen zu wollen ist Anthropomorphismus. Wo es keine Menschen gibt, gibt es auch keine den Menschen zugänglichen Motive. Um die Forschungsarbeiten weiterführen zu können, muß man entweder die eigenen Gedanken vernichten oder ihre materielle Verkörperung. Ersteres liegt nicht in unserer Macht. Das zweite ähnelt zu sehr einem Mord.«

Ich lauschte in der Dunkelheit dieser gleichmäßigen, fernen Stimme, deren Klang ich sofort erkannte: Es sprach Gibarian. Ich streckte die Arme aus. Das Bett war leer.

Also bin ich zum nächsten Traum erwacht, dachte ich.

»Gibarian ...?« fragte ich laut. Die Stimme verstummte sofort, mitten im Wort. Ich vernahm ein leises Klicken und verspürte einen schwachen Windhauch im Gesicht.

»Na weißt du, Gibarian«, brummte ich gähnend. »Einen so von Traum zu Traum zu verfolgen ...«

Neben mir raschelte etwas.

»Gibarian!« wiederholte ich lauter.

Die Bettfedern wippten.

»Kris ... Ich bin's ...«, vernahm ich dicht neben mir ein Flüstern.

»Du, Harey? Und Gibarian ...?«

»Kris ... Kris ... Der ist doch ... du hast doch selbst gesagt, daß er nicht mehr lebt ...«

»Im Traum kann er leben«, sagte ich schleppend. Nun war ich mir durchaus nicht mehr sicher, daß es sich um einen Traum handelte. »Er hat etwas gesagt. Er war hier«, fügte ich hinzu. Ich war entsetzlich schläfrig. Wenn ich schläfrig bin, schlafe ich eben, dachte ich wie ein Idiot, streifte mit den Lippen Hareys kühlen Arm und legte mich bequemer zurecht. Sie antwortete etwas, doch ich versank schon in Bewußtlosigkeit.

Am Morgen, im rot angehauchten Zimmer, fielen mir die Geschehnisse dieser Nacht ein. Die Unterhaltung mit Gibarian hatte ich geträumt, doch dann? Ich hatte seine Stimme gehört, das hätte ich beschwören können, ich erinnerte mich nur nicht mehr genau an seine Worte. Das klang nicht nach Unterhaltung, eher wie ein Vortrag. Vortrag ...?

Harey wusch sich. Im Bad plätscherte das Wasser. Ich schaute unter das Bett, wohin ich vor ein paar Tagen das Tonbandgerät geworfen hatte. Es war nicht da.

»Harey!« rief ich. Ihr nasses Gesicht schaute hinter dem Schrank hervor.

»Hast du nicht das Tonbandgerät gesehen? Es lag unterm Bett. Ein kleines Taschengerät . . .«

»Dort lagen die verschiedensten Dinge. Ich habe alles dort hinauf gelegt.« Sie wies auf ein Regal neben dem Arzneischränkchen und verschwand im Bad. Ich sprang aus dem Bett, doch die Suche blieb erfolglos.

»Du mußt es gesehen haben«, sagte ich, als sie wieder im Zimmer war. Sie stand vor dem Spiegel und kämmte sich; eine Antwort gab sie mir nicht. Jetzt erst bemerkte ich, daß sie sehr blaß war, und in ihren Augen lag etwas Forschendes, als sich unsere Blicke im Spiegel begegneten.

»Harey«, begann ich wie ein Esel noch einmal, «das Tonbandgerät steht nicht im Regal.«

»Etwas Wichtigeres hast du mir nicht zu sagen?«

»Entschuldige«, murmelte ich, »du hast recht, es ist nicht der Rede wert.«

Ein Streit zwischen uns beiden hätte mir gerade noch gefehlt.

Später gingen wir frühstücken. Harey verhielt sich anders als gewöhnlich, den genauen Unterschied fand ich indes nicht heraus. Sie musterte ihre Umgebung, hörte einige Male nicht, was ich zu ihr sagte, als wäre sie abwesend. Einmal, als sie den Kopf hob, sah ich, daß sie Tränen in den Augen hatte.

»Was ist dir?« Ich senkte die Stimme zu einem Flüstern. »Weinst du?«

»Ach, laß mich. Das sind keine echten Tränen«, stieß sie hervor. Ich hätte es vielleicht nicht dabei bewenden lassen sollen, aber ich fürchtete nichts so sehr wie »aufrichtige Gespräche«. Außerdem hatte ich andere Sorgen, und obschon ich wußte, daß die Intrigen von Snaut und Sartorius nur ein Traum gewesen waren, überlegte ich doch, ob es auf der Station überhaupt eine geeignete Waffe gab. Was ich mit einer solchen anfangen konnte, darüber dachte ich nicht nach, ich wollte einfach eine haben. Ich sagte Harey, daß ich in den Laderaum und in die Magazine hinuntergehen müßte. Sie folgte mir schweigend. Ich durchsuchte Kisten, kramte in Vorratsbehältern, und als ich ganz unten anlangte, konnte ich dem

Wunsch, einen Blick in den Kühlraum zu werfen, nicht widerstehen. Ich wollte jedoch nicht, daß Harey dort hineinging, deshalb öffnete ich die Tür nur einen Spaltbreit und suchte den Raum mit den Blicken ab. Das dunkle Tuch wölbte sich über einer länglichen Gestalt, doch von der Stelle, an der ich stand, konnte ich nicht erkennen, ob die Schwarze noch daneben lag. Der Platz schien leer zu sein.

Ich fand nichts Passendes und lief mißmutig herum, bis ich plötzlich bemerkte, daß Harey verschwunden war. Sie kam zwar gleich darauf nach, doch schon die Tatsache, daß sie versucht hatte, sich von mir zu entfernen, was ihr selbst für kurze Zeit so schwerfiel, hätte mich stutzig machen sollen. Ich spielte jedoch aus irgendeinem Grunde noch immer den Beleidigten und benahm mich einfach wie ein Idiot. Der Kopf tat mir weh, ich konnte in der Hausapotheke keinerlei Tabletten finden und kehrte wütend das Unterste nach oben. In den OP zu gehen, dazu hatte ich allerdings auch keine Lust, mit mir war an diesem Tag überhaupt nichts anzufangen. Harey schlich bleich umher, sie war nur ein Schatten ihrer selbst, zuweilen verschwand sie für Augenblicke. Am Nachmittag, als wir bereits gegessen hatten (eigentlich aß sie überhaupt nicht, und ich, da mir der Kopf fast platzte, tat es ohne jeden Appetit, ich versuchte auch gar nicht, sie zum Essen zu ermuntern), setzte sie sich plötzlich neben mich und zupfte mich schüchtern am Ärmel.

»Nun, was gibt's?« brummte ich mechanisch. Am liebsten wäre ich hinaufgegangen, da mir schien, die Leitungsrohre übertrügen das schwache Echo eines Klopfens, ein Zeichen, daß Sartorius sich an der Hochspannungsapparatur zu schaffen machte, doch plötzlich verging mir alle Lust bei dem Gedanken, daß ich mit Harey gehen müßte, deren Anwesenheit in der Bibliothek noch einigermaßen zu erklären war, aber dort, inmitten der Maschinen, konnte sie Snaut zu irgendeiner unpassenden Bemerkung veranlassen.

»Kris«, flüsterte sie, »wie steht es mit uns?«

Ich seufzte unwillkürlich; mein glücklichster Tag war das heute nicht gerade.

»Ganz ausgezeichnet. Worum geht's denn?«

»Ich möchte gern mit dir reden.«

»Bitte. Ich höre dir zu.«

»Aber nicht so.«

»Wie denn? Du weißt doch, der Kopf tut mir weh, und eine Menge Sorgen habe ich auch.«

»Ein bißchen guten Willen, Kris.«

Ich zwang mich zu einem Lächeln. Bestimmt fiel es kläglich aus. »Ja, Liebling. Sprich.«

»Sagst du mir auch die Wahrheit?«

Ich hob die Brauen. Dieser Anfang gefiel mir gar nicht. »Warum sollte ich lügen?«

»Du könntest Gründe haben. Wichtige Gründe. Aber wenn du willst, daß ... du weißt schon ... dann belüg mich nicht.«

Ich schwieg.

»Ich sage dir etwas, und du sagst mir etwas. Gut? Und das wird die Wahrheit sein. Ganz gleich, wie sie ausfällt.«

Ich sah ihr nicht in die Augen. Obwohl sie meinen Blick suchte, tat ich, als merkte ich es nicht.

»Ich habe dir bereits erzählt, daß ich nicht weiß, wie ich hierhergekommen bin. Aber vielleicht weißt du es. Warte, laß mich noch ... Vielleicht weißt du es nicht. Doch wenn du es weißt, es mir aber jetzt nicht sagen kannst, dann vielleicht später, irgendwann einmal? Das ist nicht das Schlimmste. Jedenfalls gibst du mir eine Chance.«

Ein eisiger Stromstoß durchzuckte mich. »Kind, was redest du da? Was für eine Chance ...?« stammelte ich.

»Kris, wer immer ich auch bin, ein Kind bin ich ganz bestimmt nicht. Du hast es versprochen. Sag es. Sprich.«

Dieses »wer immer ich auch bin« schnürte mir so die Kehle zusammen, daß ich sie nur anstarren und dümmlich den Kopf schütteln konnte, als wehrte ich mich dagegen, alles zu erfahren.

»Ich versuche doch, dir zu erklären, daß du's mir nicht zu sagen brauchst. Es genügt, wenn du mir sagst, daß du nicht kannst.«

»Ich verberge nichts ...«, erwiderte ich heiser.

»Dann ist es ja gut«, antwortete sie und stand auf. Ich wollte etwas sagen. Ich spürte, daß ich es nicht dabei bewenden lassen durfte, doch alle Worte blieben mir in der Kehle stecken.

»Harey ...«

Sie stand am Fenster und kehrte mir den Rücken zu. Unter dem nackten Himmel lag der blauschwarze, leere Ozean.

»Harey, wenn du denkst, daß ich ... Harey, du weißt doch, daß ich dich liebe.«

»Mich?«

Ich trat zu ihr. Ich wollte den Arm um sie legen. Sie machte sich frei und stieß meine Hand zurück.

»Du bist so gut ...«, sagte sie. »Du liebst mich? Mir wäre es lieber, du würdest mich schlagen!«

»Harey, Liebes!«

»Nein. Nein! Dann schweig lieber.«

Sie ging zum Tisch und räumte die Teller ab. Ich blickte in die schwarzblaue Leere hinaus. Die Sonne neigte sich zum Horizont, und der große Schatten der Station bewegte sich rhythmisch auf den Wellen. Ein Teller entglitt Hareys Händen und fiel zu Boden. In den Spülbecken plätscherte das Wasser. Die rostrote Färbung an den Rändern des Himmelsgewölbes ging in schmutzigrotes Gold über. Wenn ich nur wüßte, was zu tun war ... Oh, wenn ich das wüßte ... Plötzlich wurde es still. Harey stand dicht hinter mir.

»Nein. Dreh dich nicht um«, sagte sie und senkte die Stimme zu einem Flüstern. »Dich trifft keine Schuld, Kris. Ich weiß das. Sorg dich nicht.«

Ich streckte die Hand nach ihr aus. Sie flüchtete an das andere Ende der Kabine, hob einen ganzen Stapel Teller an und sagte: »Schade. Wenn sie zerbrechlich wären, würde ich sie zerschlagen, alle!«

Für Augenblicke glaubte ich, sie würde sie wirklich zu Boden schmettern, doch sie sah mich nur durchdringend an und lächelte.

»Hab keine Angst, ich mach dir keine Szene.«

Ich erwachte mitten in der Nacht, sofort hellhörig und konzentriert, und setzte mich im Bett auf. Das Zimmer war dunkel, durch die angelehnte Tür drang ein schwacher Lichtstreif vom Korridor herein. Ein scharfes Zischen war zu hören, und dieser Laut schwoll an, begleitet von dumpfen, heftigen Aufschlägen. Ein Meteor! schoß es mir durch den Kopf. Er hat den Panzer durchschlagen. Dort ist jemand! Lang anhaltendes Röcheln ...

Nun war ich vollends wach. Ich befand mich in der Station, nicht in einer Rakete, und dieser entsetzliche Laut . . .

Ich stürmte auf den Korridor hinaus. Die Tür zum kleinen Arbeitsraum stand sperrangelweit offen, drinnen brannte Licht. Mit wenigen Sätzen war ich dort.

Entsetzliche Kälte schlug mir entgegen. Die Kabine war von Dampfschwaden erfüllt, die den Atem zu Schnee gefrieren ließen. Weiße Flocken schwebten über einem am Boden liegenden Körper, der, in einen Bademantel gehüllt, schwach zuckte. Kaum hatte ich sie in dieser eisigen Wolke erblickt, stürzte ich zu ihr, nahm sie auf die Arme, verbrannte mir die Hände, sie röchelte, ich lief auf den Korridor hinaus, vorbei an mehreren Türen, ich spürte die Kälte nicht mehr, nur ihr Atem, der in Dampfwölkchen aus ihrem Mund kam, brannte wie Feuer an meiner Schulter.

Ich legte sie auf einen Tisch, riß ihr den Mantel über der Brust auf, eine Sekunde lang blickte ich in ihr erstarrtes, zuckendes Gesicht, das Blut war auf den Lippen gefroren, hatte darauf einen schwarzen Belag hinterlassen, auf der Zunge glitzerten Eiskristalle . . .

Flüssiger Sauerstoff. Im Arbeitsraum befand sich flüssiger Sauerstoff, in Dewar-Behältern; als ich sie angehoben hatte, war es gewesen, als zerdrückte ich brüchiges Glas. Wieviel mochte sie getrunken haben? Ganz gleich. Die Luftröhre, die Kehle, die Lungen waren verbrannt, flüssiger Sauerstoff wirkt zerstörerischer als hochkonzentrierte Säure. Ihr Atem, der knirschend, trocken wie das Geräusch zerrissenen Papiers kam, wurde flacher. Die Augen waren geschlossen. Die Agonie.

Ich blickte auf die großen Glasschränke mit den vielen Instrumenten und Medikamenten. Eine Tracheotomie? Eine Intubation? Aber sie hatte ja keine Lungen mehr! Alles verbrannt. Medikamente? So viele Medikamente! Reihen farbiger Flaschen und Schachteln standen in den Regalen. Das Röcheln erfüllte den ganzen Raum.

Thermophore . . .

Ich begann nach ihnen zu suchen, doch ehe ich sie fand, hastete ich zum nächsten Schrank, warf die Schachteln mit den Ampullen durcheinander, jetzt die Injektionsspritze, wo . . ., in den Sterilisatoren, ich konnte sie mit den erstarrten Händen nicht zusammensetzen, die Finger waren steif und wollten mir nicht gehorchen. Wütend schlug ich mit der Hand auf den Deckel des Sterilisators, ich spürte es jedoch nicht, die einzige Reaktion war ein schwaches Kribbeln. Das Röcheln der Liegenden wurde lauter. Ich eilte zu ihr. Sie hatte die Augen geöffnet.

»Harey!«

Das war nicht einmal ein Flüstern. Ich brachte keinen Laut hervor. Mein Gesicht war mir fremd, gleichsam aus Gips, es behinderte mich. Die Rippen unter ihrer weißen Haut bewegten sich in fliegender Hast. Das Haar, noch feucht von dem tauenden Schnee, breitete sich über den Kopfkeil. Sie sah mich an.

»Harey!«

Mehr konnte ich nicht sagen. Ich stand wie ein Klotz mit diesen fremden, hölzernen Händen da, die Füße, die Lippen und Lider brannten immer heftiger, doch ich spürte es kaum, ein Tropfen tauenden Blutes rann ihr über die Wange und hinterließ einen schrägen Strich. Die Zunge zuckte und verschwand. Sie röchelte noch immer.

Ich ergriff ihr Handgelenk, es war ohne Puls, also öffnete ich den Mantel ganz und legte das Ohr an den entsetzlich kalten Körper dicht unterhalb der Brust. Durch ein knisterndes Rauschen hindurch vernahm ich den Herzschlag, galoppierende Töne, die viel zu schnell waren, als daß ich sie hätte zählen können. So stand ich da, weit vornübergeneigt, als etwas meinen Kopf berührte. Sie strich mir mit den Fingern durch das Haar. Ich blickte ihr in die Augen.

»Kris«, röchelte sie. Ich ergriff ihre Hand, sie antwortete mit einem Druck, der mir fast die Finger zerquetschte, das Bewußtsein floh aus ihrem gräßlich verzerrten Gesicht, zwischen den Lidern blitzte das Weiße der Augäpfel auf, aus der Kehle kam ein rasselndes Geräusch, und der ganze Körper wurde von Krämpfen geschüttelt: Sie übergab sich. Ich konnte sie kaum festhalten, als sie so über dem Tischrand hing und mit dem Kopf gegen den Rand des Porzellantrichters schlug. Ich stützte sie und preßte sie an den Tisch, und bei jedem neuen Krampf entriß sie sich mir. Im Nu war ich in Schweiß gebadet, und meine Beine waren wie aus Watte. Als die Anfälle nachließen, versuchte ich, sie hinzulegen. Ihr Atem ging pfeifend. Plötzlich leuchteten in diesem schrecklichen, blutigen Gesicht die Augen von Harey auf.

»Kris«, röchelte sie, »wie . . . wie lange noch, Kris?«

Sie schluckte, drohte zu ersticken, Schaum trat ihr vor den Mund, wieder schüttelten sie diese Krämpfe. Ich hielt sie mit letzter Kraft fest. Sie fiel rücklings auf den Tisch, daß die Zähne aufeinanderschlugen, und keuchte.

»Nein, nein, nein«, stieß sie mit jedem Atemzug hervor, und jeder schien der letzte zu sein. Doch sie übergab sich noch einmal, und wieder bäumte sie sich in meinen Armen auf und sog die Luft in kurzen Pausen mit solcher Anspannung ein, daß ihre Rippen hervortraten. Schließlich schoben sich die Lider bis zur Hälfte über ihre offenen, blinden Augen. Sie lag ganz still da. Das ist das Ende, dachte ich und wischte nicht einmal den rosa Schaum von ihren Lippen. Ich stand über ihr, beugte mich vor und hörte eine ferne, große Glocke, ich wartete auf den letzten Atemzug, um danach zu Boden zu sinken, doch sie atmete weiter, fast ohne zu röcheln, immer leiser, und die Brustspitze, die sich kaum noch geregt hatte, bewegte sich im raschen Rhythmus des schlagenden Herzens. Ich stand gebeugt, und ihre Wangen belebten sich allmählich. Ich begriff noch nichts. Nur die Handflächen wurden mir feucht, und ein Gefühl des Taubseins überkam mich, etwas Weiches, Elastisches verstopfte mir die Ohren, doch ich hörte noch immer diese dröhnende Glocke, die jetzt dumpf klang, als wäre der Klöppel geborsten.

Sie hob die Lider, und unsere Blicke begegneten sich.

»Harey«, wollte ich sagen, aber ich glaubte plötzlich, keinen Mund mehr zu haben, das Gesicht war eine leblose, schwere Maske, und ich konnte nur schauen.

Ihre Augen wanderten durch das Zimmer, der Kopf bewegte sich. Es war ganz still. Hinter mir, in einer anderen, fernen Welt tropfte monoton ein Wasserhahn. Sie stützte sich auf einen Ellenbogen. Setzte sich auf. Ich wich zurück. Sie beobachtete mich.

»Was?« sagte sie. »Was . . .? Es ist mißlungen? Warum . . .? Warum schaust du so?«

Und plötzlich, wild schreiend: »Warum schaust du so!«

Stille trat ein. Sie betrachtete ihre Hände. Bewegte die Finger.

»Bin ich das . . .?« sagte sie.

»Harey«, sagte ich tonlos, nur mit den Lippen. Sie hob den Kopf.

»Harey . . .?« wiederholte sie. Sie schob sich langsam vom Tisch und stand nun auf den Beinen. Sie schwankte, erlangte das Gleichgewicht wieder, machte ein paar Schritte. All das tat sie mit einer gewissen Verblüffung, sie sah mich an, schien mich aber nicht zu sehen.

»Harey?« wiederholte sie noch einmal. »Aber . . . ich . . . ich bin doch nicht Harey. Wer bin ich . . .? Harey? Und du, du?«

Plötzlich weiteten sich ihre Augen, sie leuchteten auf, und der Anflug eines Lächelns, des höchsten Erstaunens erhellte ihr Gesicht.

»Vielleicht bist auch du . . .? Kris! Auch du?«

Ich schwieg, mit dem Rücken an den Schrank gelehnt, dort, wohin die Angst mich getrieben hatte.

Die Hände sanken ihr herab. »Nein«, sagte sie. »Nein, denn du fürchtest dich. Aber Kris, ich kann doch nicht . . . Das geht doch nicht so. Ich wußte nichts. Und ich begreife auch jetzt noch nichts. Das ist doch nicht möglich? Ich . . .« – sie preßte die geballten, an den Knöcheln weiß gewordenen Fäuste an die Brust – »ich weiß doch nichts anderes außer . . . außer Harey! Du glaubst vielleicht, ich mach dir was vor? Nein, ich mach dir nichts vor, großes Ehrenwort.«

Die letzten Worte gingen in ein Stöhnen über. Sie sank zu Boden und schluchzte, ihr Aufschrei hatte etwas in mir aufgesprengt, mit einem Satz war ich bei ihr, nahm sie in die Arme, sie wehrte sich, stieß mich zurück, schluchzte ohne Tränen und schrie: »Laß mich los! Laß mich los! Du ekelst dich vor mir! Ich weiß es! Ich will nicht so! Ich will nicht! Du siehst doch, du siehst doch selbst, das bin nicht ich, nicht ich, nicht ich . . .«

»Schweig!« schrie ich und schüttelte sie heftig, wir knieten voreinander und schrien beide wie von Sinnen. Hareys Kopf schlug gegen meine Schulter, ich preßte sie mit ganzer Kraft an mich. Plötzlich hielten wir inne, schwer keuchend. Monoton tropfte der Wasserhahn.

»Kris«, stammelte sie und preßte das Gesicht an meine Schulter,

»so sag mir doch, was ich tun soll, um nicht mehr vorhanden zu sein, Kris . . .«

»Hör auf!« schrie ich. Sie hob das Gesicht. Starrte mich an.

»Was . . .? Du weißt es auch nicht? Man kann nichts dagegen tun? Nichts?«

»Harey . . . so hab doch Erbarmen . . .«

»Ich wollte . . . du hast es gesehen. Nein. Nein. Laß mich los, ich will nicht, daß du mich berührst! Du ekelst dich.«

»Das ist nicht wahr!«

»Du lügst. Du mußt dich ekeln. Ich . . . ich selbst . . . auch. Wenn ich könnte. Wenn ich nur könnte . . .«

»Dann würdest du dich töten.«

»Ja.«

»Aber ich will nicht, verstehst du? Ich will nicht, daß du dich tötest. Ich möchte, daß du hier bist, bei mir, etwas anderes brauche ich nicht!«

Die großen grauen Augen verschlangen mich. »Wie du lügst . . .«, sagte sie ganz leise.

Ich ließ sie los und erhob mich von den Knien. Sie setzte sich auf den Fußboden.

»Sag, was ich tun soll, damit du glaubst, daß ich wirklich ausspreche, was ich denke! Daß es die Wahrheit ist. Daß es keine andere Wahrhcit gibt.«

»Du kannst nicht die Wahrheit sagen. Ich bin nicht Harey.«

»Und wer bist du?«

Sie schwieg lange. Ihr Kinn begann zu zittern, bis sie schließlich mit gesenktem Kopf flüsternd hervorstieß: »Harey . . aber . . . aber ich weiß, daß das nicht wahr ist. Nicht mich hast du damals dort geliebt . . .«

»Ja«, sagte ich. »Das, was dort war, gibt es nicht mehr. Es ist tot. Aber dich, hier, dich liebe ich. Verstehst du?«

Sie schüttelte den Kopf. »Du bist so gut. Glaub nicht, ich wüßte nicht zu schätzen, was du alles getan hast. Du hast dein Bestes getan. Aber dagegen bist auch du machtlos. Als ich vor drei Tagen frühmorgens an deinem Bett saß und darauf wartete, daß du aufwachst, wußte ich überhaupt nichts. Heute scheint mir das sehr weit zurückzuliegen. Ich benahm mich, als wäre ich nicht ganz bei

Verstand. Im Kopf hatte ich eine Art Nebel. Ich wußte nicht, was früher und was später geschehen war, und wunderte mich über gar nichts, so ähnlich wie nach einer Narkose oder einer sehr langen Krankheit. Ich dachte sogar, ich wäre krank gewesen, du wolltest mir das bloß nicht sagen. Doch dann passierte immer mehr, was mir zu denken gab. Du weißt, was ich meine. Einiges dämmerte mir schon nach deinem Gespräch dort in der Bibliothek mit diesem, wie heißt er doch gleich, mit diesem Snaut. Und da du mir nichts sagen wolltest, stand ich in der Nacht auf und ließ das Tonbandgerät laufen. Ich habe nur dieses eine Mal gelogen, Kris, denn ich habe es anschließend versteckt. Der da gesprochen hat, wie hieß er noch?«

»Gibarian.«

»Ja, Gibarian. Danach habe ich schon alles begriffen, obwohl ich, ehrlich gesagt, noch immer nichts begreife. Eines hatte ich auch danach nicht gewußt: daß ich mich nicht ... daß ich nicht ... daß das so weitergeht, ohne Ende. Davon hat er nichts gesagt. Vielleicht hat er es auch gesagt, doch du bist wach geworden, und ich habe das Gerät ausgeschaltet. Aber ich habe genug gehört, um zu wissen, daß ich kein Mensch bin, sondern ein Instrument.«

»Was sagst du da?«

»Ja. Zur Erforschung deiner Reaktionen oder so ähnlich. Jeder von euch hat so ein ... so eine wie mich. Das beruht auf Erinnerungen oder Vorstellungen, auf unterdrückten ... So etwa muß das sein. Im übrigen weißt du das alles besser als ich. Er hat so schreckliche, so unwahrscheinliche Dinge erzählt, daß ich kein Wort davon geglaubt hätte, wenn ... ja, wenn nicht alles haargenau gestimmt hätte!«

»Was hat gestimmt?«

»Nun, daß ich keinen Schlaf brauche und immer in deiner Nähe sein muß. Gestern früh glaubte ich noch, daß du mich haßt, und war sehr unglücklich darüber. Mein Gott, wie dumm ich war! Aber sag selbst, ob ich mir das vorstellen konnte. Er hat doch die Seine gar nicht gehaßt, aber wie hat er von ihr gesprochen! Erst da begriff ich, daß es ganz gleich ist, was ich tue, denn ob ich will oder nicht, für dich muß das eine Tortur sein. Eigentlich noch schlimmer, denn ein Marterinstrument ist leblos und unschuldig wie ein

Stein, der herabfallen und töten kann. Daß aber ein Instrument jemandem Gutes wünscht und ihn liebt, das konnte ich mir nicht vorstellen. Ich möchte dir wenigstens sagen, was damals in mir vorging, nachdem ich das Band gehört hatte, als ich endlich begriff. Vielleicht nützt es dir. Ich habe sogar versucht, es aufzuschreiben ...«

»Hast du deshalb Licht gemacht ...?« fragte ich erstickt.

»Ja. Aber es ist nichts dabei herausgekommen. Denn ich habe in mir, weißt du ... ich habe *es* gesucht, dieses andere, ich war wie von Sinnen, sag ich dir! Eine Zeitlang glaubte ich, daß ich keinen Leib unter der Haut hätte, daß in mir etwas anderes ist, daß ich nur ... nur Oberfläche bin. Um dich zu täuschen, verstehst du?«

»Ich verstehe.«

»Wenn man nachts stundenlang so daliegt, kann man mit seinen Gedanken sehr weit geraten und in sehr merkwürdige Richtungen treiben, weißt du ...«

»Ja, ich weiß.«

»Aber ich spürte ja mein Herz, und außerdem erinnerte ich mich daran, daß du mein Blut untersucht hast. Wie ist mein Blut? Sag es mir, sag mir die Wahrheit. Jetzt kannst du es doch!«

»Genauso wie meins.«

»Wirklich?«

»Ich schwöre es dir.«

»Was bedeutet das? Weißt du, später dachte ich, *das* sei vielleicht irgendwo in mir versteckt ... es kann doch sehr klein sein. Aber ich wußte nicht, wo. Jetzt denke ich, daß ich nach Ausflüchten gesucht habe, weil ich mich sehr vor dem fürchtete, was ich tun wollte. Aber, Kris, wenn ich das gleiche Blut habe ... wenn es so ist, wie du sagst, dann ... Nein, das ist unmöglich. Dann dürfte ich doch jetzt nicht mehr leben, nicht wahr? Also gibt es doch etwas, aber wo? Vielleicht im Kopf? Aber ich denke doch ganz normal ... und ich weiß nichts ... Wenn ich *damit* dächte, hätte ich doch sofort alles wissen müssen und dich nicht lieben dürfen, ich hätte dir dann etwas vorgemacht, und ich hätte gewußt, daß ich dir etwas vormache. Kris, bitte, sag mir alles, was du weißt, vielleicht läßt sich doch noch etwas machen?«

»Was sollte sich machen lassen?«

Sie schwieg.

»Du willst sterben?«

»Ich glaube schon.«

Wieder trat Stille ein. Ich stand über ihr, die zusammengeduckt dasaß, und blickte in den leeren Raum hinein, auf die weißen Flächen der emaillierten Gegenstände, auf die blitzenden, durcheinandergeworfenen Instrumente, als suchte ich etwas sehr Notwendiges und könnte es nicht finden.

»Harey, darf ich auch was sagen?«

Sie wartete.

»Es ist wahr, daß du nicht ganz so bist wie ich. Doch das bedeutet nicht, daß du etwas Schlechteres wärst. Im Gegenteil. Du magst darüber denken, wie du willst, aber gerade weil es so ist, bist du . . . nicht gestorben.«

Ein kindliches, wehmütiges Lächeln huschte über ihr Gesicht. »Soll das heißen, daß ich . . . unsterblich bin?«

»Ich weiß nicht. Jedenfalls bist du weit weniger sterblich als ich.«

»Das ist schrecklich«, flüsterte sie.

»Vielleicht nicht so sehr, wie du glaubst.«

»Aber du beneidest mich doch wohl nicht darum?«

»Harey, das ist eher eine Frage deiner Bestimmung, so würde ich das nennen. Hier, in der Station, liegt deine Bestimmung im Grunde genau so im dunkeln wie meine und die der anderen. Die beiden werden Gibarians Experiment fortsetzen, und dabei kann alles passieren . . .«

»Oder nichts.«

»Oder nichts! Und ich sage dir ganz ehrlich, daß es mir lieber wäre, wenn nichts passierte, nicht weil ich Angst habe (aber vielleicht spielt auch das eine Rolle, ich weiß es nicht), sondern deshalb, weil dabei nichts herauskommt. Das ist das einzige, worüber ich mir völlig im klaren bin.«

»Es kommt nichts dabei heraus? Warum? Handelt es sich um diesen . . . Ozean?«

Sie schauderte. »Ja. Um den Kontakt. Ich denke, das ist im Grunde ganz einfach. Kontakt bedeutet den Austausch von Erfahrungen, von Begriffen oder wenigstens Resultaten, von irgendwelchen Zuständen. Aber wenn es nichts zum Austauschen gibt? Wenn ein Elefant keine sehr große Bakterie ist, dann kann der Ozean kein sehr großes Gehirn sein. Natürlich können von beiden Seiten bestimmte Handlungen ausgehen. Im Ergebnis einer solchen Handlung blicke ich jetzt auf dich und versuche, dir zu erklären, daß du mir mehr wert bist als die zwölf Jahre meines Lebens, die ich der Solaris gewidmet habe, und daß ich weiter mit dir zusammen sein möchte. Vielleicht sollte dein Erscheinen eine Tortur sein, vielleicht eine freundliche Geste oder nur eine mikroskopische Untersuchung. Ein Ausdruck von Freundschaft, ein hinterlistiger Schlag, vielleicht blanker Hohn? Vielleicht alles zusammen oder — und das erscheint mir noch am wahrscheinlichsten — etwas völlig anderes, doch was gehen dich und mich die Absichten unserer Eltern an, so verschieden sie auch waren? Du wirst vielleicht sagen, daß von diesen Absichten unsere Zukunft abhängt, und da stimme ich dir zu. Ich kann nicht voraussehen, was sein wird. Ebenso wie du. Ich kann dir nicht einmal versichern, daß ich dich immer lieben werde. Wenn schon so viel geschehen ist, dann kann alles geschehen. Womöglich bin ich morgen eine grüne Meduse? Das hängt nicht von uns ab. Aber solange das von uns abhängt, wollen wir zusammen bleiben. Ist das wenig?«

»Hör mal«, sagte sie, »da ist noch etwas. Bin ich ... ihr sehr ähnlich?«

»Du warst ihr sehr ähnlich«, sagte ich, »aber jetzt weiß ich es nicht mehr.«

»Wie kommt das?« Sie erhob sich vom Fußboden und blickte mich mit großen Augen an.

»Du hast sie bereits verdeckt.«

»Und du bist sicher, daß du nicht sie, sondern mich ... mich ...?«

»Ja, dich. Ich weiß es nicht genau, es ist eher eine Vermutung, aber ich fürchte, daß ich dich gar nicht lieben könnte, wenn du wirklich sie wärst.«

»Warum?«

»Weil ich etwas Schreckliches getan habe.«

»Ihr hast du es angetan?«

»Ja. Als wir ...«

»Sag es nicht.«
»Weshalb?«
»Weil ich möchte, daß du weißt: Ich bin nicht sie.«

Das Gespräch

Am nächsten Tag, nach dem Mittagessen, fand ich auf dem Tisch unterm Fenster einen Zettel von Snaut. Er teilte mir mit, daß Sartorius vorläufig die Arbeit am Annihilator eingestellt habe, um als letzten Versuch den Ozean mit einem Bündel harter Strahlen zu beschießen.

»Liebling«, sagte ich, »ich muß zu Snaut.«

Der rote Sonnenaufgang lohte in den Scheiben und teilte die Kabine in zwei Teile. Wir befanden uns in bläulichem Schatten. Außerhalb seiner Grenzen schien alles aus Kupfer zu sein, man konnte meinen, jedes Buch, wenn es vom Regal fiele, müßte laut tönen.

»Es handelt sich um das Experiment. Ich weiß bloß nicht, wie ich das machen soll. Mir wäre es lieber ...« Ich verstummte.

»Du brauchst dich nicht zu entschuldigen, Kris. Ich möchte ja so sehr ... Wenn es nicht lange dauern würde?«

»Ein bißchen muß es schon dauern«, sagte ich. »Hör mal, und wenn du mit mir kommst und auf dem Korridor wartest?«

»Schön. Aber wenn ich es nicht aushalte?«

»Wie ist das eigentlich?« fragte ich und fügte rasch hinzu: »Ich frage nicht aus Neugier, aber vielleicht könntest du es beherrschen lernen, wenn du dir darüber im klaren bist.«

»Das ist so eine Angst«, erwiderte sie. Sie wurde ein wenig bleich. »Ich kann dir nicht einmal sagen, wovor ich mich fürchte, denn eigentlich fürchte ich mich nicht, sondern ... ich verliere mich. Im letzten Augenblick schäme ich mich noch so, ich kann dir gar nicht sagen, wie. Und dann empfinde ich gar nichts mehr. Deshalb dachte ich, das sei irgendeine Krankheit«, schloß sie leiser.

»Vielleicht ist das nur hier so, auf dieser verwünschten Station«, sagte ich. »Was mich betrifft, so werde ich alles tun, um sie schon bald zu verlassen.«

»Glaubst du, daß das möglich ist?« Sie öffnete weit die Augen.

»Warum denn nicht? Schließlich bin ich nicht an sie gefesselt. Außerdem hängt das auch davon ab, was ich mit Snaut beschließe. Was meinst du, kannst du lange allein bleiben?«

»Das kommt darauf an«, sagte sie langsam. Und dann, mit gesenktem Kopf: »Wenn ich deine Stimme höre, werde ich vielleicht damit fertig.«

»Mir wäre es lieber, wenn du nicht hörst, was wir reden. Nicht, daß ich vor dir etwas zu verbergen hätte, aber ich weiß nicht – kann es nicht wissen –, was Snaut sagt.«

»Schon gut. Ich verstehe. Ich werde mich so hinstellen, daß ich nur den Klang deiner Stimme höre. Das genügt mir.«

»Dann rufe ich ihn jetzt aus dem Arbeitsraum an. Ich lasse die Tür offen.« Sie nickte. Ich trat durch eine Wand roter Sonnenstrahlen auf den Korridor hinaus; der Kontrast ließ ihn fast schwarz erscheinen, trotz der künstlichen Beleuchtung. Die Tür zum kleinen Arbeitsraum stand weit offen. Die Spiegelscherben einer Dewar-Thermosflasche, die unter der langen Reihe großer Vorratsbehälter mit flüssigem Sauerstoff auf dem Boden lagen, waren die letzte Spur der nächtlichen Ereignisse. Der kleine Bildschirm leuchtete auf, als ich den Hörer abnahm und die Nummer der Funkstation wählte. Die bläuliche Lichthaut, mit der die Innenseite der Mattscheibe bespannt schien, riß auf, und Snaut, seitlich über die Lehne seines Stuhls geneigt, blickte mir geradewegs in die Augen.

»Grüß dich«, sagte er.

»Ich habe deinen Zettel gelesen und würde gern mit dir reden. Darf ich kommen?«

»Ja. Jetzt gleich?«

»Ja.«

»Bitte sehr. Kommst du ... in Gesellschaft?«

»Nein.«

Sein gebräuntes, hageres Gesicht mit den dicken Querfalten auf der Stirn, schräg gestellt hinter dem gewölbten Glas, als wäre er ein seltsamer Fisch in einem Aquarium, nahm einen vieldeutigen Ausdruck an.

»Sieh mal an«, sagte er. »Also gut, ich warte.«

»Wir können gehen, Liebling«, begann ich mit einer Lebhaftigkeit, die nicht ganz natürlich war, während ich durch den roten Lichtvorhang hindurchschritt und die Kabine betrat. Die Stimme versagte mir: Harey saß da, in den Sessel gestemmt und die Arme von unten her um die Seitenlehnen geschlungen. Entweder hatte sie zu spät meine Schritte gehört, oder sie konnte diese entsetzliche Verkrampfung nicht schnell genug lösen, um eine normale Haltung einzunehmen – jedenfalls sah ich sie eine Sekunde lang gegen diese unverständliche Kraft ankämpfen, die in ihr verborgen war, und heftiger, flammender Zorn, vermischt mit Mitleid, preßte mir das Herz zusammen.

Schweigend gingen wir den langen Korridor entlang, vorbei an den einzelnen Sektionen, die mit verschiedenfarbigem Email bedeckt waren, was nach Meinung der Architekten den Aufenthalt in der gepanzerten Station abwechslungsreicher gestalten sollte. Schon von weitem sah ich, daß die Tür zur Funkstation nur angelehnt war. Ein langer, rötlicher Lichtstreif reichte bis weit in den Korridor hinein, denn auch hierher drang die Sonne. Ich sah Harey an, die nicht einmal versuchte zu lächeln, ich merkte wohl, wie sie sich, ganz gesammelt, auf den Kampf mit sich selbst vorbereitete. Die bevorstehende Anstrengung hatte schon jetzt ihr Gesicht verändert, es war bleicher und gleichsam kleiner geworden.

Ein Dutzend Schritte vor der Tür blieb sie stehen, ich wandte mich ihr zu, doch sie stieß mich mit den bloßen Fingerspitzen vorwärts, ich sollte gehen, und plötzlich erschienen mir meine Pläne, Snaut, das Experiment wie ein Nichts angesichts der Qual, mit der sich zu messen sie hergekommen war. Ich kam mir wie ein Henker vor und wollte schon umkehren, da wurde der breite Sonnenstreif, der sich an der Korridorwand brach, von einem menschlichen Schatten verdeckt. Ich beschleunigte den Schritt und betrat den Raum. Snaut wartete unmittelbar hinter der Schwelle, als wollte er mir entgegenkommen. Die rote Sonne stand in gerader Linie hinter ihm, und der purpurne Glanz schien von seinem weißen Haar auszugehen. Wir sahen uns eine ganze Weile an, ohne ein Wort zu sprechen. Er durchforschte gewissermaßen mein Gesicht. Seinen Ausdruck konnte ich nicht wahrnehnen, da mich das lohende Fenster blendete. Ich ging um ihn herum und blieb neben einem hohen Pult stehen, aus dem die biegsamen Stengel der Mikrofone ragten. Er drehte sich langsam auf dem Absatz um und folgte mir ruhig mit den Blicken, den Mund zu der üblichen Grimasse verzogen, die, eigentlich ohne sich zu verändern, mal ein Lächeln und mal ein Ausdruck der Erschöpfung war. Ohne den Blick von mir zu wenden, trat er vor den Metallschrank, der die ganze Wand einnahm und vor dem sich zu beiden Seiten Stapel von Ersatzteilen für die Sendeanlage, thermischen Akkumulatoren und Werkzeugen türmten, alles anscheinend wahllos und in Eile ausgeräumt; dann zog er sich einen Stuhl heran und setzte sich so, daß er mit dem Rücken an der emaillierten Tür lehnte.

Das Schweigen, das noch immer zwischen uns andauerte, war zumindest merkwürdig. Während ich diesem Schweigen lauschte, konzentrierte ich meine ganze Aufmerksamkeit auf die Stille im Korridor, wo Harey zurückgeblieben war, doch von dort kam nicht der geringste Laut.

»Wann seid ihr soweit?« fragte ich.

»Wir könnten schon heute anfangen, aber die Aufzeichnung wird noch einige Zeit in Anspruch nehmen.«

»Die Aufzeichnung? Du sprichst vom Enzephalogramm?«

»Na ja, du warst doch einverstanden. Oder meintest du etwas anderes?« Er beließ die Stimme in der Schwebe.

»Nein, nein, schon gut.«

»Ich höre dir zu«, begann Snaut wieder, als das Schweigen zwischen uns sich wieder in die Länge zog.

»Sie weiß nun Bescheid ... über sich ...« Ich senkte die Stimme fast zu einem Flüstern. Er hob die Brauen.

»Ach ja?«

Ich hatte den Eindruck, daß er nicht wirklich überrascht war. Weshalb tat er dann so? Mir verging alle Lust am Weiterreden, doch ich überwand mich. Mag es wenigstens Loyalität sein, dachte ich, wenn es nicht mehr sein kann.

»Seit unserer Unterhaltung in der Bibliothek ahnte sie wohl etwas, sie beobachtete mich, fügte eins zum anderen, dann fand sie Gibarians Tonbandgerät und hörte das Band ab ...«

Er saß noch immer mit dem Rücken gegen den Schrank gelehnt,

nur in seine Augen trat ein unruhiger Glanz. Da ich am Pult stand, blickte ich geradewegs zur Tür, die zum Korridor hin leicht geöffnet war. Ich dämpfte die Stimme noch mehr.

»Letzte Nacht, während ich schlief, versuchte sie, sich umzubringen. Flüssiger Sauerstoff . . .«

Ein Rascheln, als streife ein leichter Windstoß lose Papiere. Mit angehaltenem Atem lauschte ich dem Geschehen auf dem Korridor, doch die Quelle dieses Geräusches befand sich hier, in diesem Raum. Eine Maus . . .? Unsinn. Hier gab es keine Mäuse. Ich beobachtete Snaut aus den Augenwinkeln.

»Ja, ich höre«, sagte er ruhig.

»Natürlich ist ihr das nicht gelungen . . . Jedenfalls weiß sie, wer sie ist.«

»Weshalb erzählst du mir das?« fragte er unvermittelt. Ich wußte im ersten Augenblick nicht, was ich erwidern sollte.

»Ich möchte, daß du im Bilde bist . . : daß du weißt, wie die Dinge stehen«, brummte ich.

»Ich habe dich gewarnt.«

»Willst du damit sagen, daß du es gewußt hast?« Unwillkürlich hob ich die Stimme.

»Nein. Selbstverständlich nicht. Aber ich habe dir erklärt, wie das ist. Jeder ›Gast‹ ist, wenn er erscheint, kaum mehr als ein Phantom. Abgesehen von einer wirren Mischung von Erinnerungen und Bildern, die er aus seinem . . . Adam geschöpft hat, ist er eigentlich leer. Je mehr Zeit er hier mit dir verbringt, desto mehr vermenschlicht er sich. Und er wird auch selbständiger, bis zu einer bestimmten Grenze natürlich. Je länger das also dauert, desto schwieriger ist es . . .«

Er hielt inne, schielte zu mir herüber und fügte wie beiläufig hinzu: »Sie weiß also alles?«

»Ja. Das habe ich dir doch gesagt.«

»Alles? Auch, daß sie schon einmal hier war und daß du . . .«

»Nein!«

Er lächelte.

»Kelvin, hör mal, wenn du schon so weit . . . was hast du eigentlich vor? Willst du die Station verlassen?«

»Ja.«

»Mit ihr?«

»Ja.«

Er schwieg, als dächte er über die Antwort nach, doch in seinem Schweigen war noch etwas . . . was? Wieder raschelte es, oder war es ein Kratzen? Es schien hinter einer dünnen Wand verborgen zu sein. Snaut bewegte sich auf seinem Stuhl.

»Ausgezeichnet«, sagte er. »Was schaust du mich so an? Dachtest du, ich stelle mich dir in den Weg? Du kannst tun, was du für richtig hältst, mein Lieber. Wo kämen wir hin, wenn wir hier auch noch Zwang anwenden wollten! Ich habe nicht die Absicht, dich zu überzeugen, ich möchte dir nur soviel sagen: Du versuchst — in einer unmenschlichen Situation! — dich wie ein Mensch zu verhalten. Das mag sehr schön sein, aber es ist sinnlos. Ja, ich bin mir nicht einmal sicher, ob das so schön ist, denn kann, was dumm ist, überhaupt schön sein? Doch nicht darum geht es. Du verzichtest auf weitere Experimente, willst weggehen und sie mitnehmen, ja?«

»Ja.«

»Aber das ist doch auch ein Experiment! Verstehst du?«

»Wie meinst du das? Ob sie mitkommen kann . . .? Wenn sie in meiner Nähe ist, dann sehe ich keine . . .«

Ich sprach immer langsamer, schließlich verstummte ich ganz. Snaut seufzte still.

»Wir betreiben hier alle eine Art Vogel-Strauß-Politik, Kelvin, aber wir sind uns wenigstens dessen bewußt und spielen nicht die Edelmütigen.«

»Ich spiele niemanden und nichts.«

»Schön, ich wollte dich nicht kränken. Das mit dem Edelmut nehme ich zurück, aber die Vogel-Strauß-Politik bleibt. Du betreibst sie in einer besonders gefährlichen Form. Du belügst dich und sie und wieder dich. Kennst du die Stabilitätsbedingungen eines Systems, das aus Neutrinomaterie aufgebaut ist?«

»Nein. Und du kennst sie auch nicht. Die kennt niemand.«

»Natürlich nicht. Aber wir wissen eins: daß ein solches System instabil ist und nur durch die unaufhörliche Zuführung von Energie existieren kann. Das weiß ich von Sartorius. Mit Hilfe dieser Energie baut sich ein stabilisierendes Wirbelfeld. auf. Die Frage ist nun, ob dieses Feld sich außerhalb des ›Gastes‹ befindet oder ob die Quelle des Feldes ihren Sitz in seinem Körper hat. Begreifst du den Unterschied?«

»Ja«, sagte ich langsam. »Wenn es sich außerhalb befindet, dann wird sie ... dann muß solch ein ...«

»Dann wird bei entsprechender Entfernung von der Solaris dieses System zerfallen«, beendete er den Satz für mich. »Voraussehen können wir das nicht, aber du hast ja bereits ein Experiment durchgeführt. Die kleine Rakete, die du hochgeschossen hast ... die kreist immer noch. In einer freien Stunde habe ich sogar die Elemente ihrer Bewegung berechnet. Du kannst ja starten, auf die Umlaufbahn einschwenken, dich ihr nähern und feststellen, was aus dem ... Passagier geworden ist.«

»Du bist verrückt!« zischte ich ihn an.

»So, meinst du? Und wenn wir sie herunterholen, diese Rakete? Das läßt sich einrichten. Sie reagiert auf Fernsteuerung ...«

»Hör auf!«

»Auch nicht? Dann gibt es noch eine weitere Möglichkeit, eine ganz einfache. Sie braucht gar nicht auf der Station zu landen. Gut, mag sie weiter kreisen. Wir stellen nur die Sprechverbindung her —, wenn sie lebt, wird sie sich melden, und dann ...«

»Aber ... aber dort ist doch längst der Sauerstoff verbraucht!« stieß ich hervor.

»Vielleicht kommt sie ohne Sauerstoff aus. Versuchen wir es?«

»Snaut ... Snaut ...«

»Kelvin ... Kelvin ...«, ahmte er mich zornig nach. »Was bist du nur für ein Mensch! Wen willst du beglücken, erlösen? Dich? Sie? Welche? Diese oder jene? Für beide reicht dein Mut wohl nicht? Du siehst selbst, wohin das führt. Ich sage dir zum letztenmal: Das hier ist eine außermoralische Situation.«

Wieder vernahm ich das gleiche Geräusch wie vorhin, als kratzte jemand mit den Fingernägeln an der Wand. Ich weiß nicht weshalb, aber ich wurde seltsam ruhig und teilnahmslos. Es war, als betrachtete ich das alles, die ganze Situation und uns beide, aus großer Entfernung durch ein umgedrehtes Fernrohr: es erschien mir klein, ein wenig komisch, unwichtig.

»Also gut«, sagte ich. »Und was sollte ich deiner Meinung nach tun? Sie beseitigen? Morgen erscheint dann die gleiche, nicht wahr? Und dann noch einmal? Und das täglich? Wie lange? Wozu? Was gibt mir das? Und dir? Sartorius? Der Station?«

»Nein, antworte du mir zuerst. Du startest mit ihr und wirst Zeuge einer Verwandlung. Wenige Minuten nach dem Start siehst du vor dir ...«

»Na, was denn?« sagte ich bissig. »Ein Ungeheuer? Einen Dämon?«

»Nein. Eine gewöhnliche, eine ganz gewöhnliche Agonie. Glaubst du denn wirklich schon an ihre Unsterblichkeit? Ich versichere dir, daß sie ein Ende haben. Und was tust du dann? Kommst du zurück, um dir ... Ersatz zu holen?«

»Hör auf!« herrschte ich ihn an und ballte die Fäuste. Er betrachtete mich mit nachsichtigem Spott.

»Ach, ich soll aufhören? Weißt du, an deiner Stelle würde ich auf dieses Gespräch verzichten. Dann ist es schon besser, du tust etwas ganz anderes. Zum Beispiel könntest du – aus Rache – den Ozean auspeitschen. Worum geht es dir? Wenn du also« – er vollführte mit der Hand eine neckische Abschiedsgeste und hob gleichzeitig die Augen zur Decke, als verfolgte er eine entschwindende Gestalt –, »dann bist du ein Lump? Und so bist du keiner? Lächeln, wenn du schreien möchtest, Freude und Ausgeglichenheit vortäuschen, wenn du fast verzweifelst – bist du dann kein Lump? Und was ist, wenn man hier gar nicht anders kann? Was dann? Wirst du vor Snaut verrückt spielen, weil der an allem schuld ist? Nun, dann bist du obendrein auch noch ein Idiot, mein Lieber.«

»Du sprichst von dir«, sagte ich und senkte den Kopf. »Ich ... liebe sie.«

»Wen? Deine Erinnerung ...«

»Nein. Sie. Ich habe dir erzählt, was sie tun wollte. So würde manch wirklicher Mensch nicht handeln.«

»Du gibst doch selbst zu, wenn du sagst ...«

»Leg nicht jedes Wort auf die Goldwaage.«

»Gut. Sie liebt dich also. Und du möchtest sie lieben. Das ist nicht dasselbe.«

»Du irrst.«

»Kelvin, es tut mir leid, aber du hast selbst deine intimen Angelegenheiten hier ausgebreitet. Du liebst. Sie ist bereit, ihr Leben hinzugeben. Du ebenfalls. Das ist sehr rührend, sehr schön, sehr ehrenwert, alles, was du willst. Aber für derlei Dinge ist hier kein Platz. Absolut nicht. Begreifst du? Nein, du willst das nicht begreifen. Du bist in einen Ringprozeß verstrickt, der von Kräften gelenkt wird, auf die wir keinen Einfluß haben. Sie ist nur ein Teil dieses Prozesses. Eine Phase. Ein sich wiederholender Rhythmus. Wenn sie ... Wenn du von einem Scheusal verfolgt würdest, das zu jedem Opfer für dich bereit wäre, würdest du keinen Augenblick zögern, es zu beseitigen. Ist es nicht so?«

»Ja.«

»Nun, dann ist sie vielleicht gerade deshalb *kein* solches Scheusal! Dadurch sind dir die Hände gebunden. Und das ist vielleicht auch der Zweck der Sache!«

»Das ist eine weitere Hypothese zu den tausend anderen dort in der Bibliothek. Snaut, lassen wir das, sie ist ... nein, ich möchte nicht mit dir darüber sprechen.«

»In Ordnung. Du hast selbst davon angefangen. Aber vergiß nicht, daß sie im Grunde das Spiegelbild eines Teils deines Gehirns ist. Wenn sie so wundervoll ist, so deshalb, weil deine Erinnerung an sie so wundervoll war. Die Rezeptur stammt von dir. Denke an diesen Ringprozeß.«

»Was also willst du von mir? Daß ich sie ... daß ich sie beseitige? Ich habe dich schon einmal gefragt: Wozu soll ich das tun? Du hast darauf nicht geantwortet.«

»Dann will ich dir jetzt darauf antworten. Ich habe dich zu diesem Gespräch nicht eingeladen. Ich habe mich in deine Angelegenheiten nicht eingemischt. Und ich befehle dir nichts und verbiete dir nichts, ich würde es auch nicht tun, wenn ich könnte. Du warst es, der hergekommen ist und alles vor mir ausgebreitet hat, und weißt du, weshalb? Nein? Um das loszuwerden. Um es abzuwälzen. Ich kenne diese Last, mein Lieber. Ja, ja, unterbrich mich nicht. Ich stelle mich dir nicht in den Weg, aber du, du möchtest, daß ich mich dir in den Weg stelle. Vielleicht würdest du mir dann sogar den Schädel einschlagen, wer weiß. Du hättest es dann nämlich mit mir zu tun, mit jemandem, der aus dem gleichen Holz geschnitzt ist wie du, und würdest dich selbst wie ein Mensch fühlen. So aber ... wirst du damit nicht fertig, und deshalb diskutierst du mit mir, eigentlich aber mit dir selbst! Sag mir bloß noch, daß du vor Leid zerfließen würdest, wenn sie plötzlich verschwände, nein, sag nichts!«

»Na, weißt du! Ich bin gekommen, um dir einfach aus Anständigkeit zu sagen, daß ich die Absicht habe, mit ihr die Station zu verlassen«, wehrte ich seinen Angriff ab, doch das klang mir selbst nicht sehr überzeugend.

Snaut hob die Achseln. »Durchaus möglich, daß du bei deiner Meinung bleiben mußt. Wenn ich mich überhaupt in dieser Angelegenheit geäußert habe, dann nur deshalb, weil du dich immer höher hinaufwagst, und ein Fall aus großer Höhe, du verstehst ... Komm morgen früh gegen neun zu Sartorius. Kommst du?«

»Zu Sartorius?« fragte ich verwundert. »Der läßt doch keinen rein! Du hast doch selbst gesagt, daß man ihn nicht mal anrufen kann.«

»Jetzt ist er irgendwie damit zu Rande gekommen. Wir sprechen darüber nicht, weißt du. Du bist ... bei dir ist das etwas anderes. Nun, lassen wir das. Kommst du morgen früh?«

»Ja, ich komme«, brummte ich. Mein Blick war auf Snaut gerichtet. Er hielt die linke Hand wie zufällig hinter der Schranktür verborgen. Wann hatte sie sich geöffnet? Wahrscheinlich schon vor einiger Zeit, nur hatte ich in der Erregung dieses für mich so entsetzlichen Gesprächs nicht darauf geachtet. Wie unnatürlich das aussah ... Als ... versteckte er dort etwas. Oder als hielte jemand seine Hand. Ich benetzte mir die Lippen.

»Snaut, was ist ...?«

»Geh«, sagte er leise und sehr ruhig. »Geh.«

Ich ging hinaus und schloß im letzten Widerschein der roten Sonne hinter mir die Tür. Harey saß auf dem Fußboden, etwa zehn Schritt entfernt, unmittelbar neben der Wand. Bei meinem Anblick sprang sie auf.

»Siehst du?« sagte sie und blickte mich aus leuchtenden Augen an. »Es ist gelungen, Kris ... Ich freue mich ja so. Vielleicht ... Vielleicht wird es immer besser ...«

»Ganz bestimmt«, erwiderte ich zerstreut. Wir kehrten in unsere Kabine zurück, und ich zerbrach mir den Kopf über diesen idiotischen Schrank. Also, also hat er dort ... Und dieses ganze Gespräch ...? Die Wangen begannen mir so zu brennen, daß ich unwillkürlich darüber hinstrich. Mein Gott, welch ein Irrsinn. Und was war schließlich dabei herausgekommen? Richtig, morgen früh ...

Und plötzlich packte mich die Angst so heftig wie in der letzten Nacht. Mein Enzephalogramm. Die vollständige Aufzeichnung aller Gehirnprozesse, übertragen in die Schwingungen eines Strahlenbündels, würde in die Tiefe gesandt werden. In die Tiefe dieses unermeßlichen, uferlosen Ungeheuers. Wie hatte Snaut doch gesagt? »Wenn sie verschwände, würdest du schrecklich leiden, nicht wahr ...?« Ein Enzephalogramm war eine vollständige Aufzeichnung. Auch der unbewußten Prozesse. Und wenn ich insgeheim wünschte, daß sie verschwand, daß sie vernichtet wurde? Wäre ich sonst so erschrocken darüber gewesen, daß sie diesen entsetzlichen Anschlag überlebt hatte? Ist man für das eigene Unterbewußtsein verantwortlich? Doch wenn ich dafür nicht verantwortlich bin, wer sollte es sonst sein? Welch ein Unsinn! Weshalb, zum Teufel, hatte ich mich damit einverstanden erklärt, daß gerade mein, mein ... Natürlich durfte ich mir die Aufzeichnung vorher genau ansehen, aber ich konnte sie ja nicht lesen. Das konnte niemand. Spezialisten waren imstande festzustellen, woran der Untersuchte gedacht hat, aber das blieb alles sehr allgemein: daß er zum Beispiel eine mathematische Aufgabe löste, aber um welche Art von Aufgabe es sich handelte, das konnten sie nicht mehr feststellen. Sie behaupten, das sei unmöglich, weil ein Enzephalogramm nur eine Resultante sei, das sei ein Gemisch einer Vielzahl gleichzeitig ablaufender Prozesse, von denen nur ein Teil ein psychisches »Unterfutter« habe. Und die unbewußten Prozesse? Darüber wollten sie überhaupt nicht reden, ganz zu schweigen von der Entschlüsselung fremder Erinnerungen, seien sie nun verdrängt oder nicht. Doch weshalb hatte ich solche Angst? Hatte ich nicht selbst heute morgen zu Harey gesagt, daß dieses Experiment nichts bringen würde? Wenn schon unsere eigenen Neurophysiologen die Aufzeichnung nicht entziffern konnten, woher sollte dieser so fremde, schwarze, flüssige Riese ...

Aber er war doch auf mir unerklärliche Weise in mich eingedrungen, hatte mein ganzes Gedächtnis durchforscht und schließlich das schmerzlichste Atom in ihm herausgefunden. Wie konnte es da einen Zweifel geben. Und das alles ohne Hilfe, ohne irgendeine »Strahlentransmission«, er war durch den hermetisch doppelt gesicherten Panzer geschlüpft, durch die schweren Wände der Station, hatte in ihrem Innern meinen Körper aufgefunden und sich seine Beute geholt ...

»Kris ...«, sagte Harey leise. Ich stand am Fenster und starrte versonnen in die heraufziehende Nacht hinaus. Ein schwacher Dunstschleier verhüllte die Sterne. Eine geschlossene, wenn auch sehr dünne Wolkendecke, die so hoch hing, daß sie von der Sonne, die bereits tief hinter dem Horizont stand, noch ein schwaches, rosasilbriges Glühen empfing.

Wenn sie danach verschwand, so würde das heißen, daß ich es gewollt hatte. Daß ich sie getötet hatte. Einfach nicht hingehen? Zwingen konnten sie mich nicht dazu. Doch was sollte ich ihnen sagen? Die Wahrheit? Nein. Also mußte ich wieder lügen, mußte den anderen etwas vormachen, immer und immer wieder. Doch das kam daher, daß es in mir vielleicht Gedanken, Absichten, Hoffnungen gab, die grausam, großartig, mörderisch waren und von denen ich nichts wußte. Der Mensch ist aufgebrochen, um anderen Welten, anderen Zivilisationen zu begegnen, ohne bis zu Ende die letzten Winkel des eigenen Ichs kennengelernt zu haben, die möglichen Sackgassen, Brunnenschächte, die dunklen, verbarrikadierten Türen. Sollte ich ihnen Harey herausgeben, weil ich ... mich schämte? Nur deshalb, weil es mir an Mut fehlte?

»Kris ...«, flüsterte Harey noch leiser als vorhin. Ich spürte mehr, als daß ich es hörte, wie sie geräuschlos an mich herantrat, aber ich tat, als wüßte ich das nicht. In diesem Augenblick wollte ich allein sein. Ich mußte allein sein. Ich war mit mir noch nicht ins reine gekommen, ich hatte noch keinen Entschluß gefaßt. In den Anblick des dunkelnden Himmels versunken, der Sterne, die nur ein gespenstischer Schatten der irdischen Sterne waren, stand ich reglos, und in der Leere, die der wilden Gedankenjagd von vorhin gefolgt war, wuchs wortlos die gleichgültige Gewißheit, daß ich dort, wohin ich nicht blicken konnte, bereits entschieden hatte, und während ich so tat, als sei nichts geschehen, besaß ich nicht einmal die Kraft, mich selbst zu verachten.

Denker

»Kris, ist es das Experiment?«

Beim Klang ihrer Stimme kroch ich in mich zusammen. Ich lag seit Stunden schlaflos und starrte in die Dunkelheit, einsam, denn ich hörte nicht einmal ihre Atemzüge; in dem Labyrinth nächtlicher Gedanken, die voller Trugbilder und zuweilen auch ohne rechten Sinn waren, dadurch jedoch eine neue Dimension und neue Bedeutung annahmen, hatte ich sie vergessen.

»Was ...? Woher weißt du, daß ich nicht schlafe?« fragte ich. Aus meiner Stimme sprach Angst.

»Ich merke es an der Art, wie du atmest«, sagte sie leise, gleichsam entschuldigend. »Ich wollte dich nicht stören. Wenn du nicht kannst, dann sprich nicht ...«

»Nein, weshalb? Ja, es ist das Experiment. Du hast es ganz richtig erraten.«

»Was versprechen sie sich davon?«

»Das wissen sie selber nicht. Irgend etwas. Das ist keine ›Operation Gedanke‹, sondern eine ›Operation Verzweiflung‹. Jetzt fehlt nur noch eins: ein Mensch, der genügend Mut hätte und die Verantwortung für den Entschluß auf sich nähme; doch diese Art von Verantwortung halten die meisten für gewöhnliche Feigheit, denn das bedeutet Umkehr, verstehst du, Resignation, Flucht, des Menschen nicht würdig. So, als wäre es menschenwürdig, in etwas, was er nicht begreift und nie begreifen wird, einzudringen, darin umherzuwaten und schließlich darin zu ertrinken ...«

Ich hielt inne, doch noch ehe meine erregten Atemzüge sich beruhigt hatten, stieß ich in einem neuen Zornesausbruch hervor: »Natürlich fehlt es nie an Leuten mit einem Blick für das Praktische. Sie waren der Meinung, daß selbst dann, wenn es nicht gelingt, Kontakt aufzunehmen, wir durch das Studium dieses Plasmas – aller dieser irrsinnigen lebendigen Städte, die aus ihm für einen Tag hervorbrechen, um wieder zu verschwinden –, daß wir selbst dann das Geheimnis der Materie besser kennenlernen, als wüßten sie nicht, daß dies Selbstbetrug ist, das Umherstreifen in einer Bibliothek, deren Bücher in einer unverständlichen Sprache abgefaßt sind ... Aber man könne sich ja wenigstens die Farbe der Buchrücken anschauen ... Nun, warum nicht!«

»Gibt es nur den einen Planeten dieser Art?«

»Das weiß man nicht. Wir kennen nur diesen einen. Jedenfalls ist er etwas außerordentlich Seltenes, nicht so wie die Erde. Wir, wir sind das Übliche, das Gras des Weltalls, und wir rühmen uns dieser Durchschnittlichkeit – sie sei ja so universell – und glauben fest daran, daß sich in ihr alles unterbringen läßt. Das war so ein Schema, mit dem man kühn und freudig in die Ferne gezogen ist: Andere Welten, was ist das schon? Entweder wir beherrschen sie, oder wir werden von ihnen beherrscht, etwas anderes gab es nicht in diesen unglückseligen Gehirnen. Ach, es hat ja keinen Sinn. Es lohnt nicht.«

Ich stand auf, ertastete die Hausapotheke, das flache Glas mit den Schlaftabletten.

»Ich werde schlafen, Liebling«, sagte ich, an die Dunkelheit gewandt, in der hoch oben der Ventilator summte. »Ich muß schlafen. Sonst weiß ich selbst nicht ...«

Ich setzte mich im Bett auf. Sie berührte meine Hand. Ich packte sie, die für mich unsichtbar blieb, und preßte sie an mich, reglos, bis der Schlaf die Umarmung lockerte.

Am Morgen, als ich frisch und ausgeruht erwachte, erschien mir das Experiment als etwas Belangloses, ich begriff nicht, wie ich ihm solches Gewicht beimessen konnte. Auch die Tatsache, daß Harey mit mir ins Labor gehen mußte, bekümmerte mich wenig. All ihre Bemühungen wurden zunichte, wenn ich für einige Minuten das Zimmer verließ, so daß ich von weiteren Versuchen absah, zu denen sie mich drängte (sie war sogar bereit, sich irgendwo einschließen zu lassen), und ihr riet, sich ein Buch zu nehmen und zu lesen.

Mehr als das Experiment selbst interessierte mich, was ich im Labor antreffen würde. Bis auf beträchtliche Lücken in den Regalen und Schränken mit Laborglas (darüber hinaus fehlten in einigen Schränken die Scheiben, und die Glasplatte einer der Türen war strahlenförmig zersprungen, als habe hier unlängst ein Kampf getobt, dessen Spuren man eilig, wenn auch gewissenhaft beseitigt hatte) gab es in diesem großen weißblauen Raum nichts Ungewöhnliches. Snaut, der mit der Apparatur beschäftigt war, verhielt sich überaus korrekt; er nahm Hareys Erscheinen als etwas ganz Normales auf und deutete von weitem eine Verbeugung an. Als er mir Schläfen und Stirn mit der Kochsalzlösung anfeuchtete, trat Sartorius durch die kleine Tür, die zur Dunkelkammer führte. Er trug einen weißen Kittel und darüber eine schwarze Strahlenschutzschürze, die ihm bis zu den Knöcheln reichte. Sein Auftreten war sachlich und energisch; mich begrüßte er, als wären wir zwei unter Hunderten von Mitarbeitern eines großen irdischen Instituts und hätten uns erst tags zuvor getrennt. Ich bemerkte erst jetzt, daß der leblose Ausdruck in seinem Gesicht von den Haftschalen herrührte, die er statt einer Brille unter den Lidern trug.

Die Arme über der Brust gekreuzt, schaute er zu, wie Snaut die an meinem Kopf angebrachten Elektroden mit einer Mullbinde umwickelte, so daß eine Art weißer Haube entstand. Mehrmals ließ er den Blick durch den ganzen Raum schweifen, als bemerkte er Harey gar nicht, die geduckt und unglücklich auf einem Hocker an der Wand saß und die Lesende spielte. Als Snaut von meinem Sessel zurücktrat, bewegte ich den mit Metallen und Leitungen beschwerten Kopf, um zuzuschauen, wie er die Apparatur einschaltete, doch Sartorius hob unerwartet die Hand und begann in salbungsvollem Ton: »Dr. Kelvin! Ich bitte um einen Augenblick der Aufmerksamkeit und Konzentration! Ich habe nicht die Absicht, Ihnen irgend etwas aufzudrängen, denn das würde nicht zum Ziel führen, aber Sie müssen aufhören, an sich zu denken, an mich, an den Kollegen Snaut, an irgendeine andere Person, damit jede Zufälligkeit von Einzelpersönlichkeiten ausgeschlossen wird und Sie sich ganz auf die Sache konzentrieren können, die wir repräsentieren. Die Erde und Solaris, Generationen von Forschern, die eine Einheit darstellen, obschon die einzelnen Menschen ihren Anfang und ihr Ende haben, unsere Unnachgiebigkeit in dem Bestreben, intellektuelle Kontakte zu knüpfen, das Ausmaß des geschichtlichen Weges, den die Menschheit zurückgelegt hat, die Gewißheit seiner Fortsetzung in künftigen Zeiten, die Bereitschaft zu jeglichen Opfern und Mühen, zur Hingabe aller persönlichen Gefühle an diese unsere Mission – das wäre eine Reihe von Themen, die Ihr Bewußtsein möglichst vollkommen ausfüllen sollten. Der Ablauf der Assoziationen ist zwar nicht völlig von Ihrem Willen abhängig, doch die Tatsache, daß Sie sich hier befinden, bürgt für die Authentizität der von mir dargelegten Abfolge. Sollten Sie sich nachher nicht sicher sein, ob Sie Ihrer Aufgabe gerecht geworden sind, so sagen Sie das bitte, und Kollege Snaut wiederholt die Aufzeichnung. Wir haben ja Zeit . . .«

Die letzten Worte hatte er mit einem blassen, dürren Lächeln gesprochen, das seinen Augen den Ausdruck unsäglichen Staunens nicht nehmen konnte. Ich wand mich innerlich unter dem Schwall dieser so ernst, mit so viel Würde verkündeter Phrasen; zum Glück unterbrach Snaut das sich hinziehende Schweigen.

»Kann's losgehen, Kris?« fragte er, den Ellenbogen auf das hohe Pult des Elektroenzephalographen gestemmt, lässig und vertraulich zugleich, als stütze er sich auf eine Stuhllehne. Ich war ihm dankbar dafür, daß er mich beim Vornamen genannt hatte.

»Von mir aus«, sagte ich und schloß die Augen. Das Lampenfieber, das mein Gehirn leergefegt hatte, als er die Elektroden befestigt und den Finger auf die Schalttaste gelegt hatte, wich plötzlich, durch die Wimpern hindurch nahm ich das Glimmen der Kontrollämpchen auf der schwarzen Platte des Apparats wahr. Gleichzeitig verlor sich auch die feuchte, unangenehme Kühle der Metallelektroden, die mir wie kalte Münzen den Kopf umgaben. Ich war wic cinc grauc, unbclcuchtctc Arcna. Dicscr Lccrc assisticrtc von allen Seiten die Menge der unsichtbaren Zuschauer, die wie im Amphitheater rings um das Schweigen versammelt waren, in dem sich die ironische Verachtung für Sartorius und die Mission auflöste. Die Spannung der inneren Beobachter, die danach gierten, ihre improvisierte Rolle zu spielen, ließ nach. Harey . . .? Ich dachte dieses Wort versuchsweise, mit bebender Unruhe, bereit, es sofort zurückzunehmen. Doch meine wachsame, blinde Zuschauerkulisse protestierte nicht. Eine geraume Weile war ich nichts als reine Zärtlichkeit, aufrichtige Reue, eingestellt auf lange, geduldige Opfer. Harey füllte mich ganz aus, allerdings ohne Gesichtszüge und ohne Gestalt, ein Begriff nur, und plötzlich erschien mir durch diesen unpersönlichen, verzweifelte Zärtlichkeit atmenden Begriff hindurch in der grauen Dunkelheit das würdevolle Professorenantlitz Gieses, des Vaters der Solaristik und der Solaristen.

Doch nicht an jene Schlammeruption dachte ich, an den stinkenden Abgrund, der seine goldene Brille und den sorgfältig gebürsteten grauen Schnurrbart verschlungen hatte, ich sah nur den Kupferstich auf der Titelseite der Monographie, den dicht schraffierten Hintergrund, mit dem der Künstler sein Haupt umgeben hatte, so daß es, ahnungslos, fast in einer Aureole stand, dem Gesicht meines Vaters so ähnlich, nicht in den einzelnen Zügen, sondern in seiner altmodischen, rechtschaffenen Bedächtigkeit, bis ich schließlich nicht mehr wußte, welcher von beiden mich anblickte. Beide hatten kein Grab, eine in unseren Zeiten so häufige und gewöhnliche Erscheinung, daß sie keine besonderen Empfindungen weckte.

Das Bild verschwand bereits, während ich für einen einzigen, ich weiß nicht wie lange währenden Augenblick die Station vergaß, das Experiment, Harey, den schwarzen Ozean, alles, durchzuckt von der blitzartigen Gewißheit, daß diese beiden, nicht mehr existierenden, unendlich winzigen, längst in getrockneten Schlamm verwandelten Menschen alles gemeistert hatten, was ihnen widerfahren war, und die von dieser Entdeckung ausgehende Ruhe löschte die gestaltlose Menge aus, die in stummer Erwartung meiner Niederlage die graue Arena umgab. Das Gerät klickte zweimal beim Ausschalten, gleichzeitig drang künstliches Licht in meine Augen. Ich kniff die Lider zusammen. Sartorius betrachtete mich forschend, noch immer in der gleichen Pose, Snaut, der ihm den Rücken zukehrte, hantierte am Gerät, wobei er absichtlich mit den losen Sandalen zu klappern schien.

»Was meinen Sie, Dr. Kelvin, ist es gelungen?« Sartorius ließ seine nasale, abstoßende Stimme in der Schwebe.

»Ja«, sagte ich.

»Sind Sie sicher?« meinte Sartorius mit einem Anflug von Verwunderung oder gar Argwohn.

»Ja.«

Die Sicherheit und der schroffe Ton meiner Antwort stießen ihn aus seiner steifen Würde.

»Dann ... ist es ja gut«, brummte er und blickte um sich, als wüßte er nicht, was er nun anfangen sollte. Snaut trat an meinen Sessel und entfernte den Kopfverband.

Ich stand auf und ging in dem Raum auf und ab; unterdessen kam Sartorius, der in der Dunkelkammer verschwunden war, bereits mit dem entwickelten und getrockneten Film wieder. Auf dem meterlangen Filmstreifen waren zittrige, weiß gezahnte Linien zu sehen, als zögen sich Spinnenweben oder Schimmelfasern über das glatte, schwarze Zelluloidband.

Ich hatte hier nichts mehr zu tun, aber ich ging dennoch nicht. Die beiden anderen führten in den oxydierten Modulatorkopf den Film ein, dessen letzten Abschnitt Sartorius sich noch einmal ansah, die Stirn mißtrauisch gerunzelt, als suchte er den in diesem Liniengewirr verborgenen Inhalt zu entziffern.

Der Rest des Experiments blieb unsichtbar. Ich wußte nur, was vor sich ging, als sie vor den Verteilerpulten an der Wand standen und die entsprechende Apparatur bedienten. Unter dem gepanzerten Fußboden meldete sich mit schwachem Brummen der Strom in den Wicklungen der Spulen, und dann kletterten nur noch die Lichter in den senkrechten Glasröhrchen der Anzeigeinstrumente abwärts, andeutend, daß der große Tubus der Röntgenkanone durch den senkrechten Schacht nach unten glitt, bis er in dessen offener Mündung zur Ruhe kam. Die Lichter verharrten nun bei den untersten Strichen der Skala, und Snaut erhöhte die Spannung, bis die Zeiger, oder vielmehr die weißen Streifchen, die sie ersetzten, ausschlugen und eine halbe Umdrehung nach rechts beschrieben. Das Summen des Stroms war kaum vernehmbar, es geschah nichts, die Filmtrommeln drehten sich unter einem Deckel, so daß man nicht einmal dies sah, das Laufwerk des Zählers tickte leise wie ein Uhrwerk.

Harcy blickte immer wieder von ihrem Buch auf und musterte bald mich, bald die beiden anderen. Ich ging zu ihr. Sie sah mich fragend an. Das Experiment näherte sich seinem Ende, Sartorius trat langsam vor den großen, kegelförmigen Modulatorkopf des Geräts.

»Gehen wir?« fragte Harey nur mit den Lippen. Ich nickte. Sie stand auf. Ohne mich von jemandem zu verabschieden — das wäre mir zu albern erschienen —, ging ich an Sartorius vorbei.

In den hohen Fenstern des oberen Korridors stand ein Sonnenuntergang von ungewöhnlicher Schönheit. Das war nicht das übliche, düstere, verquollene Rot – heute leuchtete in allen Schattierungen ein verschleiertes, lichtes Rosa, das mit feinstem Silber überpudert schien. Die schwarze, endlose Fläche des Ozeans mit ihren schweren, reglosen Wellen beantwortete gleichsam diesen milden Glanz mit einem bräunlichvioletten, weichen Widerschein. Nur im Zenit war der Himmel noch flammendrot.

Mitten auf dem unteren Korridor blieb ich stehen. Der Gedanke, daß wir wieder in der zum Ozean hin offenen Kabine wie in einer Gefängniszelle eingeschlossen sein würden, war mir unerträglich.

»Harey«, sagte ich, »weißt du, ich würde gern mal in die Bibliothek gehen ... Hättest du etwas dagegen?«

»O nein, ich komme gern mit und suche mir etwas zum Lesen«, erwiderte sie mit etwas gekünstelter Munterkeit.

Ich spürte, daß es seit gestern zwischen uns einen Riß gab und daß ich ihr wenigstens etwas herzlicher begegnen sollte, doch ich war in völlige Apathie versunken, und ich wußte auch nicht, wie ich sie abschütteln konnte. Wir kehrten um und gelangten über eine Rampe in einen kleinen Vorraum; hier gab es drei Türen, dazwischen, wie in Vitrinen hinter Kristallscheiben, die verschiedensten Blumen.

Die mittlere Tür, die zur Bibliothek führte, war von beiden Seiten mit schalldämpfendem Kunstleder bedeckt; wenn ich sie öffnete, war ich stets bemüht, es nicht zu berühren. In dem großen runden Raum unter der blaßsilbernen Decke mit den stilisierten Sonnen war es etwas kühler.

Ich fuhr mit der Hand über die Buchrücken der klassischen Solariana und wollte schon nach dem ersten Band Gieses greifen, dem mit dem Kupferstich unter Seidenpapier auf dem Frontispiz, als ich unverhofft einen dickleibigen Oktavband Gravinskys entdeckte, den ich beim letztenmal nicht bemerkt hatte.

Ich setzte mich auf einen Polsterstuhl. Es war still. Einen Schritt hinter mir blätterte Harey in einem Buch, ich hörte das Rascheln der Blätter unter ihren Fingern. Das Gravinskysche Kompendium, im Studium meist als »Klatsche« benutzt, war eine Sammlung alphabetisch geordneter Hypothesen über die Solaris, angefangen von der Aberationskonstanten bis zum Zytoplasma. Der

Kompilator, der die Solaris wohl nie auch nur gesehen zu haben schien, hatte sich durch alle Monographien hindurchgewühlt, durch Expeditionsprotokolle, fragmentarische Arbeiten und vorläufige Mitteilungen, er hatte sogar die Zitate in den Werken der Planetologen, die sich mit anderen Planeten befaßten, untersucht und einen Katalog zusammengestellt, der durch das Lapidare seiner Formulierungen beängstigend wirkte; losgelöst von den subtileren Gedankengängen, die bei deren Entstehen Pate gestanden, grenzten sie zuweilen ans Triviale. Nebenbei gesagt, stellte das Ganze, das nach dem Willen seines Verfassers enzyklopädischen Charakter tragen sollte, bereits eher ein Kuriosum dar. Der Band war vor zwanzig Jahren erschienen, doch danach tauchte eine Unmenge neuer Hypothesen auf, die in einem einzigen Buch gar nicht mehr Platz gefunden hätten. Das alphabetische Autorenverzeichnis wirkte wie eine Liste von Gefallenen, kaum einer lebte noch, und aktiv in der Solaristik war wohl keiner mehr tätig.

Dieser in alle Himmelsrichtungen zielende Gedankenreichtum machte den Eindruck, daß eine der Hypothesen einfach richtig sein müsse, daß die Wirklichkeit doch unmöglich völlig anders sein könne, anders noch als die Myriaden von Angeboten, mit denen sie bombardiert wurde. Gravinsky hatte dem Buch ein Vorwort vorangestellt, in dem er die bis dahin bekannten sechzig Jahre der Solaristik in Perioden einteilte. In der ersten, die mit der einleitenden Untersuchung der Solaris begann, hatte eigentlich niemand bewußt Hypothesen aufgestellt. Man nahm damals sozusagen intuitiv, dem Urteil des »gesunden Menschenverstandes« folgend, an, der Ozean sei ein lebloses chemisches Konglomerat, eine monströse, gestaltlose Masse, die den Planeten umgibt und dank ihrer »quasivulkanischen« Aktivität die merkwürdigsten Gebilde hervorbringt, während der spontane Automatismus aller Prozesse die unbeständige Umlaufbahn stabilisiert, ähnlich wie ein Pendel, das, einmal in Bewegung gesetzt, seine Schwingungsebene unverändert beibehält. Zwar hatte sich schon drei Jahre später Magenon für eine belebte Natur der »gallertartigen Maschine« ausgesprochen, doch Gravinsky setzte den Beginn der Periode biologischer Hypothesen erst neun Jahre später an, zu einem Zeitpunkt, da Magenon, der bis dahin mit seiner Meinung allein dagestanden hatte, immer mehr Anhänger gewann. Die folgenden Jahre waren reich an äußerst komplizierten, von biomathematischen Analysen gestützten, detaillierten theoretischen Modellen eines lebenden Ozeans. Der dritte Abschnitt war die Periode des Zerfalls der bis dahin fast einheitlichen Meinung der Gelehrten.

Nun tauchte eine Vielzahl einander manchmal erbittert bekämpfender Schulen auf. Das war die Zeit, da Leute wie Panmaller, Strobla, Freyhouss, le Greuille, Ossipowitsch wirkten; Gieses gesamtes Vermächtnis wurde damals einer vernichtenden Kritik unterzogen. Es entstanden die ersten Atlanten, Kataloge, Stereofotografien der Asymmetriaden, deren Erforschung bis dahin als unmöglich galt. Der Durchbruch erfolgte dank neuen, ferngesteuerten Einrichtungen, die man in die stürmischen Tiefen der jederzeit mit einem Ausbruch drohenden Kolosse schickte. Damals wagten sich am Rande der tobenden Diskussionen vereinzelte, verächtlich mit Schweigen übergangene minimalistische Hypothesen hervor, die davon sprachen, daß selbst wenn es nicht gelänge, den berühmten »Kontakt« zu dem »vernunftbegabten Ungeheuer« herzustellen, die Untersuchungen der erstarrenden Mimoiden-Städte und aufgeblähten Berge, die der Ozean hervorbringt, um sie wieder zu verschlingen, sicherlich wichtiges chemisches und physikochemisches Wissen und neue Erfahrungen über den Aufbau von Makromolekülen liefern würden, doch mit den Kündern solcher Thesen ließ sich erst niemand auf eine Polemik ein. Schließlich war das die Zeit, da die bis heute aktuellen Kataloge typischer Metamorphosen oder Francks bioplasmatische Mimoidentheorie entstand, die, wenngleich als falsch aufgegeben, ein großartiges Beispiel kühnen Gedankenflugs und logischen Konstruktionsvermögens blieb.

Diese insgesamt mehr als dreißig Jahre umfassenden »Gravinskyschen Perioden« waren die naive Jugend, waren ungestüme, optimistische Romantik und schließlich – gekennzeichnet von den ersten skeptischen Stimmen – das reife Alter der Solaristik. Schon gegen Ende des ersten Vierteljahrhunderts wurden – als Rückkehr zu den ersten kolloidal-mechanistischen Theorien und deren später Nachkommenschaft – Hypothesen über den apsychischen Charakter des Ozeans aufgestellt. Jede Suche nach Anzeichen eines bewußten Willens, nach dem teleologischen Wesen der Prozesse, nach Aktivitäten, die durch innere Erfordernisse des Ozeans motiviert seien, wurden fast allgemein als Verirrung einer ganzen Forschergeneration angesehen. Die publizistische Leidenschaft, mit der ihre Behauptungen widerlegt wurden, bereitete den Boden für die nüchternen, analytisch gefärbten, auf emsiges Faktensammeln konzentrierten Untersuchungen der Gruppe Holden, Eonides, Stoliwa; es war dies die Zeit der gewaltig anschwellenden Archive, der Mikrofilmkartotheken und der Expeditionen, die mit allem ausgestattet wurden, was die Erde zu bieten hatte, mit den verschiedensten Apparaturen, automatischen Registriergeräten, Wächtern und Sonden. In manchen Jahren waren damals mehr als tausend Menschen gleichzeitig an den Forschungsarbeiten beteiligt; während jedoch immer mehr Material in immer schnellerem Tempo angesammelt wurde, ließ der Eifer der Gelehrten bereits nach, und es begann die zeitlich kaum abzugrenzende Periode des Niedergangs innerhalb dieser — trotz allem noch optimistischen — Phase der Erforschung der Solaris.

Kennzeichnend für diese Phase waren vor allem große, mutige Persönlichkeiten — sowohl was theoretische Vorstellungskraft als auch den Mut zur Negation anbelangt —, Männer wie Giese, Strobla oder Sevada, der — als letzter der großen Solaristen — unter geheimnisvollen Umständen in der Gegend um den Südpol des Planeten ums Leben gekommen war, nachdem er etwas getan hatte, was nicht einmal einem Neuling passiert. Er lenkte seinen niedrig über dem Ozean dahingleitenden Flugapparat vor den Augen Hunderter von Beobachtern mitten in einen Flinker hinein, der ihm ganz offensichtlich auswich. Man sprach damals von plötzlicher Schwäche, einer Ohnmacht, auch von einem Defekt des Steuersystems, in Wirklichkeit war es jedoch, wie ich meine, der erste Selbstmord, ein erster plötzlicher und öffentlicher Verzweiflungsausbruch.

Allerdings nicht der letzte. Doch derlei Angaben enthielt Gravinskys Band nicht; ich ergänzte mir selbst die Daten, Fakten und Einzelheiten, während ich auf die vergilbten, mit winzigen Buchstaben bedeckten Seiten blickte.

Solche pathetischen Anschläge auf das eigene Leben kamen später nicht mehr vor, aber es fehlte auch an großen Persönlichkeiten. Die Rekrutierung der Forscher, die sich einem bestimmten Gebiet der Planetologie widmen, ist eigentlich ein Phänomen, das noch niemand untersucht hat. Menschen von großer Begabung und großer Charakterstärke werden ungefähr mit gleichbleibender Häufigkeit geboren, ungleichmäßig ist nur ihre Auswahl. Ihre Anwesenheit oder ihr Fehlen in einem bestimmten Forschungsbereich erklärt sich vielleicht durch die Perspektiven, die der jeweilige Bereich bietet. So verschieden man auch die Klassiker der Solaristik bewertet – Größe, ja zuweilen Genialität kann ihnen keiner absprechen. Jahrzehnte hindurch hatte der schweigende Gigant die besten Mathematiker, Physiker, Berühmtheiten auf dem Gebiet der Biophysik, der Informationstheorie, der Elektrophysiologie an sich gezogen. Und plötzlich hatte man einer ganzen Armee von Forschern gleichsam die Anführer genommen. Übrig blieb eine graue, namenlose Schar geduldiger Sammler, Kompilatoren, Schöpfer so manchen originell angelegten Experiments, aber es fehlten bereits die großen, im Maßstab des ganzen Planeten geplanten Expeditionen und die kühnen, umfassenden Hypothesen.

Die Solaristik zerbröckelte gleichsam, und die Begleitmusik, die Parallele zu diesem Tiefflug bildeten die massenhaft produzierten Hypothesen über Degeneration und Rückbildung der Solarismeere, Hypothesen, die sich kaum durch zweitrangige Einzelheiten voneinander unterschieden. Von Zeit zu Zeit erschien eine kühnere, interessantere Konzeption, doch all diese Arbeiten stuften den Ozean als Endprodukt einer Entwicklung ein, die schon vor Jahrtausenden die höchste Stufe der Organisiertheit überschritten habe; jetzt stelle er nur physisch eine Einheit dar, in Wirklichkeit zerfalle er in eine Unzahl unnützer, sinnloser Agoniegebilde. Eine monumentale, sich über Jahrhunderte hinziehende Agonie also.

Ich kannte die – meines Erachtens zu Unrecht in dieser Sammlung klassischer Solariana fehlenden – originellen Arbeiten von einem Dutzend europäischer Psychologen, die mit der Solaristik so viel gemein hatten, daß sie über einen längeren Zeitraum hin die Reaktionen der öffentlichen Meinung untersuchten, indem sie ganz durchschnittliche Aussagen, die Stimmen von Nichtfachleuten sammelten und so einen erstaunlich engen Zusammenhang zwischen den Wandlungen dieser Meinung und den Prozessen nachwiesen, die gleichzeitig in den Kreisen der Wissenschaftler vor sich gingen.

Auch innerhalb der Koordinierungsgruppe des Planetologischen Instituts, dort, wo über die materielle Unterstützung der Forschungen entschieden wurde, gingen Veränderungen vor sich, die sich darin äußerten, daß das Budget für die solaristischen Institute und Außenstellen sowie für die Mannschaften, die zu dem Planeten aufbrachen, ständig, wenn aueh nur Schritt für Schritt, gekürzt wurde.

Die Stimmen, die für eine Einschränkung der Forschungen eintraten, mischten sich mit der Meinung derer, die den Einsatz entschiedener Mittel verlangten, doch wohl niemand ging weiter als der Verwaltungsdirektor des Allirdischen Kosmologischen Instituts, der beharrlich verkündete, daß der lebende Ozean die Menschen durchaus nicht ignoriere, er nehme sie nur einfach nicht wahr, ähnlich wie ein Elefant die Ameise nicht wahrnimmt, die ihm über den Rücken kriecht; um nun seine Aufmerksamkeit zu erregen und sie auf uns zu konzentrieren, müsse man mächtige Impulse und gigantische Maschinen einsetzen, entsprechend dem Ausmaß dieses Planeten. Auf eine amüsante Einzelheit in dem Zusammenhang machte boshafterweise die Presse aufmerksam: Derart kostspielige Unternehmungen forderte nicht der Direktor des Planetologischen Instituts, der die Erforschung der Solaris zu finanzieren hatte, sondern der Leiter des Kosmologischen Instituts — Freigebigkeit also aus fremder Tasche.

Und dann folgte ein Durcheinander von Hypothesen, man frischte die alten auf, führte unwesentliche Änderungen ein, präzisierte oder verallgemeinerte sie, so daß die bis dahin trotz ihres Umfangs übersichtliche Solaristik immer verworrener wurde und sich in ein Labyrinth voller Sackgassen verwandelte. In einer Atmosphäre allgemeiner Gleichgültigkeit, Stagnation und Lustlosigkeit schien ein zweiter Ozean aus nutzlos bedrucktem Papier den auf der Solaris durch die Zeit zu begleiten.

Etwa zwei Jahre bevor ich als Absolvent des Instituts in Gibarians Arbeitsgruppe aufgenommen wurde, war die Mett-Irving-Stiftung entstanden, die eine hohe Belohnung für denjenigen vorsah, dem es gelang, die Energie des ozeanischen Plasmas für den Bedarf der Menschheit zu nutzen. Bemüht hatte man sich darum auch schon früher, und die Raumschiffe hatten so manche Ladung der gallertartigen Substanz zur Erde gebracht. Lange und geduldig wurden Methoden zu ihrer Erhaltung entwickelt, man wendete hohe Temperaturen und sehr niedrige an, eine künstliche Mikroatmosphäre und ein Mikroklima, die dem auf der Solaris ähnelte, konservierende Bestrahlungen und nicht zuletzt Tausende chemischer Rezepte, und das alles nur deshalb, um einen mehr oder minder trägen Zerfallsprozeß zu beobachten, der selbstverständlich wie alles andere mehrfach und mit der größten Genauigkeit in allen seinen Stadien beschrieben wurde – also Selbstauflösung, Mazeration, primäre und sekundäre Verflüssigung. Ein ähnliches Schicksal traf auch die Probeentnahmen aller möglichen plasmatischen Formationen und Gebilde. Unterschiedlich waren nur die Wege, die zum Ende führten, zu einer ascheleichten, metallisch glänzenden, durch Selbstgärung verdünnten porösen Substanz. Ihre Zusammensetzung, das Verhältnis der Elemente zueinander und die chemischen Formeln konnte jeder Solarist im Schlaf nennen.

Da der Versuch mißlang, kleinere oder größere Teile des Ungeheuers außerhalb seines planetaren Organismus am Leben – oder zumindest im Zustand unterbrochenen Dahinvegetierens, der Hibernation etwa – zu erhalten, kam man zu der Überzeugung (die von der Schule Meuniers und Prorochs entwickelt wurde), daß eigentlich nur ein einziges Geheimnis zu enträtseln sei, und sobald wir es mit dem entsprechend zugepaßten Interpretationsschlüssel öffneten, würde sich alles aufklären ...

Auf der Suche nach diesem Schlüssel, diesem solarischen Stein der Weisen, verbrachten Menschen ihre Zeit und Energie, die häufig genug mit Wissenschaft nichts gemein hatten, und im vierten Jahrzehnt des Bestehens der Solaristik nahm die Zahl der spekuliersüchtigen Laien, jener Besessenen, die mit ihrem Eifer ihre Vorgänger, all die Propheten des »Perpetuum mobile« und der »Quadratur des Kreises« noch übertrafen, das Ausmaß einer Epidemie an, was einige Psychologen stark beunruhigte. Doch nach einigen Jahren erlosch diese Leidenschaft, und als ich mich auf den

Flug zur Solaris vorbereitete, spielte sie, wie überhaupt die ganze Frage des Ozeans, weder in den Zeitungsspalten noch in den Gesprächen eine Rolle.

Als ich Gravinskys Band an seinen Platz stellte, entdeckte ich daneben — die Bücher waren alphabetisch geordnet — eine schmale, zwischen den dicken Buchrücken kaum sichtbare Broschüre Grattenstroms, eine der eigentümlichsten Blüten solarischen Schrifttums. Diese Arbeit war — im Kampf um das Verstehen des Außermenschlichen — gegen die Menschheit selbst gerichtet, gegen den Menschen als solchen, eine Art Schmähschrift auf unsere Gattung, die in ihrer mathematischen Kargheit wütende Arbeit eines Autodidakten, der nach mehreren ungewöhnlichen Beiträgen zu gewissen detaillierten und eher abseitigen Zweigen der Quantenphysik in diesem seinem ganz ungewöhnlichen, wenn auch nur ein gutes Dutzend Seiten zählenden Hauptwerk nachzuweisen versuchte, daß selbst die scheinbar abstraktesten, theoretisch noch so erhabenen, mathematisierten Errungenschaften der Wissenschaft sich in Wirklichkeit kaum einen oder zwei Schritt vom prähistorischen, grob-sinnlichen, anthropomorphischen Begreifen der uns umgebenden Welt entfernt haben. Indem Grattenstrom in den Formeln der Relativitätstheorie und des Kraftfeldtheorems, in der Parastatik und in den Hypothesen eines einheitlichen kosmischen Feldes nach den Spuren des Körperlichen forschte, nach alldem, was dort Funktion und Folge der Existenz unserer Sinne, des Aufbaus unseres Organismus und der Beschränkungen und Unvollkommenheiten der tierischen Physiologie des Menschen ist, kam er zu der Schlußfolgerung, daß ein »Kontakt« des Menschen mit einer nicht menschenähnlichen, ahumanoiden Zivilisation unmöglich sei und immer unmöglich bleiben werde.

In dieser Schmähschrift auf die ganze Gattung wurde der denkende Ozean mit keinem Wort erwähnt, doch seine Gegenwart in Gestalt verächtlich triumphierenden Schweigens spürte man fast hinter jedem Satz. Das war zumindest mein Eindruck bei der ersten Begegnung mit Grattenstroms Broschüre gewesen. Nebenbei gesagt, stellte diese Arbeit eher ein Kuriosum dar denn ein Solarianum im strengen Sinne, und in der Klassikersammlung befand sie sich nur deshalb, weil Gibarian, der sie mir seinerzeit zum Lesen empfahl, sie selbst hineingestellt hatte.

Mit einem seltsamen, an Hochachtung grenzenden Gefühl schob ich den dünnen, nicht einmal eingebundenen Abzug zwischen die Bücher auf dem Regal. Noch einmal fuhr ich mit den Fingerspitzen über den grünlichbraunen »Solaris-Almanach«. Trotz des Durcheinanders und der Ratlosigkeit, die uns umgab, ließ sich nicht bestreiten, daß uns die Erlebnisse der letzten vierzehn Tage in einigen grundlegenden Fragen Gewißheit gebracht hatten, in Fragen, über die jede Auseinandersetzung fruchtlos bleiben mußte, da sie theoretisch nicht zu entscheiden waren.

Daran, daß der Ozean ein Lebewesen sei, konnte jemand, der genügend hartnäckig war und Paradoxa liebte, weiterhin zweifeln. Unmöglich war es jedoch, die Existenz seiner Psyche zu bezweifeln, was immer man darunter verstehen wollte. Es war nun offenkundig, daß er unsere Anwesenheit über sich nur allzu gut wahrnahm. Allein diese Feststellung machte einen Strich durch einen ganzen, ausgebauten Bereich der Solaristik, der die Meinung vertrat, der Ozean sei eine »Welt in sich«, ein »Sein in sich selbst«, das infolge einer Sekundärschrumpfung die einst vorhandenen Sinnesorgane eingebüßt habe, er wüßte nichts von der Existenz äußerer Erscheinungen oder Objekte, da er eingeschlossen sei in den ewigen Kreislauf gigantischer Gedankenströme, deren Sitz, Gefäß und Schöpfer sein eigener, unter zwei Sonnen umwirbelnder Abgrund sei.

Und weiter: Wir hatten erfahren, daß er imstande war, künstlich das zu synthetisieren, was wir selbst nicht konnten — nämlich unsere Körper, und sie sogar zu vervollkommnen, indem er in ihre subatomare Struktur unbegreifliche Veränderungen einführte, die wahrscheinlich im Zusammenhang mit den Zielen standen, von denen er sich leiten ließ.

Er existierte also, lebte, dachte, handelte: die Chance, das »Problem Solaris« zu einem Widersinn zu reduzieren, die Meinung, wir hätten es nicht mit einem Wesen zu tun, also sei unsere Niederlage gar keine Niederlage — all das war ein für allemal dahin. Ob sie es wollten oder nicht, die Menschen mußten jetzt eine Nachbarschaft zur Kenntnis nehmen, die sich — wenngleich hinter Billionen von Kilometern luftleeren Raums gelegen, getrennt durch eine Entfernung von Lichtjahren – ihrer Expansion in den Weg stellte und schwerer zu erfassen war als das ganze übrige Weltall.

Vielleicht sind wir an einem Wendepunkt unserer bisherigen Geschichte angelangt, dachte ich. Der Entschluß, zu resignieren und umzukehren – ob nun sofort oder in naher Zukunft –, war durchaus möglich, auch eine Auflösung der Station erschien mir nicht ganz unwahrscheinlich. Ich glaubte jedoch nicht daran, daß man damit etwas retten könnte. Die bloße Existenz des denkenden Kolosses würde die Menschen nie mehr zur Ruhe kommen lassen. Selbst wenn sie Galaxien durchmessen und sich mit Zivilisationen uns ähnlicher Wesen verbinden sollten, würde die Solaris eine ewige Herausforderung an den Menschen bleiben.

Und noch ein schmales, in Leder gebundenes Bändchen hatte sich zwischen die Jahrgänge des »Almanachs« verirrt. Ich blickte eine Weile sinnend auf den vom häufigen Anfassen nachgedunkelten Einband, ehe ich es aufschlug. Diese »Einführung in die Solaristik« von Muntius war ein altes Buch, ich erinnerte mich der Nacht, die ich darüber zugebracht hatte, und des Lächelns von Gibarian, als er mir dieses sein Exemplar in die Hand gedrückt, und der irdischen Morgendämmerung im Fenster, als ich zu dem Wort »Ende« gelangt war.

»Die Solaristik«, schrieb Muntius, »ist das Surrogat einer Religion des kosmischen Zeitalters, sie ist Glaube im Gewand der Wissenschaft; der Kontakt, das Ziel, dem sie zustrebt, ist ebenso verschwommen und dunkel wie die Gemeinschaft der Heiligen oder das Erscheinen des Messias. Die Erforschung ist die in methodologischen Formeln existierende Liturgik, die demütige Arbeit der Forscher, das Warten auf Erfüllung, auf die Verkündigung, denn es gibt keine Brücken zwischen Solaris und Erde, und es kann keine geben. Diese und ähnliche Selbstverständlichkeiten, wie das Fehlen gemeinsamer Erfahrungen, das Fehlen von Begriffen, die sich übermitteln ließen, lehnen die Solaristen ab, ebenso wie die Gläubigen die Argumente ablehnten, die die Pfeiler ihres Glaubens umstießen.

Was erwarten die Menschen, was können sie nach der Anknüpfung einer Nachrichtenverbindung mit denkenden Meeren erwarten? Eine Liste von Erlebnissen, wie sie sich aus einer zeitlich endlosen Existenz ergeben, die so alt ist, daß sie sich wahrscheinlich nicht mehr ihres eigenen Anfangs erinnert? Eine Beschreibung der Wünsche, Leidenschaften, Hoffnungen und Qualen, die bei spontanen Geburten lebender Gebirge freigesetzt werden, die Umwandlung von Mathematik in Existenz, von Einsamkeit und Resignation in Lebensfülle? Aber das ist doch alles unübertragbares Wissen, und würde man dennoch versuchen, es in irgendeine der irdischen Sprachen zu übertragen, dann verlören all die gesuchten Werte und Bedeutungen ihren Sinn und blieben auf der anderen Seite. Doch nicht solche aufsehenerregenden Erkenntnisse, die wohl eher in das Reich der Poesie als in das der Wissenschaft gehören, erhoffen sich die Bekenner, nein, sie warten, ohne sich dessen überhaupt bewußt zu sein, auf die Offenbarung, die ihnen den Sinn des Menschen selbst verkünden soll! So ist die Solaristik also der Postumus längst erloschener Mythen, die Frucht mysthischer Sehnsüchte, die die Menschen nicht mehr offen und mit lauter Stimme auszusprechen wagen, der Grundstein aber, der tief verborgen in den Fundamenten ihres Gebäudes ruht, ist die Hoffnung auf Erlösung ...

Unfähig jedoch zu dem Eingeständnis, daß es sich wirklich so verhält, vermeiden die Solaristen sorgsam jede Auslegung des Kontaktes, so daß er in ihren Schriften zu etwas Endgültigem wird; und während er seinem ursprünglichen, noch nüchternen Sinne nach ein Anfang sein sollte, ein erster Schritt, das Betreten eines neuen Weges, eines von vielen, wurde er seliggesprochen und avancierte mit den Jahren zu ihrer Ewigkeit und zu ihrem Himmel ...«

Einfach und bitter ist die Analyse von Muntius, diesem »Ketzer« der Planetologie, einleuchtend in ihrer Negation, im Zerschlagen des solarischen Mythos oder, besser gesagt, der Sendung des Menschen. Die erste kritische Stimme, die es gewagt hatte, in der noch von Zuversicht und Romantik erfüllten Entwicklungsphase der Solaristik sich laut zu äußern, wurde ignoriert und totgeschwiegen. Das ist nur zu begreiflich, denn Muntius' Worte zu akzeptieren wäre gleichbedeutend gewesen mit einer Absage an die Solaristik in ihrer derzeitigen Form. Angesichts der unbarmherzigen Klarheit von Muntius' Analyse waren die Schriften seiner geistigen Schüler bestenfalls ergänzende Beiträge, wenn nicht gar bloße Populärwissenschaft. Eigentlich hatte er schon alles vollbracht, indem er die erste Phase der Solaristik die »Zeit der Propheten« nannte, zu denen er Giese, Holden und Sevada zählte, die zweite bezeichnete er als das »Große Schisma« – den Zerfall der einzigen solarischen Kirche in eine Vielzahl einander bekämpfender Bekenntnisse und Sekten – und sagte eine dritte Phase voraus: die der Dogmatisierung und scholastischen Verknöcherung, die eintreten würde, wenn alles, was zu untersuchen war, untersucht wäre.

So kam es jedoch nicht. Gibarian hatte also doch recht, dachte ich, wenn er Muntius' radikale Abrechnung für eine monumentale Vereinfachung hielt, die alles außer acht ließ, was in der Solaristik zu Glaubenselementen im Widerspruch stand; denn entscheidend war hier zweifellos die stets vorhandene Diesseitigkeit der Arbeiten, die nichts verhieß als einen konkreten, sehr materiellen, um zwei Sonnen kreisenden Planeten.

In Muntius' Buch steckte, in der Mitte gefaltet, ein schon völlig vergilbter Sonderdruck der Vierteljahresschrift »Parerga Solariana«, eine der ersten Arbeiten, die Gibarian verfaßt hatte – noch bevor er die Leitung des Instituts übernahm. Unmittelbar auf die Überschrift »Warum ich Solarist bin« folgte, knapp wie eine Gliederung, die Aufzählung einer Reihe von konkreten Erscheinungen, die nachwiesen, daß es eine reale Chance für Kontakte gab. Denn Gibarian gehörte jener wohl letzten Generation von Forschern an, die sich nicht scheuten, an die frühen Jahre des Optimismus, an die Glanzzeit der Solaristik anzuknüpfen, und die jene Art von Glauben nicht verleugneten, der die von der Wissenschaft gezogene Grenze gelegentlich überschritt und durchaus materieller Natur war, da er auf den Erfolg von Anstrengungen vertraute, wenn sie nur beharrlich genug verfolgt wurden.

Gibarian ging von den bekannten klassischen Untersuchungen der Bioelektroniker der eurasischen Schule aus, von den Werken Cho-En-Mins, Ngyallas und Kawakadzes; diese Untersuchungen hatten ergeben, daß gewisse Ähnlichkeiten bestehen zwischen dem Bild, das die elektrische Arbeit des Gehirns bietet, und gewissen Entladungen im Bereich des Plasmas, die der Entstehung solcher Formationen vorangehen, wie es die Polymorpha in ihrem frühesten Stadium und die Zwillingssolariden sind. Allzu anthropomorphische Interpretationen hingegen lehnte er ab, all die mystifizierenden Thesen psychoanalytischer, psychiatrischer oder neurophysiologischer Schulen, die bemüht waren, die einzelnen menschlichen Krankheitsbilder, zum Beispiel die Epilepsie (deren Entsprechung die krampfartigen Eruptionen der Asymmetriaden sein sollten), in die Gallertmasse des Ozeans hineinzudeuten; denn er war unter den Verkündern des Kontakts einer der vorsichtigsten und nüchternsten, und nichts war ihm so zuwider wie Sensationen, die — wenn auch schon unerhört selten — diese oder jene Entdeckung begleiten.

Eine Welle von solch billigstem Interesse hatte übrigens meine Diplomarbeit ausgelöst. Auch sie befand sich hier irgendwo, ungedruckt natürlich, sie steckte in einem der Behälter für Mikrofilme. Ich hatte mich darin auf die originellen Studien von Bergmann und Reynolds gestützt, denen es gelungen war, aus dem Mosaik der Hirnrindenprozesse diejenigen Komponenten auszusondern und »herauszufiltern«, die die stärksten Emotionen begleiten, wie Verzweiflung, Schmerz, Lust; anschließend verglich ich diese Aufzeichnungen mit den Entladungen der Ozeanströme und entdeckte Schwingungen und Kurvenprofilierungen (so an gewissen Stellen der Symmetriadekappen und am Sockel unreifer Mimoiden), die bemerkenswerte Analogien aufwiesen. Dies hatte genügt, daß mein Name bald in der Boulevardpresse auftauchte, und zwar unter so idiotischen Schlagzeilen wie »Die Gallerte verzweifelt« oder »Ein Planet im Orgasmus«. Doch das gereichte mir nur zum Vorteil (so glaubte ich zumindest noch vor kurzem), denn Gibarian, der wie jeder andere Solarist nicht alle die zu Tausenden erscheinenden Arbeiten gelesen hatte, schon gar nicht die der Neulinge, wurde auf mich aufmerksam und schrieb mir einen Brief. Dieser Brief beendete einen Abschnitt in meinem Leben und eröffnete einen neuen.

Träume

Nach sechs Tagen veranlaßte uns das Ausbleiben jeder Reaktion zur Wiederholung des Experiments, wobei die Station, die bislang bewegungslos am Schnittpunkt des dreiundvierzigsten Breitengrades mit dem hundertsechzehnten Längengrad verharrt hatte, in vierhundert Meter Höhe über dem Ozean in südlicher Richtung weiterglitt, wo – wie die Radarwächter und die Radiogramme des Satelloiden anzeigten – die Aktivität des Plasmas bedeutend zugenommen hatte.

Zwei Tage lang bombardierte ein durch mein Enzephalogramm moduliertes Röntgenstrahlenbündel in Abständen von mehreren Stunden unsichtbar die fast völlig glatte Oberfläche des Ozeans.

Gegen Ende des zweiten Tages waren wir schon so nahe am Pol, daß die blaue Sonnenscheibe noch nicht ganz hinter dem Horizont verschwunden war, wenn auf der entgegengesetzten Seite die purpurdurchtränkten Wolken bereits den Aufgang der roten Sonne verkündeten. Die ungeheure Weite des schwarzen Ozeans und der leere Himmel darüber waren von einem erbitterten Kampf der Farben erfüllt, der alles in blendende Helle tauchte. Das harte, metallisch glühende, von giftigem Grün durchsetzte Blau prallte auf die gedämpften, ruhigen Flammen des Purpurs, und der Ozean selbst wurde vom Widerschein der beiden einander gegenüberstehenden Scheiben zerschnitten, zweier lodernder Feuer – das eine grell wie Quecksilber, das andere scharlachrot. Die kleinste Wolke im Zenit genügte nun, und die Lichter, die zusammen mit dem schweren Schaum von den Wellenhängen herabflossen, schillerten in allen Farben des Regenbogens.

Kurz nach dem Untergang der blauen Sonne zeigte sich am nordwestlichen Horizont eine Symmetriade. Zunächst wurde sie nur von den Signalisatoren gemeldet, da sie von dem rostroten Nebel kaum zu unterscheiden war und nur mit vereinzelten, spiegelnden Reflexen daraus hervortauchte, als wüchse dort, wo Himmel und Ozean zusammentrafen, eine gigantische gläserne Blume empor. Die Station änderte jedoch nicht ihren Kurs, und nach etwa einer Viertelstunde versteckte sich der Koloß, rötlich durchflackert wie eine Lampe aus Rubinen, wieder hinter dem Horizont. Wenige Minuten darauf schoß eine hohe, dünne Säule, deren Sockel bereits infolge der Krümmung des Planeten vor unseren Augen verborgen war, mehrere Kilometer hoch empor und wuchs lautlos in die Atmosphäre hinein – ein offenkundiges Zeichen, daß es mit der Symmetriade zu Ende ging. Die Säule, die zur Hälfte blutrot glühte und deren übriger Teil wie Quecksilber leuchtete, wuchs sich zu einem zweifarbigen Baum aus, dessen Äste an den Enden zu quellen begannen, bis sie schließlich zu einer riesigen Wolke verschmolzen; ihr oberer Teil löste sich von dem Stamm und trieb im Feuer der beiden Sonnen mit dem Wind davon, während der untere Teil, der unterdessen ein Drittel des Horizonts einnahm, mit seinen schweren, traubenförmigen Gebilden ungewöhnlich langsam herabsank. Nach einer Stunde war von dem Schauspiel keine Spur mehr geblieben.

Wieder vergingen zwei Tage, das Experiment wurde zum letztenmal wiederholt, die Röntgenpunktierungen umfaßten bereits eine bedeutende Fläche des gallertartigen Ozeans, im Süden tauchten – aus unserer Höhe trotz der Entfernung von dreihundert Kilometern deutlich sichtbar – die Arrheniden auf, eine sechsfache Felsenkette, deren Gipfel von ewigem Schnee bedeckt schienen; in Wirklichkeit war es ein Belag organischen Ursprungs, der davon zeugte, daß diese Formation einst den Grund des Ozeans gebildet hatte.

Nun änderten wir den Kurs und schwebten eine Zeitlang in südöstlicher Richtung weiter, parallel zu der Bergkette, die sich in den rötlichen Wolken verlor, bis auch sie unserem Blick entschwanden. Seit dem ersten Experiment waren bereits zehn Tage vergangen.

Während dieser ganzen Zeit geschah in der Station eigentlich gar nichts. Nachdem Sartorius einmal das Experiment programmiert hatte, wiederholte die automatische Apparatur es lediglich, und ich war mir nicht einmal sicher, ob jemand ihre Funktion kontrollierte. Doch gleichzeitig geschah auf der Station mehr, als man sich wünschen konnte. Nicht zwischen den Menschen. Ich hatte befürchtet, daß Sartorius auf der Wiederaufnahme der Arbeiten am Annihilator bestehen würde, und ich wartete auch auf eine Reaktion Snauts, wenn er von jenem erfuhr, daß ich ihn in gewissem Sinne getäuscht und die Gefahren übertrieben hatte, die mit der Vernichtung von Neutrinomaterie verbunden sind. Doch nichts dergleichen geschah, aus Gründen, die mir zunächst rätselhaft erschienen. Natürlich zog ich auch eine List in Betracht, die Möglichkeit, daß sie die entsprechenden Vorbereitungen und Arbeiten vor mir verheimlichten; deshalb warf ich täglich einen Blick in den fensterlosen Raum unmittelbar unter dem Fußboden des Hauptlabors, in dem sich der Annihilator befand. Ich traf dort nie jemanden an, und die dünne Staubschicht, die die Panzerung und die Kabel des Gerätes bedeckte, zeugte davon, daß man sie seit Wochen nicht einmal berührt hatte.

Snaut blieb die ganze Zeit über ebenso unsichtbar wie Sartorius, war aber noch weniger greifbar als dieser, da nun auch das Visiophon in der Funkstation nicht mehr antwortete. Irgend jemand mußte die Bewegungen der Station lenken, ich wußte jedoch nicht, wer es war, weil mich das einfach nicht interessierte, obwohl das vielleicht merkwürdig klingt. Daß der Ozean keinerlei Reaktion zeigte, ließ mich ebenfalls gleichgültig, und zwar in einem solchen Maße, daß ich nach zwei oder drei Tagen überhaupt nicht mehr damit rechnete oder sie fürchtete, ja, ich vergaß das ganze Experiment. Tagelang saß ich in der Bibliothek oder in meiner Kabine, während Harey wie ein Schatten um mich herumstrich. Ich sah, daß es nicht gut um uns bestellt war und daß dieser Schwebezustand, diese Apathie und Gedankenlosigkeit, sich nicht endlos hinziehen durfte. Ich hätte ihn irgendwie durchbrechen, irgend etwas in unseren Beziehungen verändern müssen, doch ich schob jeden Gedanken an eine Veränderung hinaus, unfähig, einen Entschluß zu fassen. Ich vermag es nicht anders zu erklären, aber ich hatte das Gefühl, daß sich auf der Station alles, vor allem aber das Verhältnis zwischen Harey und mir, in einem Zustand labilsten Gleichgewichts befand und daß jede Störung alles vernichten konnte.

Weshalb? Ich weiß es nicht. Seltsam war nur, daß auch sie, wenigstens bis zu einem gewissen Grad, ähnlich empfand. Wenn ich jetzt darüber nachdenke, so scheint mir, daß dieser Eindruck der Ungewißheit, des Schwebezustands, des Augenblicks vor einem nahenden Erdbeben durch die auf keine andere Weise spürbare, alle Decks und Räume der Station ausfüllende Präsenz hervorgerufen wurde. Obwohl es vielleicht noch eine andere Möglichkeit gab, sie zu erraten: die Träume. Da ich nie zuvor oder danach solche Traumgesichte hatte, beschloß ich, mir ihren Inhalt zu notieren, und nur diesem Umstand ist es zu verdanken, daß ich wenigstens andeutungsweise etwas darüber zu sagen weiß, doch das sind nur armselige, nahezu ihres ganzen, entsetzlichen Reichtums beraubte Fetzen. Unter Umständen, die eigentlich gar nicht zu benennen sind, in Räumen und Weiten ohne Himmel, Erde, Fußböden, Decken oder Wände fand ich mich gleichsam zusammengepreßt oder eingeschlossen in einer mir äußerlich fremden Substanz, als wäre mein ganzer Körper in einen halb leblosen, trägen, unförmigen Klumpen hineingewachsen, oder vielmehr, als wäre ich dieser Klumpen selbst, beraubt meines Körpers, umgeben von zunächst undeutlichen blaßrosa Flecken, die Teil eines Elements waren, das andere optische Eigenschaften besaß als die Luft, so daß erst aus großer Nähe die Dinge deutlicher wurden, ja sogar übermäßig und übernatürlich deutlich, denn in diesen Träumen stellte sich mir meine unmittelbare Umgebung konkreter und materieller dar als im Wachzustand. Wenn ich dann aufwachte, hatte ich das paradoxe Gefühl, meine Träume wären die Wirklichkeit, während das, was ich sah, wenn ich die Augen öffnete, nur ihr ausgetrockneter Schatten sei.

Das also war das erste Bild, der Anfang, aus dem sich der Traum entwickelte. Um mich herum wartete etwas auf meine Zustimmung, auf mein Einverständnis, auf ein inneres Zeichen, ich aber wußte, oder vielmehr in mir wußte etwas, daß ich der unbegreiflichen Verlockung nicht erliegen durfte, denn je mehr sie – schweigend – versprach, desto schrecklicher würde das Ende sein. Doch eigentlich wußte ich das gar nicht, sonst hätte ich mich wohl davor gefürchtet, Furcht jedoch empfand ich nie.

Ich wartete. Aus dem rosa Nebel, der mich umgab, tauchte die erste Berührung hervor, während ich, hilflos wie ein Klotz und gewissermaßen eingeschlossen in dem, was mich umfangen hielt, weder zurückweichen noch mich bewegen konnte: Jenes andere untersuchte unterdessen mein Gefängnis mit Berührungen, blinden

lose Weite kaum merklich veränderte. Ihre Schwärze verblaßte zunächst, als breitete sich eine dünne Nebelschicht darüber, doch dieser Nebel war durchaus von materieller Konsistenz. Da und dort entstanden darin Unruhezentren, bis eine unbestimmte Bewegung den gesamten sichtbaren Raum erfaßte. Bald war der Ozean mit grobblasigem Schaum bedeckt, der sich in riesigen Fetzen emporhob, sowohl unter der Station selbst als auch um sie herum. Von allen Seiten zugleich segelten zum rostroten, leeren Himmel hauchdünne Schaumwolken hinauf, flach ausgebreitet und einer Wolke gar nicht ähnlich, mit ballonartig aufgeblähten Rändern. Manche dieser Gebilde zogen ganz nahe an der Station vorbei, wenige Meter hinter den Scheiben, eines streifte sie sogar mit seiner seidig aussehenden Oberfläche, während die Schwärme, die zuerst in die Lüfte gestiegen waren, sich in der Tiefe des Himmels kaum noch ausmachen ließen, klein wie weithin zerstreute Vögel, bis sie endlich ganz im Zenit zerflossen.

Die Station verharrte etwa drei Stunden ruhig auf einer Stelle, doch das Schauspiel dauerte an. Schließlich senkte sich die Sonne hinter den Horizont, und der Ozean unter uns hüllte sich in Dunkelheit, aber die schlanken Silhouetten fuhren noch immer, nun rötlich angehaucht, zu Tausenden zum Himmel empor, in unendlichen Reihen, wie an unsichtbaren Saiten, unberührt, schwerelos, und die majestätische Himmelfahrt zerfetzter Flügel dauerte an, bis völlige Dunkelheit sie umgab.

Dieses ganze, in seiner ruhigen, ungeheuren Größe so erschütternde Schauspiel flößte Harey Entsetzen ein, doch ich wußte nichts darüber zu sagen; für mich, den Solaristen, war es ebenso neu und unbegreiflich wie für sie. Doch Formen und Gebilde, die bisher in keinem Katalog notiert wurden, kann man auf der Solaris zwei- bis dreimal im Jahr beobachten, mit ein wenig Glück auch öfter.

In der Nacht darauf, um die Stunde kurz vor dem Aufgang der blauen Sonne, wurden wir Zeuge eines anderen Phänomens: der Ozean phosphoreszierte. Zunächst erschienen auf seiner in der Dunkelheit unsichtbaren Oberfläche vereinzelte Lichtflecke, ein weißliches verschwommenes Dämmerlicht eigentlich, das sich im Einklang mit dem Rhythmus der Wellen bewegte. Es floß ineinander und breitete sich aus, bis ein gespenstischer Glanz sich zu allen Horizonten erstreckte. Die Intensität dieses Leuchtens nahm etwa eine Viertelstunde lang zu, dann endete die Erscheinung auf erstaunliche Weise: Der Ozean erlosch allmählich, von Westen nahte in breiter Front eine Zone der Dunkelheit, die sich über Hunderte von Meilen erstreckte, und als sie die Station erreicht und passiert hatte, bot sich der Teil des Ozeans, der noch phosphoreszierte, als hoch in die Dunkelheit hineinreichender Lichtschein dar, der sich immer weiter nach Osten entfernte. Nachdem er den Horizont erreicht hatte, verwandelte er sich in ein riesiges Polarlicht und verschwand sogleich. Als bald darauf die Sonne aufging, erstreckte sich wieder nach allen Seiten hin eine öde, leblose, kaum von Wellen gekräuselte Weite. Das Phosphoreszieren des Ozeans war eine bereits beschriebene Erscheinung; in einer bestimmten Anzahl der Fälle hatte man sie vor dem Ausbruch von Symmetriaden beobachtet, außerdem war sie ein recht typisches Anzeichen von örtlich erhöhter Plasmaaktivität.

Im Verlauf der nächsten vierzehn Tage ereignete sich nichts Besonderes, weder außerhalb noch innerhalb der Station. Nur einmal, mitten in der Nacht, vernahm ich einen fernen Schrei, der von irgendwoher und von überallher zugleich zu kommen schien; er war ungewöhnlich schrill und gedehnt, ein übermenschlich gesteigertes Wimmern. Aus meinen Alpträumen gerissen, lag ich lange lauschend da, im Ungewissen noch, ob nicht auch dieser Laut noch zu meinen Träumen gehörte. Am Tag zuvor waren aus dem Labor, das zum Teil über unserer Kabine lag, gedämpfte Geräusche gedrungen, als würden schwere Lasten oder Geräte gerückt; mir schien, daß auch dieser Schrei von oben käme, auf unbegreifliche Weise übrigens, denn beide Stockwerke waren durch eine schalldichte Decke voneinander getrennt. Dieser entsetzliche Laut einer sich hinziehenden Agonie dauerte fast eine halbe Stunde. Schweißnaß und halb von Sinnen, wollte ich schon hinauflaufen, so sehr zerrte er an meinen Nerven. Aber dann verstummte er doch, und man hörte nur wieder das Rücken von Lasten.

Zwei Tage darauf, als ich mit Harey in der kleinen Küche saß, trat unerwartet Snaut ein. Er trug einen Anzug, einen richtigen irdischen Anzug, der sein Aussehen veränderte. Er erschien mir größer und älter. Ohne uns weiter zu beachten, ging er zum Tisch, beugte sich darüber und begann, noch im Stehen, direkt aus der Büchse kaltes Fleisch zu essen, zu dem er ab und zu ein Stück Brot abbiß. Dabei geriet ihm der Ärmel in die Büchse.

»Du beschmierst dich«, sagte ich.

»Hm?« knurrte er mit vollem Mund. Er stopfte das Fleisch in sich hinein, als hätte er seit Tagen nichts mehr gegessen, goß sich ein halbes Glas Wein ein, trank es in einem Zug leer, wischte sich den Mund und blickte sich aufatmend um.

»Du läßt dir einen Bart stehen? Nana ...«, brummte er und sah mich aus blutunterlaufenen Augen an.

Harey warf geräuschvoll das Geschirr in das Spülbecken. Snaut wiegte sich leicht auf den Absätzen, verzog das Gesicht und schmatzte laut, während er sich mit der Zunge die Zähne reinigte. Ich hatte den Eindruck, daß er das absichtlich tat.

»Hast wohl keine Lust, dich zu rasieren, was?« fragte er und starrte mich aufdringlich an. Ich antwortete nicht.

»Paß auf!« fügte er nach einer Weile hinzu. »Ich rate dir gut. Er hat auch zuerst aufgehört, sich zu rasieren.«

»Geh schlafen«, knurrte ich.

»Was? Ich bin doch nicht blöd! Warum sollten wir nicht ein bißchen plaudern? Hör mal, Kelvin, vielleicht meint er es gut mit uns! Vielleicht will er uns glücklich machen, und er weiß nur noch nicht, wie ... Er liest unsere Wünsche unseren Gehirnen ab, aber nur zwei Prozent der Nervenprozesse sind bewußte Prozesse, also kennt er uns besser als wir selbst. Wenn es so ist, müssen wir ihm gehorchen. Mit ihm einverstanden sein. Verstehst du? Du willst nicht? Sag mal, weshalb ...« – er sprach weinerlich, mit versagender Stimme –, »... weshalb rasierst du dich nicht?«

»Hör auf!« fuhr ich ihn an. »Du bist betrunken!«

»Betrunken? Was? Ich? Na und? Hat ein Mensch, der seinen Kot von einem Ende der Galaxis zum anderen geschleppt hat, um zu erfahren, wieviel er wert ist, etwa nicht das Recht, sich zu betrinken? Weshalb nicht? Du, Kelvin, glaubst an das Sendungsbewußtsein des Menschen, was? Gibarian hat mir von dir erzählt, ehe er sich einen Bart stehen ließ ... Du bist genau so, wie er gesagt hat. Aber geh nicht ins Labor, sonst verlierst du womöglich deinen Glauben. Dort wirkt Sartorius, unser Faust *au rebours*, er sucht nach einem Mittel gegen die Unsterblichkeit, verstehst du? Das ist der letzte Ritter des heiligen Kontakts, einer, der unser würdig ist ... Seine vorherige Idee war auch nicht schlecht – eine verlängerte Agonie. Nicht schlecht, was? Agonie perpetua ... Strohhalme ... Strohhüte ... Wie bringst du es nur fertig, nicht zu trinken, Kelvin?«

Seine Augen, die kaum sichtbar waren zwischen den geschwollenen Lidern, hefteten sich auf Harey, die reglos an der Wand lehnte.

»Oh, weiße Aphrodite, du Ozeangeborene! Von Göttlichkeit geschlagen, deine Hand ...«, begann er zu deklamieren und endete in einem Lachkrampf. »Stimmt ... auffallend, was Kel ... vin?« Ein Hustenanfall schüttelte ihn.

Ich blieb ruhig, doch diese Ruhe ging in kalte Wut über.

»Hör auf!« zischte ich. »Hör auf und verschwinde!«

»Du wirfst mich hinaus? Du auch? Läßt dir einen Bart stehen und wirfst mich hinaus? Du willst nicht mehr, daß ich dich warne, daß ich dir Ratschläge gebe, wie sie der eine brave Sternkamerad dem anderen gibt? Kelvin, laß uns die Bodenluken öffnen, wir wollen hinunterrufen, vielleicht erhört er uns? Doch wie heißt er? Denk nur, wir haben alle Sterne und Planeten benannt, aber vielleicht hatten sie schon ihre Namen? Welch eine Anmaßung! Los, komm mit. Laß uns hinunterschreien ... Wir wollen ihm sagen, was er aus uns gemacht hat, bis ihn das Entsetzen packt ... Er wird uns silberne Symmetriaden bauen und für uns beten mit seiner Mathematik, er wird blutige Engel über uns streuen, und seine Qual wird unsere Qual sein, und seine Angst unsere Angst, und er wird uns anflehen um sein Ende. Denn alles, was er ist und was er tut, ist ein Flehen um das Ende. Warum lachst du nicht? Ich scherze doch nur. Wenn wir als Rasse ein bißchen mehr Humor hätten, wäre es vielleicht nicht dazu gekommen. Weißt du, was unser Faust tun will? Er will ihn bestrafen, diesen Ozean, er will ihn dazu bringen, daß er mit allen Bergen gleichzeitig schreit. Meinst du, daß er nicht den Mut aufbringen wird, diesen Plan dem Ältestenrat zur Bestätigung vorzulegen, diesem verkalkten Gremium, das uns hierhergeschickt hat, fremde Schuld zu sühnen? Du hast recht, dazu ist er zu feige ... aber nur wegen des Hütchens. Das Strohhütchen wird er niemandem verraten, so mutig ist er nun auch wieder nicht, unser Faust ...«

Ich schwieg. Snaut schwankte immer bedrohlicher. Tränen rannen ihm über das Gesicht und tropften auf den Anzug.

»Wer hat das getan? Wer hat das aus uns gemacht? Gibarian? Giese? Einstein? Plato? Das waren Verbrecher, verstehst du? Denk doch nur, in einer Rakete kann der Mensch platzen wie eine Blase, oder sein Blut kann gerinnen oder zu kochen beginnen, oder er bekommt einen Blutsturz, so plötzlich, daß ihm der Schrei im Halse stecken bleibt, und dann klappern nur noch die Knöchel gegen das Blech, sie kreisen auf der Newtonschen Umlaufbahn mit Einsteinscher Abweichung, diese unsere Klappern des Fortschritts! Und wir sind mit Lust dabei, denn es ist ein schöner Weg, und nun sind wir am Ziel: Hier, in diesen Kabinen, über diesen Tellern, umgeben von unsterblichen Geschirrspülautomaten, von Heerscharen getreuer Spinde und ergebener Klosette, hier haben wir unsere Erfüllung gefunden ... Schau dich nur um, Kelvin! Wenn ich nicht betrunken wäre, würde ich nicht so reden, aber schließlich muß es doch jemand sagen. Muß es schließlich jemand sagen? Da sitzt du, du Kind im Schlachthaus, und die Haare wachsen dir ... Wessen Schuld ist das? Gib dir die Antwort selber ...«

Er drehte sich langsam um und ging hinaus, auf der Schwelle hielt er sich an der Tür fest, um nicht zu fallen. Dann war noch das Echo seiner Schritte zu hören, es kam aus dem Korridor zu uns zurück. Ich war bemüht, Harey nicht in die Augen zu sehen, doch plötzlich kreuzten sich unsere Blicke. Ich wollte zu ihr gehen, sie umarmen, ihr übers Haar streichen, aber ich konnte nicht. Ich konnte nicht.

Erfolg

Die nächsten drei Wochen waren gleichsam eine Wiederholung stets desselben Tages, die Blenden vor den Fenstern fuhren hinab und wieder hinauf, nachts glitt ich aus einem Alptraum in den anderen, morgens standen wir auf, und das Spiel begann von neuem, aber war es wirklich ein Spiel? Ich gab vor, ganz ruhig zu sein, und Harey tat das gleiche; diese schweigende Vereinbarung, das Wissen um den gegenseitigen Betrug, wurde zu unserer letzten Zuflucht. Denn wir sprachen viel darüber, wie wir auf der Erde leben, wie wir uns irgendwo in der Nähe einer großen Stadt ansiedeln und nie wieder den blauen Himmel und die grünen Bäume aufgeben würden. Wir berieten gemeinsam über die Einrichtung unseres künftigen Hauses und des Gartens und stritten uns sogar um Einzelheiten – um eine Hecke oder Bank. Glaubte ich wenigstens eine Sekunde lang daran? Nein. Ich wußte, daß das unmöglich war. Ich wußte es. Denn selbst wenn sie nach Verlassen der Station am Leben bliebe – auf der Erde konnte nur ein Mensch landen, und ein Mensch, das waren seine Papiere. Die erste Kontrolle hätte diese Flucht beendet. Man würde versuchen, sie zu identifizieren, also würde man uns trennen, und das würde sie sofort verraten. Die Station war der einzige Ort, wo wir zusammen leben konnten. Wußte Harey das? Ganz bestimmt. Hatte es ihr jemand gesagt? In Anbetracht dessen, was noch geschah – wohl ja.

Eines Nachts hörte ich im Schlaf, daß Harey leise aufstand. Ich wollte sie an mich ziehen. Nur noch schweigend, nur noch im Dunkeln gelang es uns, wenigstens für Augenblicke frei zu sein, in einem Sichverlieren, das nur eine vorübergehende Aufhebung der Tortur sein konnte, so sehr umlauerte uns von allen Seiten die Verzweiflung. Sie hatte wohl nicht bemerkt, daß ich wach geworden war. Bevor ich die Hand ausstrecken konnte, glitt sie vom Bett. Ich vernahm – immer noch nicht ganz wach – das Tappen nackter Füße. Eine unbestimmte Angst beschlich mich.

»Harey?« flüsterte ich. Ich wollte schreien, wagte es jedoch nicht. Ich setzte mich auf. Die Tür zum Korridor war nur angelehnt. Ein Lichtstrahl, dünn wie eine Nadel, zog sich quer durch die Kabine. Ich glaubte gedämpfte Stimmen zu hören. Sprach sie mit jemandem? Mit wem?

Ich sprang aus dem Bett, doch mich erfaßte eine so entsetzliche Angst, daß die Beine mir den Dienst versagten. Eine Weile lauschte ich noch – es war still. Langsam schleppte ich mich zum Bett. In meinem Kopf pulsierte das Blut. Ich begann zu zählen. Bei tausend hielt ich inne, die Tür öffnete sich geräuschlos, Harey schlüpfte herein und verharrte reglos, als lauschte sie meinem Atem. Ich war bemüht, ihn gleichmäßig zu halten. »Kris ...?« flüsterte sie. Ich antwortete nicht. Sie schob sich rasch unter die Bettdecke. Ieh spürte, wie sie ausgestreckt dalag, ich lag ohnmächtig daneben und versuchte mir einige Fragen zurechtzulegen, doch je mehr Zeit verstrich, desto klarer wurde mir, daß ich nicht zuerst reden würde. Nach einer ganzen Weile, vielleicht nach einer Stunde, schlief ich ein.

Der Morgen war wie immer. Ich beobachtete sie mißtrauisch, doch nur dann, wenn sie es nicht sehen konnte. Nach dem Mittagessen saßen wir nebeneinander, dem gewölbten Fenster gegenüber, an dem niedrige, rötlichbraune Wolken vorbeisegelten. Die Station glitt zwischen ihnen dahin wie ein Schiff. Harey las in einem Buch, während ich selbstvergessen vor mich hin starrte, was mir jetzt immer häufiger passierte und meine einzige Entspannung war. Ich bemerkte, daß ich bei einer bestimmten Neigung des Kopfes unser Spiegelbild in der Scheibe erblicken konnte, durchsichtig zwar, aber deutlich. Ich nahm die Hand von der Lehne. Harey – ich sah das in der Scheibe – vergewisserte sich durch einen raschen Blick, daß ich auf den Ozean hinausschaute, beugte sich über die Lehne und berührte sie mit den Lippen – genau an der Stelle, an der soeben meine Hand geruht hatte. Ich blieb so sitzen, in unnatürlich steifer Haltung, während sie den Kopf über das Buch neigte.

»Harey«, sagte ich leise, »wohin bist du heute nacht gegangen?«

»Heute nacht?«

»Ja.«

»Du ... du mußt geträumt haben, Kris. Ich bin nicht hinausgegangen.«

»Du hast unser Zimmer nicht verlassen?«

»Nein. Du hast bestimmt geträumt.«

»Vielleicht«, erwiderte ich. »Ja, es ist möglich, daß ich geträumt habe ...«

Am Abend, als wir schon zu Bett gingen, brachte ich die Rede wieder auf unsere Reise, auf die Rückkehr zur Erde.

»Ach, ich will nichts mehr davon hören«, sagte sie. »Sprich nicht weiter, Kris. Du weißt doch ...«

»Was?«

»Ach, nichts.«

Später, als wir nebeneinanderlagen, sagte sie, sie habe noch Durst. »Dort auf dem Tisch steht ein Glas Saft. Gibst du es mir bitte herüber?«

Sie trank es zur Hälfte leer und reichte es mir. Ich hatte keinen Durst.

»Auf meine Gesundheit«, meinte sie lächelnd. Ich trank den Saft aus, der mir ein wenig salzig erschien, aber ich machte mir keine Gedanken darüber.

»Worüber möchtest du denn sonst sprechen, wenn nicht über die Erde?« fragte ich, als sie das Licht löschte.

»Würdest du heiraten, wenn es mich nicht gäbe?«

»Nein.«

»Nie?«

»Nein, nie.«

»Warum?«

»Das weiß ich nicht. Ich war zehn Jahre allein und habe nicht geheiratet. Reden wir nicht darüber, Liebling ...«

In meinem Kopf rauschte es, als hätte ich eine ganze Flasche Wein ausgetrunken.

»Doch, laß uns darüber reden, gerade darüber. Und wenn ich dich darum bitten würde?«

»Daß ich heiraten soll? Unsinn, Harey. Ich brauche niemanden außer dir.«

Sie beugte sich über mich. Ich spürte ihren Atem auf den Lippen, sie umarmte mich so fest, daß die unüberwindliche Müdigkeit für einen Moment wich.

»Sag das anders.«

»Ich liebe dich.«

Sie preßte die Stirn gegen meine Schulter, ich spürte das Zukken ihrer gespannten Lider, sie weinte.

»Harey, was hast du?«

»Nichts. Nichts. Nichts«, wiederholte sie immer leiser. Ich versuchte, die Augen offenzuhalten, doch sie schlossen sich mir von selbst. Bald war ich in einen bleiernen Schlaf gesunken.

Als ich erwachte, brach ein roter Morgen an. Der Kopf war mir schwer und der Hals so steif, als wären mir alle Wirbel zu einem einzigen Knochen zusammengewachsen. Den ganzen Mund füllte eine rauhe, widerliche Zunge aus. Ich muß mich mit irgend etwas vergiftet haben, dachte ich und hob mit Anstrengung den Kopf. Mit der Hand tastete ich nach Harey. Das Laken war kalt.

Ich fuhr hoch.

Das Bett war leer, die ganze Kabine. In den Scheiben spiegelte sich mehrfach die rote Sonne. Ich sprang aus dem Bett. Sicherlich wirkte ich komisch, denn ich wankte wie ein Betrunkener. Ich hielt mich an den Möbeln fest, stürzte zum Schrank – im Bad war niemand. Das gleiche auf dem Korridor und auch im kleinen Arbeitsraum ...

»Harey!« schrie ich mitten auf dem Korridor und ruderte benommen mit den Armen. »Harey ...«, stieß ich noch einmal heiser hervor und wußte es bereits.

An das, was später geschah, erinnere ich mich nicht genau. Ich bin wohl halbnackt durch die ganze Station gelaufen und weiß, daß ich sogar im Kühlraum war und dann im letzten Lagerraum, wo ich mit den Fäusten gegen eine Schiebetür schlug. Vielleicht war ich auch mehrmals dort. Ich polterte die Treppen hinauf und hinunter, fiel hin, rappelte mich hoch, rannte wieder irgendwohin, bis ich an der durchsichtigen Sperre anlangte, hinter der sich der Ausgang ins Freie befand: eine gepanzerte Doppeltür. Ich stieß aus voller Kraft dagegen und flehte schreiend, das Ganze möge ein Traum sein. Seit einiger Zeit schon war jemand neben mir und zerrte mich irgendwohin. Später fand ich mich in dem kleinen Arbeitsraum wieder, Hemd und Haare pitschnaß von eiskaltem Wasser, die Nasenschleimhäute und die Zunge brannten mir vom Spiritus, ich lag halb aufgerichtet auf etwas Kaltem, Metallenem, während Snaut in seiner fleckigen Leinenhose sich am Arzneischrank zu schaffen machte, irgend etwas umstieß, mit Instrumenten und Glas einen fürchterlichen Lärm verursachte.

Plötzlich sah ich ihn vor mir, er blickte mir in die Augen, aufmerksam über mich gebeugt.

»Wo ist sie?«

»Sie ist fort.«

»Aber, aber Harey . . .«

»Es gibt keine Harey mehr«, sagte er langsam, sehr deutlich und näherte sein Gesicht dem meinen, als hätte er mir einen Schlag versetzt und beobachtete jetzt die Wirkung.

»Sie kommt wieder«, flüsterte ich und schloß die Augen. Zum erstenmal fürchtete ich mich wirklich nicht davor. Ich fürchtete mich nicht vor der Rückkehr der Erscheinung. Und ich begriff nicht, weshalb es jemals anders gewesen war.

»Trink das aus.«

Er reichte mir ein Glas mit einer warmen Flüssigkeit. Ich drehte das Glas zwischen den Fingern, und plötzlich goß ich ihm den gesamten Inhalt ins Gesicht. Er wich zurück und wischte sich die Augen. Als er sie öffnete, stand ich über ihm. Er war ja so klein.

»Du warst es!«

»Wovon sprichst du?«

»Lüg nicht, du weißt genau, wovon ich spreche. Du warst es doch, der sich in der vorletzten Nacht mit ihr unterhalten hat. Und du hast ihr geraten, mir für diese Nacht ein Schlafmittel zu geben . . . Was hast du mit ihr gemacht? Sprich!«

Er suchte etwas in seiner Brusttasche. Schließlich holte er einen zerknitterten Umschlag hervor. Er war verschlossen. Keine Aufschrift. Ich riß ihn auf und hielt ein doppelt gefaltetes Blatt Papier in der Hand. Eine große, etwas kindliche Schrift in ungleichmäßigen Reihen. Ich erkannte sie.

»Lieber, ich habe ihn selbst darum gebeten. Er ist ein guter Mensch. Es ist entsetzlich, daß ich Dich belügen mußte, anders ging es nicht. Eines kannst Du noch für mich tun — höre auf ihn und tu Dir nichts an. Du warst großartig.«

Darunter stand ein einzelnes, durchgestrichenes Wort, ich konnte es entziffern: »Harey« hatte sie geschrieben und dann versucht, den Namen unkenntlich zu machen. Daneben gab es noch einen Buchstaben, ein H oder ein K, in einen Klecks verwandelt. Ich las die wenigen Zeilen wieder und wieder. Und dann noch einmal. Für einen Hysterieanfall war ich schon zu nüchtern, ich konnte nicht einmal mehr stöhnen, ich brachte keinen Ton hervor.

»Wie?« flüsterte ich. »Wie?«

»Später, Kelvin. Du mußt dich jetzt zusammennehmen.«

»Ich nehme mich zusammen. Sprich. Wie?«

»Annihilation.«

»Aber wieso denn? Der Apparat . . .«

»Der Roche-Apparat war ungeeignet. Sartorius hat einen anderen gebaut, einen speziellen Destabilisator. Ein kleines Gerät. Es wirkt nur in einem Radius von wenigen Metern.«

»Was ist mit ihr geschehen?«

»Sie ist verschwunden. Ein Aufblitzen und eine Druckwelle. Eine schwache Druckwelle. Mehr nicht.«

»In einem kleinen Radius, sagst du?«

»Ja. Für einen großen reichte das Material nicht.«

Die Wände stürzten auf mich ein. Ich schloß die Augen.

»Mein Gott . . . sie wird doch . . . zurückkehren. Sie kehrt bestimmt zurück . . .«

»Nein.«

»Wieso nicht?«

»Nein, Kelvin. Erinnerst du dich an die emporschwebenden Schaumwölkchen? Seitdem kommen sie nicht wieder.«

»Sie kommen nicht . . .?«

»Nein.«

»Du hast sie getötet«, sagte ich leise.

»Ja. Hättest du es nicht getan? An meiner Stelle?«

Ich sprang auf und lief in dem Raum umher. Immer schneller. Von der Wand in die Ecke und zurück. Neun Schritte. Kehrtwendung. Neun Schritte.

Dann blieb ich vor ihm stehen.

»Hör zu, wir erstatten Bericht. Wir verlangen direkte Verbindung zum Rat. Das läßt sich einrichten. Sie werden einverstanden sein. Sie müssen. Der Planet wird von der Konvention der Vier ausgeschlossen. Alle Mittel zulässig. Wir schaffen Antimateriegeneratoren herbei. Glaubst du, daß es etwas gibt, was der Antimaterie widerstehen kann? Es gibt nichts! Nichts! Nichts!« schrie ich triumphierend, blind von Tränen.

»Du willst ihn vernichten?« sagte er. »Weshalb?«

»Geh hinaus. Laß mich allein!«

»Ich werde nicht gehen.«

»Snaut!« Ich blickte ihm in die Augen.

»Nein« sagte er mit einer Kopfbewegung.

»Was willst du? Was willst du von mir?«

Er wich zurück, ging zum Tisch.

»Gut. Erstatten wir Bericht.«

Ich wandte mich brüsk ab und begann wieder hin und her zu gehen.

»Setz dich.«

»Laß mich in Ruhe.«

»Es gibt da zweierlei: Eine Sache sind die Fakten. Die andere sind unsere Forderungen.«

»Willst du jetzt mit mir darüber reden?«

»Ja, jetzt.«

»Ich will nicht. Verstehst du? Das geht mich nichts an.«

»Die letzte Nachricht haben wir vor Gibarians Tod abgesandt. Seitdem sind mehr als zwei Monate vergangen. Wir sollten den genauen Ablauf des Erscheinens . . .«

»Hörst du nicht auf?« Ich ergriff seinen Arm.

»Du kannst mich schlagen«, sagte er, »aber ich werde auch so reden.«

Ich ließ ihn los.

»Mach, was du willst.«

»Es geht darum, daß Sartorius versuchen wird, bestimmte Fakten zu verbergen. Dessen bin ich mir fast sicher.«

»Und du nicht?«

»Nein. Nun nicht mehr. Das ist nicht nur unsere Angelegenheit. Es geht . . . du weißt, worum es geht. Er hat vernünftig gehandelt, hat bewiesen, daß er zur organischen Synthese höchster Ordnung fähig ist, wie wir sie nicht kennen. Er kennt den Bau, die Mikrostruktur, den Metabolismus unserer Körper . . .«

»Schön«, sagte ich. »Weshalb sprichst du nicht weiter? Er hat an uns eine Reihe von . . . Experimenten durchgeführt. Eine psychische Vivisektion. Gestützt auf das Wissen, das er aus unseren Köpfen gestohlen hat, ohne Rücksicht darauf, was wir eigentlich anstreben.«

»Das sind schon keine Tatsachen mehr, nicht einmal Schlußfolgerungen, Kelvin. Das sind Hypothesen. In einem gewissen Sinn hat er berücksichtigt, was ein abgeschlossener, verborgener Teil unserer Gehirne wollte. Vielleicht waren es ... Geschenke?«

»Geschenke! Großer Gott!« Ich lachte laut.

»Hör auf!« rief er und ergriff meine Hand. Ich preßte seine Finger zusammen, immer fester, bis die Knöchel knackten. Er betrachtete mich aus zusammengekniffenen Augen, ohne mit der Wimper zu zucken. Ich ließ ihn los und zog mich in einen Winkel zurück. Das Gesicht der Wand zugekehrt, sagte ich: »Ich will versuchen, jede Hysterie zu unterdrücken.«

»Unwichtig. Was verlangen wir?«

»Sag du es. Ich kann jetzt nicht. Hat sie etwas gesagt, bevor ...?«

»Nein. Nichts. Was mich betrifft, so meine ich, daß jetzt eine gewisse Chance besteht.«

»Eine Chance? Was für eine Chance? Wofür? Ach so ...«, sagte ich leiser und sah ihn forschend an, weil ich begriffen hatte. »Kontakt aufnehmen? Wieder Kontakt aufnehmen? War das noch nicht genug? Du hast doch selbst, du selbst, und dieses ganze Irrenhaus ... Kontakte? Nein, nein, nein. Ohne mich!«

»Weshalb?« fragte er ganz ruhig. »Kelvin, du behandelst ihn ganz instinktiv, und jetzt noch mehr als sonst, wie einen Menschen. Du haßt ihn.«

»Du etwa nicht ...?«

»Nein. Kelvin, der ist doch blind!«

»Blind?« wiederholte ich, im Zweifel, ob ich mich nicht verhört hatte.

»Nach unserem Verständnis natürlich. Wir existieren für ihn nicht so, wie wir gegenseitig für uns existieren. Die Oberfläche des Gesichts, des Körpers der Menschen, die wir sehen, macht, daß wir uns als Individuen erkennen. Das ist für ihn eine durchsichtige Scheibe. Er ist doch ins Innere unserer Gehirne vorgedrungen.«

»Na schön. Aber was folgt daraus? Worauf willst du hinaus? Wenn er imstande war, einen Menschen zu beleben, zu erschaffen, der nur in meiner Erinnerung existiert, und zwar so, daß ihre Augen, ihre Bewegungen, ihre Stimme ... ihre Stimme ...«

»Sprich weiter! Sprich weiter, hörst du!«

»Jaja, ich spreche ... Die Stimme also ... daraus folgt, daß er in uns lesen kann wie in einem Buch. Weißt du, was ich sagen will?«

»Ja. Daß er sich mit uns verständigen könnte?«

»Natürlich. Ist das nicht einleuchtend?«

»Nein. Durchaus nicht. Es ist möglich, daß er nur das Produktionsrezept genommen hat, das ja nicht aus Wörtern besteht. Als Gedächtnisaufzeichnung ist es eine Eiweißstruktur. Wie der Kopf des Spermiums oder die Eizelle. Dort im Gehirn gibt es doch keinerlei Wörter oder Gefühle, die Erinnerung des Menschen ist ein Bild, aufgezeichnet in der Sprache der Nukleinsäuren auf makromolekularen, asynchronen Kristallen. Also hat er das genommen, was am deutlichsten in uns eingeätzt war, am vollkommensten abgeschlossen und am vollständigsten — das, was am tiefsten eingeprägt war, verstehst du? Dabei brauchte er gar nicht zu wissen, welche Rolle das für uns spielt, welche Bedeutung es hat. Das ist so ähnlich, als wären wir imstande, eine Symmetriade zu schaffen, und würden sie in den Ozean werfen, nur in Kenntnis der Architektur, der Technologie und des Baumaterials, doch ohne zu begreifen, welchem Zweck sie dient und was sie für ihn bedeutet.«

»Das ist möglich«, sagte ich. »Ja, das ist möglich. Dann wollte er uns vielleicht gar nicht so ... so in den Staub treten, so zerschmettern. Und er hat ganz unabsichtlich ...«

Das Kinn begann mir zu zittern.

»Kelvin!«

»Jaja. Schon gut. Alles in Ordnung. Du bist gut. Und er auch. Alle sind gut. Aber warum? Erkläre mir das. Warum? Warum hast du das getan? Was hast du ihr gesagt?«

»Die Wahrheit.«

»Die Wahrheit, die Wahrheit! Was?«

»Das weißt du doch. Komm jetzt zu mir. Wir schreiben den Bericht. Komm.«

»Warte mal. Was willst du eigentlich? Du hast doch wohl nicht die Absicht, auf der Station zu bleiben?«

»Ja. Ich bleibe.«

Der alte Mimoid

Ich saß am großen Fenster und blickte auf den Ozean hinaus. Zu tun hatte ich nichts. Der Bericht, in fünf Tagen erarbeitet, war jetzt ein Strahlenbündel, das irgendwo hinter dem Sternbild des Orion durch das All raste. Wenn es den dunklen Reflexionsnebel erreichte, der sich über ein Gebiet von acht Trillionen Kubikmeilen ausbreitet und jedes Signal und jeden Lichtstrahl schluckt, traf es auf die erste einer ganzen Kette von Relaisstationen. Von hier aus würde es von Funkboje zu Funkboje in Sprüngen, die Milliarden von Kilometern zählten, auf der Krümmung eines riesigen Bogens dahineilen, bis die letzte Relaisstation, ein Metallklumpen mit der länglichen Schnauze einer Richtantenne, eng bestückt mit Präzisionsinstrumenten, es noch einmal sammelte und weiter in den Raum schleuderte, zur Erde. Dann vergingen Monate, und ein gleiches Energiebündel, abgeschossen von der Erde, erreichte die Stirn der kosmischen Wolke, eine Furche thermischer Deformierungen aus dem Gravitationsfeld der Galaxis hinter sich herziehend, schlüpfte hindurch, verstärkt von der Kette langsam treibender Bojen, und jagte mit unverminderter Geschwindigkeit zu den Doppelsonnen der Solaris.

Der Ozean unter der hohen roten Sonne war schwärzer denn je. Rostroter Nebel verschmolz ihn am Horizont mit dem Himmel; dieser Tag war besonders schwül gewesen, als kündigte er eines jener unsagbar seltenen und unvorstellbar heftigen Gewitter an, die einige Male im Jahr den Planeten heimsuchten. Es gab Grund zu der Annahme, daß sein einziger Bewohner das Klima kontrollierte und diese Gewitter selbst herbeiführte.

Noch einige Monate lang sollte ich aus diesen Fenstern blicken, aus dieser Höhe die Aufgänge des weißen Goldes und des erschöpften Rots beobachten, die sich von Zeit zu Zeit in einer flüssigen Eruption spiegelten, in der silbrigen Blase einer Symmetriade, sollte die Wanderungen der gegen den Wind geneigten, schlanken Flinker verfolgen, halb verwitterten, zerbröckelnden Mimoiden begegnen. Eines Tages leuchteten dann die Bildschirme aller Visiophone auf, alle elektronischen Signalanlagen, die so lange tot waren, erwachten zum Leben – in Gang gesetzt durch einen Impuls aus einigen tausend Kilometern Entfernung – und kündigten die Ankunft eines Metallkolosses an, der sich mit dem langgezogenen Donnern seiner Gravitoren über den Ozean herabsenkte. Das würde die »Ulysses« oder die »Prometheus« oder aber irgendein anderer großer Raumkreuzer sein. Wenn ich dann vom flachen Dach der Station das Fallreep emporstieg, würde ich an Bord die Reihen weiß gepanzerter, massiver Automaten erblicken, die mit dem Menschen die Erbsünde nicht teilen und so unschuldig sind, daß sie jeden Befehl ausführen, bis zur völligen Zerstörung ihrer selbst oder des Hindernisses, das sich ihnen in den Weg stellt, sofern ihr in den Kristallen oszillierendes Gedächtnis so programmiert worden ist. Und dann würde sich das Raumschiff in Bewegung setzen, geräuschlos, schneller als der Schall, und zurück bliebe nur ein bis auf den Ozean hinabreichender Kegel donnernder, in Baßoktaven zerfallender Laute; die Gesichter aller Menschen aber würde für einen Augenblick der Gedanke erhellen, daß sie nach Hause zurückkehrten.

Ich aber hatte kein Zuhause. Die Erde? Ich dachte an ihre großen, wimmelnden und tosenden Städte, in denen ich mich verlieren, von denen ich verschlungen würde, fast so, als hätte ich getan, was ich gleich in der zweiten oder dritten Nacht hatte tun wollen – mich in den schwarzen, in der Dunkelheit träge wogenden Ozean zu stürzen. Nun werde ich zwischen den Menschen ertrinken. Ich werde ein schweigsamer, aufmerksamer und dadurch geschätzter Kamerad sein, werde viele Bekannten haben, sogar Freunde, auch Frauen, vielleicht sogar eine Frau. Eine Zeitlang werde ich mir Zwang antun müssen, um zu lächeln, zu grüßen, aufzustehen, die tausend kleinen Verrichtungen zu tun, aus denen das Leben auf der Erde besteht, bis ich sie dann mechanisch ausführe. Ich werde neue Interessen finden, neue Beschäftigungen, aber ich werde mich ihnen nicht ganz widmen. Nichts und niemandem, nie wieder. Und vielleicht werde ich nachts dorthin schauen, wo am Himmel die Finsternis jener Dunkelwolke wie ein schwarzer Vorhang das Licht zweier Sonnen verdeckt, und ich werde mich an alles erinnern, sogar an das, was mir jetzt durch den Kopf geht; an meine Torheiten und Hoffnungen aber werde ich mit einem nachsichtigen Lächeln denken, in dem ein bißchen Wehmut, aber auch Überlegenheit liegen wird. Ich halte diesen Kelvin der Zukunft durchaus nicht für schlechter als den, der für die Sache, die man Kontakt nennt, zu allem bereit war. Und niemand wird das Recht haben, über mich zu urteilen.

Es klopfte, und Snaut trat ein. Er schaute sich in der Kabine um und musterte dann mich. Ich stand auf und ging ihm bis zum Tisch entgegen.

»Willst du etwas?«

»Du hast doch nichts Besonderes zu tun, nicht wahr?« fragte er. »Ich könnte dir etwas geben, bestimmte Berechnungen, es eilt zwar nicht ...«

»Vielen Dank«, erwiderte ich lächelnd, »aber das ist nicht nötig.«

»Bist du dir dessen sicher?« fragte er mit einem Blick zum Fenster.

»Völlig. Ich habe über einiges nachgedacht und ...«

»Mir wäre es lieber, du würdest nicht so viel nachdenken.«

»Ach, du weißt doch gar nicht, worum es sich handelt. Sag mal ... glaubst du an Gott?«

Er sah mich forschend an.

»Na hör mal! Wer glaubt denn heute noch ...«

In seinen Augen flackerte Unruhe auf.

»Das ist gar nicht so einfach«, sagte ich betont leichthin, »denn mir geht es nicht um den traditionellen Gott irdischer Religionen. Ich bin kein Religionswissenschaftler und habe vielleicht nichts Neues ausgedacht, aber weißt du nicht zufällig, ob irgendwann einmal ein Glaube an einen ... unvollkommenen Gott existiert hat?«

»An einen unvollkommenen Gott?« wiederholte er und hob die Brauen. »Wie meinst du das? In einem gewissen Sinn war der Gott jeder Religion unvollkommen, weil er mit – natürlich überhöhten – menschlichen Zügen belastet war. Der Gott des Alten Testaments zum Beispiel war ein auf Unterwürfigkeit und Opfer versessener Eiferer, neidisch auf andere Götter. Die griechischen Götter mit ihrer Streitsucht und ihren Familienzwistigkeiten waren nach Menschenart nicht minder unvollkommen ...«

»Nein«, unterbrach ich ihn, »mir geht es um einen Gott, dessen Unvollkommenheit sich nicht aus der Einfalt seiner menschlichen Schöpfer ergibt, sondern ein wesentliches, ihm innewohnendes Merkmal darstellt. Es soll ein Gott sein, der in seiner Allwissenheit und Allmacht begrenzt ist, fehlbar im Vorausschauen auf die Zukunft seiner Werke, einer, den das Schicksal der von ihm geschaffenen Erscheinungen entsetzen kann. Es ist dies ein ... gebrechlicher Gott, der stets mehr möchte, als er kann, und sich dessen nicht gleich bewußt ist. Der die Uhren konstruiert hat, aber nicht die Zeit, die sie messen. Strukturen oder Mechanismen, die bestimmten Zielen dienen, die jedoch über diese Ziele hinausgewachsen sind und sie verraten haben. Und er hat die Unendlichkeit erschaffen, die, statt das erhoffte Maß seiner Macht zu sein, zum Maß seiner grenzenlosen Niederlage wurde.«

»Einst, der Manichäismus ...«, begann Snaut zögernd. Die mißtrauische Zurückhaltung, mit der er mir in letzter Zeit begegnete, war gewichen.

»Aber das, was ich meine, hat nichts mit dem Element von Gut und Böse zu tun«, unterbrach ich ihn sofort. »Dieser Gott existiert nicht außerhalb der Materie und kann von ihr nicht freikommen, aber nur das will er.«

»Eine ähnliche Religion kenne ich nicht«, sagte er nach kurzem Schweigen. »Die wurde nie gebraucht. Wenn ich dich richtig verstehe, und ich fürchte, ich verstehe dich richtig, so denkst du an einen evolvierenden Gott, der sich in der Zeit entwickelt und, indem er sich auf immer höhere Stufen der Macht erhebt, zu dem Bewußtsein ihrer Ohnmacht gelangt. Dein Gott ist ein Wesen, das in seine Göttlichkeit wie in eine ausweglose Situation hineingetappt ist und, nachdem es das begriffen hat, sich der Verzweiflung hingab. Nun ja, aber ein verzweifelnder Gott, das ist doch der Mensch ... Es geht dir um den Menschen, nicht wahr? Das ist nicht nur eine erbärmliche Philosophie, das ist sogar erbärmliche Mystik.«

»Nein«, entgegnete ich hartnäckig, »mir geht es nicht um den Menschen. Mag sein, daß er in einigen Merkmalen dieser provisorischen Definition entspräche, aber doch nur deshalb, weil sie voller Lücken ist. Entgegen allem Anschein schafft der Mensch sich nicht seine Ziele. Die werden ihm von der Zeit aufgezwungen, in der er geboren ist, er kann ihnen dienen oder sich gegen sie auflehnen, aber der Gegenstand des Dienens oder der Auflehnung ist von außen gegeben. Um bei der Suche nach den Zielen völlige Freiheit zu erfahren, müßte er allein sein, und das kann nicht gelingen, denn ein Mensch, der nicht unter Menschen aufgewachsen ist, kann nicht zum Menschen werden. Der, den ich meine, müßte ein Wesen sein, das keine Mehrzahl besitzt, verstehst du?«

»Ach«, sagte er, »daß ich nicht gleich . . .« Und er wies mit der Hand zum Fenster.

»Nein«, widersprach ist, »auch er nicht. Es sei denn als etwas, was in seiner Entwicklung die Chance der Göttlichkeit verpaßt hat, weil es sich zu früh in sich selbst zurückzog und abkapselte. Er ist eher ein Anachoret, ein Einsiedler des Kosmos, und nicht dessen Gott. Er wiederholt sich, Snaut, und der, an den ich denke, würde das nie tun. Vielleicht entsteht er gerade in irgendeinem Winkel der Galaxis und beginnt bald in einer Anwandlung jugendlicher Berauschtheit damit, die einen Sterne auszulöschen und andere anzuzünden. Nach einiger Zeit werden wir es bemerken . . .«

»Wir haben es bereits bemerkt«, sagte Snaut mit saurer Miene. »Die Novae und Supernovae . . . Sind das deiner Meinung nach Kerzen auf seinem Altar?«

»Wenn du das, was ich sage, so wörtlich nehmen willst . . .«

»Vielleicht ist gerade die Solaris die Wiege deines göttlichen Säuglings«, fuhr Snaut fort. Um seine Augen traten immer deutlicher feine Lachfältchen hervor. »Vielleicht ist gerade er nach deinen Begriffen jener Ursprung, der Keim eines Gottes der Verzweiflung, vielleicht übersteigt seine vitale Kindlichkeit noch um ein Vielfaches seinen Verstand, und all das, was unsere solaristischen Bibliotheken enthalten, ist nur ein großer Katalog seiner Kleinkindreflexe . . .«

»Während wir eine Zeitlang sein Spielzeug waren«, schloß ich. »Ja, das ist möglich. Weißt du, was dir da eben gelungen ist? Du hast eine völlig neue Hypothese über die Solaris geschaffen, und das ist wirklich keine Kleinigkeit! So hast du auch sofort eine Erklärung, weshalb es unmöglich ist, Kontakt aufzunehmen oder eine Antwort zu erhalten, eine Deutung seiner – nennen wir das mal so — Extravaganzen im Umgang mit uns; die Psyche eines kleinen Kindes . . .«

»Ich verzichte auf die Urheberschaft«, brummte er und ging zum Fenster. Eine geraume Weile blickten wir auf das schwarze Gewoge hinaus. Am östlichen Horizont war ein blasser, länglicher Fleck im Nebel sichtbar.

»Wie kommst du auf die Konzeption des unvollkommenen Gottes?« fragte er unvermittelt, ohne den Blick von der gleißenden Wüste zu wenden.

»Ich weiß es nicht. Sie schien mir sehr, sehr wahr zu sein. Das ist der einzige Gott, an den ich geneigt wäre zu glauben, dessen Leiden nicht das Heil ist, der nichts erlöst und niemandem dient, der nur da ist.«

»Ein Mimoid . . .«, sagte Snaut leise, mit veränderter Stimme.

»Was sagst du? Ach so. Ja, ich habe ihn schon vorhin bemerkt. Er ist sehr alt.«

Wir starrten beide zu dem rötlich dunstigen Horizont hinüber.

»Ich fliege«, erklärte ich unvermittelt. »Um so mehr, als ich noch nie die Station verlassen habe, und das ist eine gute Gelegenheit. In einer halben Stunde bin ich zurück.«

»Was sagst du?« Snaut sah mich groß an. »Du fliegst? Wohin?«

»Dorthin.« Ich wies auf den fleischfarbenen Fleck, der verschwommen durch den Nebel schien. »Was schadet das schon? Ich nehme einen kleinen Hubschrauber. Es wäre doch lächerlich, wenn ich — auf der Erde — später mal zugeben müßte, daß ich ein Solarist bin, der nie auch nur einen Fuß auf den Boden der Solaris gesetzt hat.«

Ich trat zum Schrank und suchte nach einer geeigneten Kombination. Snaut beobachtete mich schweigend.

»Das gefällt mir nicht«, brachte er nach einer Weile hervor.

»Was?« Ich wandte mich um, eine Kombination in der Hand. Eine seit langem nicht mehr gekannte Erregung hatte mich erfaßt. »Worum geht es dir? Pack die Karten auf den Tisch! Hast du Angst, ich könnte . . . Unsinn! Mein Wort darauf, daß ich nicht einmal daran dachte. Nein, wirklich nicht.«

»Ich fliege mit dir.«

»Danke, aber ich möchte lieber allein fliegen. Immerhin ist das etwas Neues, etwas völlig Neues«, stieß ich rasch hervor, während ich die Kombination überzog. Snaut sagte noch etwas, aber ich hörte nicht recht zu, ich suchte noch ein paar notwendige Dinge zusammen.

Er folgte mir zur Startrampe und half mir, die Maschine aus der Box bis zur Mitte der Plattform zu rollen. Als ich in den Raumanzug schlüpfte, fragte er: »Hat ein Wort für dich noch irgendeinen Wert?«

»Großer Gott, Snaut, glaubst du immer noch ...? Ja. Und ich hab es dir bereits gegeben. Wo sind die Reserveflaschen?«

Er sagte nichts mehr. Als ich die durchsichtige Kanzel schloß, gab ich ihm ein Handzeichen. Er setzte den Aufzug in Bewegung, und ich fuhr langsam nach oben, zur Station hinaus. Der Motor sprang an, arbeitete gedämpft und gleichmäßig, die Drehflügel begannen zu wirbeln, und die Maschine hob merkwürdig leicht ab, unter sich den kleiner werdenden silbrigen Diskus der Station zurücklassend.

Zum erstenmal befand ich mich allein über dem Ozean; der Eindruck ließ sich überhaupt nicht mit dem vergleichen, was man vom Fenster aus erlebte. Vielleicht war das auch darauf zurückzuführen, daß ich so niedrig flog, ich glitt kaum fünfzig oder sechzig Meter über den Wellen dahin. Jetzt erst wußte ich nicht nur, sondern ich spürte, daß die fettig glänzenden Buckel und Mulden in der Tiefe sich nicht wie die Wogen eines Meeres oder wie Wolken bewegten, sondern wie ein Tier. Die unaufhörlichen, wenn auch ungewöhnlich langsamen, krampfartigen Bewegungen eines muskelbepackten, nackten Rumpfes – so sah das aus; der sich abkehrende Rücken einer jeden Welle flammte rötlich schäumend. Als ich einen Halbkreis flog, um genauen Kurs auf die mit ungewöhnlicher Langsamkeit driftende Mimoideninsel zu nehmen, traf mich die Sonne direkt in die Augen und zündete blutige Blitze in den gewölbten Scheiben, während der Ozean selbst sich schwarzblau färbte; nur Sprenkel eines dunklen Feuers glühten auf den Wellen.

Der Bogen, den ich, ein wenig ungeübt, geflogen hatte, trug mich im Gegenwind weit hinaus, so daß der Mimoid nun hinter mir lag, ein weitflächiger, heller Fleck, der sich mit unregelmäßigen Konturen vom Ozean abhob. Die rosa Farbe, die ihm der Nebel verliehen hatte, war gewichen, er war gelblich wie ein ausgedörrter Knochen. Für einen Moment verlor ich ihn aus den Augen, statt dessen erblickte ich in der Ferne die Station, die scheinbar ganz tief über dem Ozean hing, wie ein riesiger, altmodischer Zeppelin. Ich wiederholte das Manöver und verwandte meine ganze Aufmerksamkeit darauf: Das Massiv des Mimoiden mit seinem steilen, grotesken Relief wuchs zusehends auf meinem Kurs. Ich fürchtete, an dem höchsten seiner knollenförmigen Vorsprünge hängenzubleiben, und riß den Hubschrauber so ruckartig hoch, daß er an Geschwindigkeit verlor und heftig zu schaukeln begann; eine übertriebene Vorsicht, denn die merkwürdig abgerundeten Türme zogen tief unter mir vorbei. Ich glich den Flug der Maschine der driftenden Insel an und ging langsam, Meter um Meter, tiefer, bis die verwitterten Gipfel über der Kabine standen. Der Mimoid war nicht groß. Von einem Ende zum anderen zählte er etwa eine Dreiviertelmeile, und breit war er höchstens einige hundert Meter; an einigen Stellen wies er Verengungen auf, die darauf hindeuteten, daß er dort bald auseinanderbrechen würde. Offenbar handelte es sich um das Absprengsel einer unvergleichlich größeren Formation; nach den Maßstäben dieses Planeten war es ein Splitter, ein winziges Überbleibsel, das vielleicht einige Wochen oder Monate zählte.

Zwischen den aderförmigen Erhebungen der Uferböschung, unmitelbar am Ozean, entdeckte ich etwas wie einen Strand, eine ziemlich abschüssige, aber ebene Fläche von einigen Dutzend Quadratmetern; dorthin steuerte ich die Maschine. Die Landung war schwieriger, als ich vermutet hatte, um ein Haar wäre ich mit der Luftschraube an einer plötzlich auftauchenden Wand hängengeblieben, aber es gelang. Ich schaltete sofort den Motor ab und schob das Kabinendach zurück. Ehe ich ausstieg, vergewisserte ich mich noch, ob der Hubschrauber nicht Gefahr lief, in den Ozean hinabzurutschen; die Wellen leckten kaum ein Dutzend Meter von meinem Landeplatz entfernt das zerklüftete Ufer, aber er stand sicher auf seinen gespreizten Kufen.

Ich sprang hinunter auf die »Erde«. Das, was ich vorhin für eine Wand gehalten hatte, an der ich fast hängengeblieben wäre, entpuppte sich als eine riesige, wie ein Sieb durchlöcherte, hauchdünne knöcherne Platte, die hochkant stand und von galerieähnlichen Verdickungen durchwachsen war. Ein mehrere Meter breiter Querspalt teilte diese mehrstöckige Fläche und verriet — ebenso wie die großen unregelmäßig verteilten Öffnungen — Tiefe und Perspektive. Ich kletterte auf die nächste Wandverstrebung hinauf und stellte dabei fest, daß die Schuhe des Raumanzugs überaus griffig waren und der Raumanzug selbst die Bewegungen nicht behinderte. Als ich mich schließlich etwa vier Stockwerke über dem Ozean befand, konnte ich die skelettartige Landschaft genauer in Augenschein nehmen.

Die Ähnlichkeit mit einer archaischen, halb zerstörten Stadt, einer exotischen marokkanischen Ansiedlung aus früheren Jahrhunderten etwa, die von einem Erdbeben oder einem anderen Kataklismus heimgesucht wurde, war erstaunlich. Ganz deutlich erkannte ich winklige, teilweise verschüttete und von »Gesteinsbrokken« versperrte Straßenschluchten, die steil und in komplizierten Windungen zum Ufer hinabstiegen; weiter oben noch heile Zinnen und Basteien, und in den vorgewölbten und eingesunkenen Wänden schwarze Öffnungen, die zertrümmerten Fenstern oder Schießscharten ähnelten. Diese ganze Inselstadt glitt mit schwerer Schlagseite, wie ein halb gesunkenes Schiff, in einer sinnlosen Bewegung ziellos vorwärts und drehte sich dabei ganz langsam, wovon die scheinbare Bewegung der Sonne am Firmament zeugte, die ein träges Verschieben der Schatten in den Ruinenwinkeln zur Folge hatte; zuweilen schoß daraus ein Sonnenstrahl hervor und berührte die Stelle, an der ich stand. Ich kletterte noch höher, schon mit einigem Risiko, bis aus den emporstrebenden Wucherungen über meinem Kopf feiner Schutt zu rieseln begann, so daß sich unten, in den winkligen Schluchten und Gassen, mächtige Staubwolken bildeten. Ein Mimoid ist natürlich kein Fels, und seine Ähnlichkeit mit Kalkstein erweist sich als Täuschung, sobald man ein Stück in die Hand nimmt; es ist viel leichter als Bimsstein, äußerst feinzellig und dadurch sehr luftig.

Ich befand mich bereits so hoch, daß ich seine Bewegung spürte: er glitt nicht nur vorwärts, irgendwohin, angetrieben von den Stößen der schwarzen Ozeanmuskeln, sondern er neigte sich auch zur Seite, ungewöhnlich langsam, mal nach der einen, mal nach der anderen, und jede dieser Schaukelbewegungen wurde von dem langgezogenen, klebrigen Geräusch der bräunlichen und gelben Schaumbäche begleitet, die von den auftauchenden Uferrändern herabströmten. Diese wiegende Bewegung war ihm vor langer Zeit verliehen worden, wohl bei seinem Entstehen, und er hatte sie nur dank seiner riesigen Masse beibehalten. Nachdem ich von meinem luftigen Standort aus soviel wie möglich beobachtet hatte, kletterte ich vorsichtig hinab; und jetzt erst wurde mir klar, daß mich der Mimoid gar nicht interessierte, daß ich hierhergeflogen war, um nicht ihm, sondern dem Ozean zu begegnen.

Ich setzte mich auf den rauhen, rissigen Grund; ein Dutzend Schritt hinter mir stand der Hubschrauber. Eine schwarze Welle schob sich schwerfällig ans Ufer, auseinanderfließend und gleichzeitig die Farbe verlierend; als sie zurückgewichen war, troffen vom Uferrand zitternde Schleimfäden herab. Ich rutschte noch ein Stück hinunter und streckte die Hand nach der nächsten aus. Sie wiederholte getreulich jenes Phänomen, das die Menschen vor fast einem Jahrhundert zum erstenmal erfahren hatten: sie zögerte, wich zurück, umfloß meine Hand, ohne sie jedoch zu berühren, so daß zwischen der Oberfläche des Handschuhs und dem Inneren der Vertiefung, das sofort seine Konsistenz änderte und aus einem flüssigen Zustand in einen fast fleischigen überging, eine hauchdünne Luftschicht verblieb. Nun hob ich langsam die Hand; die Welle oder vielmehr ihr schmaler Ausläufer folgte ihr, wobei sie noch immer meine Hand mit einer schmutziggrünen, allmählich durchsichtiger werdenden Hülle umgab. Ich stand auf, weil ich sonst die Hand nicht höher hätte heben können; der gallertartige Strang spannte sich wie eine vibrierende Saite, aber er riß nicht, der Wellensockel, nun völlig flach und breitgewalzt, hatte sich wie ein geduldig auf das Ende dieser Versuche wartendes Tier am Ufer gelagert, rings um meine Füße (ebenfalls ohne sie zu berühren). Es sah aus, als wäre eine dehnbare Blume aus dem Ozean emporgewachsen, deren Kelch meine Finger umhüllte und zu deren genauem, wenn auch nicht anliegendem Negativ geworden war.

Ich trat zurück. Der Stengel erzitterte und bewegte sich, gleichsam widerstrebend, zögernd nach unten, elastisch, schwankend, unsicher, die Welle schwoll an, sog ihn in sich auf und verschwand hinter der Uferböschung. Ich wiederholte dieses Spiel, bis wieder, wie vor fast hundert Jahren, eine der anrollenden Wellen gleichgültig zurückflutete, als wäre sie der neuen Eindrücke überdrüssig, und ich wußte, daß ich Stunden hätte warten müssen, bis ihre »Neugier« wieder erwachte. Ich setzte mich, so wie vorhin, aber ich war wie verwandelt durch die von mir hervorgerufene Erscheinung, die ich doch aus der Theorie so gut kannte, die Theorie aber war außerstande, das wirkliche Erleben wiederzugeben.

Im Knospen, im Wachsen, im Ausbreiten dieses lebendigen Gebildes, in jeder seiner Bewegungen und in allen gemeinsam zeigte sich eine — man möchte sagen — vorsichtige, jedoch nicht ängstliche Naivität, wenn es so eifrig und rasch eine neue, unvermutet angetroffene Form kennenzulernen und zu erfassen suchte und sich auf halbem Wege zurückziehen mußte, sobald die Gefahr bestand, daß die durch ein geheimnisvolles Gesetz festgelegten Grenzen überschritten werden könnten. Wie unsagbar kontrastierte diese behende Neugier mit der ungeheuren Größe, die sich in blendendem Glanz bis an alle Horizonte erstreckte. Noch nie hatte ich seine riesige Gegenwart so deutlich empfunden, sein starkes, grausames Schweigen, das sich in dem gleichmäßigen Atemzug der Wellen kundtat. Benommen vor mich hin starrend, stieg ich in scheinbar unzugängliche Regionen von Lähmung und Ohnmacht hinab und wurde in der wachsenden Intensität dieses Verlorenseins eins mit diesem flüssigen, blinden Koloß, als hätte ich ihm ohne die geringste Anstrengung, ohne Worte, ohne einen Gedanken alles verziehen.

Die ganze letzte Woche hindurch verhielt ich mich so vernünftig, daß der Schein des Mißtrauens schließlich aus Snauts Blicken verschwand. Äußerlich war ich ruhig, aber im tiefsten Inneren wartete ich auf etwas, ohne mir dessen deutlich bewußt zu sein. Doch auf was? Auf ihre Rückkehr? Wie konnte ich? Jeder von uns weiß, daß er ein materielles Wesen ist, abhängig von physiologischen und physikalischen Gesetzen, und daß die Kraft aller unserer Empfindungen zusammengenommen gegen diese Gesetze nicht ankämpfen kann, sie kann sie nur hassen.

Der uralte Glaube der Verliebten und Dichter an die Macht der Liebe, die stärker sei als der Tod, jenes *finis vitae sed non amoris*, das uns durch die Jahrhunderte hindurch verfolgt, ist eine Lüge. Doch diese Lüge ist nur vergebens, nicht lächerlich. Aber eine Uhr zu sein, die das Verrinnen der Zeit mißt und die abwechselnd zerschmettert und wieder zusammengesetzt wird, in deren Mechanismus, sobald der Konstrukteur das Triebwerk anstößt, mit der ersten Bewegung Verzweiflung und Liebe mitlaufen, zu wissen, daß man ein Repetierwerk der Qual ist, die um so größer ist, je komischer sie durch die Anzahl der Wiederholungen wird? Das menschliche Dasein wiederholen — schön, aber es so zu wiederholen, wie ein Betrunkener eine abgedroschene Melodie wiederholt, indem er immer wieder eine Münze in den Spielautomaten wirft? Ich glaubte nicht einen Augenblick lang, daß dieser flüssige Koloß, der Hunderten von Menschen in seinem Inneren den Tod bereitet hatte, mit dem meine ganze Rasse seit Jahrzehnten wenigstens einen Faden der Verständigung zu knüpfen versuchte, daß er, der mich ganz unbewußt wie ein Staubkörnchen trug, sich von der Tragödie zweier Menschen rühren lassen könnte. Andererseits richtete sich sein Wirken auf ein bestimmtes Ziel. Doch nicht einmal dessen war ich mir völlig sicher. Wegzugehen aber — das hieße diese winzige, vielleicht nur in der Einbildung existierende Chance aufzugeben, die die Zukunft barg. Dann also noch Jahre inmitten von Gerätschaften und Dingen, die wir gemeinsam berührt hatten, in der Luft, in der noch ihr Atem schwebte? Was könnte mich dazu bewegen? Die Hoffnung auf ihre Rückkehr? Ich hatte keine Hoffnung. Aber in mir lebte noch die Erwartung, das letzte, was mir von ihr geblieben war. Welche Erfüllungen, welchen Spott, welche Qualen hatte ich noch zu gewärtigen? Ich wußte nichts, ich hegte nur den unerschütterlichen Glauben, daß die Zeit der grausamen Wunder noch nicht vorbei war.

Zakopane, Juni 1959 — Juni 1960

Bitte blättern Sie weiter!

Auf den folgenden Seiten
informieren wir Sie über Bücher
aus unserem Verlagsangebot,
die in Ihrer Buchhandlung
erhältlich sind.

Iwan Arnaudow
Georgstag

Roman
Aus dem Bulgarischen von Egon Hartmann
160 Seiten · Ganzleinen · 6,40 M

Georgstag: ein Frühlingsfest, das seit Jahrhunderten begangen wird, symbolische Feier des Triumphs über alle finsteren Mächte – dieser Titel steht in ironischem Kontrast zu der Geschichte, die der 1932 geborene bulgarische Schriftsteller Iwan Arnaudow erzählt. Es ist die Geschichte eines erfolglosen Poeten von heute, der sich im ungleichen Kampf mit seinen existentiellen Sorgen und den kleinen Tücken des Alltags ständig in der Defensive befindet. Doch wenn Michail seine Lyrikmanuskripte, die keiner haben will, schließlich ins Feuer wirft, so ist das nur scheinbar ein Eingeständnis seiner endgültigen Niederlage. Lakonische Kürze in der Diktion, rasch wechselnde Szenerie, unvermittelte Übergänge aus der Wirklichkeit ins Phantastische und Visionäre zeichnen diesen Roman aus, der vom Leser mehr als nur flüchtige Aufmerksamkeit verlangt.

Erlesenes 5
Neue Namen aus zehn Sowjetrepubliken

Erzählungen
Ausgewählt und mit biographischen Notizen versehen von Marijke Lanius
Aus dem Russischen, Estnischen, Lettischen, Litauischen und Ukrainischen
340 Seiten · Paperback · 6,20 M

Erlesenes – diese Editionsform wurde gewählt, um Werke junger hochbegabter, in der Sowjetunion bereits zur ersten Reihe zählender Schriftsteller auch hierzulande zugänglich zu machen und damit den Ansprüchen des entdeckungsfreudigen Lesers gerecht zu werden. Wiederum in des Wortes doppelter Bedeutung, stellt der fünfte Band „Erlesenes" fünfzehn Autoren aus zehn Sowjetrepubliken vor, die sich in ihrer Heimat bereits hohe literarische Wertschätzung erworben haben. Ihre inhaltlich wie formal weitgefächerten Erzählungen, entstanden zwischen 1976 und 1980, konfrontieren mit verschiedensten künstlerischen Handschriften, verblüffen nicht zuletzt durch ein neues Selbstverständnis, das alle Autoren als Angehörige einer Generation ausweist, die erst nach dem Krieg ihre entscheidende Prägung erfuhr.

Leonidas Jacinevičius
Tee um fünf Uhr früh

Roman
Aus dem Litauischen von Irene Brewing
244 Seiten · Ganzleinen · 7,20 M

Taurus ist ein junger Schriftsteller. Drei Jahre lang nutzte er jede freie Minute zum Schreiben – nun blickt er mit Freude auf den kleinen Band Erzählungen, der ihm ersten Erfolg beschert. Doch sein Stolz vermischt sich bald mit der bitteren Erkenntnis, daß der Preis, den er dafür zahlen muß, zu hoch war: seine Ehe ist in die Brüche gegangen, seine Freunde hat er verloren, und ist er nicht am eigentlichen Leben vorbeigegangen?
Leonidas Jacinevičius hat bereits mit zahlreichen Erzählungen sein bemerkenswertes literarisches Talent bewiesen. Mit diesem polemischen Künstlerroman sucht der litauische Autor nach der eigenen Selbstbestimmung und wirft interessante Fragen auf, die die Position des Schriftstellers in der Gesellschaft betreffen.

Henri Lopes
Revolution ohne tam-tam

Roman
Aus dem Französischen von Armin Kerker
Mit Anmerkungen von Christa Serauky
120 Seiten · Ganzleinen · 4,80 M

Gatsé arbeitet in einer Dorfschule mitten im Urwald seiner kongolesischen Heimat. Nun wird er von der jungen Volksrepublik in ein diplomatisches Amt berufen. Kulturattaché in Paris – ein verlockendes Angebot. Dennoch lehnt er vorerst ab... Verantwortung für den schwierigen Weg der VR Kongo prägen diesen literarisch anspruchsvollen Roman, in dem ein Lehrer in fünf Briefen zu begründen versucht, warum er die Arbeit mit seinen Schülern einer glanzvollen politischen Karriere vorzieht. Henri Lopes, Jahrgang 1937, Politiker und Schriftsteller in einer Person, gehört zu den sich profilierenden Autoren der jungen kongolesischen Literatur. Mit „Revolution ohne tam-tam" hat er ein fesselndes und aufregendes, ein lehr- und aufschlußreiches Buch vorgelegt, denn er rührt an Fragen und Widersprüche, die auch für uns von Bedeutung sind.

Jerzy Stefan Stawiński
Aufzeichnungen eines Filmemachers

Erzählungen
Aus dem Polnischen von Kristiane Lichtenfeld
188 Seiten · Paperback · 6,80 M

Jerzy Stefan Stawiński hat neben zahlreichen Erzählungen und Romanen die literarischen Vorlagen für so berühmte polnische Filme wie „Der Kanal", „Der Mann auf dem Gleis" und „Eroica" verfaßt. In diesem Buch, einer unterhaltsamen und vergnüglichen Mischung aus anekdotischen Erinnerungen, Plauderei und Erlebnisbericht, schildert Stawiński den Weg seiner Karriere. Eingeblendet in den Text sind die Erzählung „Das Geheimnis des Lokführers" und das amüsante Stück „Der Königinvater". Was die Aufzeichnungen des Autors so sympathisch macht, ist die uneitle Erzählhaltung, die leicht ironische Distanz, mit der er die Umwelt, aber auch die eigene Person betrachtet.